河畔小屋

He Pan Xiao Wu

［美］约翰·巴勒斯　John Burroughs　著

杨舟　肖雪　译

民主与建设出版社

Democracy & Construction Publishing House

图书在版编目（CIP）数据

河畔小屋 / (美) 巴勒斯 (Burroughs,J.) 著 ; 杨

舟　肖雪译. -- 北京 : 民主与建设出版社, 2016.7

ISBN 978-7-5139-1092-7

Ⅰ. ①河… Ⅱ. ①巴… ②杨… ③肖… Ⅲ. ①散文集—美国

—近代 Ⅳ. ①I712.64

中国版本图书馆CIP数据核字(2016)第102660号

书名原文: Riverby

出 版 人： 许久文

责任编辑： 李保华

策　　划： 杜　桢

出版发行： 民主与建设出版社有限责任公司

电　　话： (010)59419778　　59417745

社　　址： 北京市朝阳区阜通东大街融科望京中心B座601室

邮　　编： 100102

印　　刷： 廊坊市华北石油华星印务有限公司

版　　次： 2016年8月第1版　2016年8月第1次印刷

开　　本： 32

印　　张： 8

书　　号： ISBN 978-7-5139-1092-7

定　　价： 32.80元

我常问自己"为什么给书取名不能像给自己的孩子取名一样随意，让名字意蕴深厚或是简单质朴呢？"这本书，也许是我最后一本户外记录文集——这一次我打算随性一些，就以我在哈得逊河的住所命名为《河畔小屋》。我在河畔小屋列下本书的纲要，整本书大体的框架都是在这里形成，多年来，在哈得逊河畔，我作为一个对自然生活饶有兴致的旁观者，感受着大自然在我的门前随四季的变化不断消长。

——约翰·巴勒斯

约翰·巴勒斯（John Burroughs）

约翰·巴勒斯，1837 年 4 月 3 日生于纽约州罗克斯贝里，在卡茨基尔山区的父亲的农场中度过了童年时期。他从小就深受大自然的影响：鸟语的森林、花香的田野、淙淙的溪流、峻峭的山峦，各种习性奇特的动植物等等，都已成为他生命中的一部分。因此，尽管他后来从事过多种不同的职业，可是大自然早已融入到他的精神之中。成年后，他先后做过教师、记者、银行职员。内战期间，他在华盛顿的国家财政部任职，并利用空闲时间写作，还与诗人惠特曼成为好朋友。

1873 年，他回到家乡哈得逊河谷的卡茨基尔山区，在那里开辟果园，种植果树，并继续写作，不时远足到邻近的山中观察和研究自然。他在1871 年时出版了第一部颇有份量的著作《醒来的森林》（原名为《延龄草》），深受读者欢迎。1874 年，他在埃索普斯溪附近买下一个小农场，建起了他的"河畔小屋"。1875 年，他又与儿子一起，在离"河畔小屋"不远的山中盖起了"山间石屋"。

在后来的岁月里，巴勒斯的时间几乎都是在这两处贴近自然的乡间小屋中度过，他在那里尽情享受着大自然给他带来的愉快。

目录
Contents

Part 1

徜徉于花海之中

红花半边莲

几乎每一个季节我都会认识一种或者多种鲜花。但是要穷尽任何一个数量庞大的植物部落都要耗费多年的时间，除非像草药师一样，只寻找某个特定的对象。我们希望和这些鲜花以一种简单自然的方式相遇，就像朋友那样。在那些美好的瞬间偶然碰在一起。你们会在散步时碰头，或是在树下野餐时，手肘相触，或在钓鱼或露营等外出探险活动中相识。有时我们只想感受下户外自然的气息，却在不经意间与这些花儿鸟儿相遇，似乎是特别的好运气呢！不管怎么说，人们都希望慢慢地去探索植物的世界，而不是囫囵吞枣不知其味。我们想要留一点念想，好让我们在路过时留心观察，有所期待。

我从来没有发现名为卡吕普索的一种兰花。格雷说，那是一种黄紫交杂的花。它生长在寒冷潮湿的森林和沼泽，异常的美丽稀有。没错，卡吕普索就是爱上了尤利西斯的那位女神！

她将他拘禁在岛上长达 7 年之久，最后因尤利西斯的离开，心碎而亡。我热切地渴望能看到她，以一朵花的样子出现，统领着寂静的沼泽，或是俯视林中苔藓遍布的幽暗峡谷，卓然而立。哪怕让我像尤利西斯被她拘禁几小时，甚至更久，我也心甘情愿。

我会借用格雷的话语来形容她，这样，如果我的读者遇到她，就会知道他们发现了多么了不得的稀罕物。也许在北方树林里寒冷而又布满青苔的沼泽地中能够发现她的身影。你会看到一朵低矮的小花，紫色混杂着黄色，有点像凤仙花，边缘像膨胀的气囊；花瓣和萼片非常相似，向上生长而后慢慢伸展开来；枝干或花茎，有3~5英寸高，只有一片很薄的呈心形的花叶，而叶柄是从球茎发育而来。这就是寂静沼泽之地的女神，她等待着喜欢冒险的英雄穿过她的领地而让她心碎。

一些无害的小野花有着奇特的名字，它们来源于古老的神话。梭罗最喜欢的花之一，印度黄瓜根，以女巫美狄亚的名字为名，被称为"美德兰"，因为它曾一度被认为具有珍贵的药用功能，而医药和巫术一直以来都或多或少的被人类混为一谈。它是一种美丽的装饰性植物，在完美状态下，会有两组叶片，一组位于另一组上方。距离地面1英尺高，五六片叶子轮生排列，看上去仿佛另一组三片叶子从其顶部长出。从顶端的那一圈叶子中长出小巧的，无色的，向内弯曲的花朵。整株植物看起来格外修长优美。也许因为才一年的缘故，它只有一圈叶子，第二年，这个地方会长出花柱。尝一口那白色脆嫩的根块，黄瓜般的清香在口中弥漫开来。我们常常把黄瓜做成开胃小菜，而印度人是否也把这根块做成开胃菜，就不得而知了。

几年之前的一个夏天，我发现了另一种美丽的鲜花，它以一位希腊女神的名字——阿瑞塞莎为名。阿瑞塞莎是服侍狄安娜女神的一位仙女。河神阿尔法斯看到了正在沐浴的阿瑞塞莎，疯狂地爱上了她。为了躲避阿尔法斯，她被狄安娜女神变成了一泓清泉。阿瑞塞莎是最美丽的兰花之一，她的追求者哪怕穿越重重沼泽和层层湿地，也要去追寻她的足迹。她的花瓣呈明亮的粉紫色，有1英寸来长，散发着紫罗兰般的芬芳。萼片和花瓣耸立着，形成了一个拱形的屏障，将我们称之为花心的花柱围在其中。在马萨诸塞州的普利茅斯县，阿瑞塞莎似乎很常见，听说它被当地人称为印度粉。

但是，我要讲述的是我的新发现。有一种植物能在炸药破坏过的土地上生长。一条新建铁路穿过我常去散步的区域，带来了一大群意大利劳工和成堆的炸药，这些炸药足以将这里所有温文尔雅的神明彻底驱逐。但事实并非如此。地震刚刚过去，我在一处部分风化的岩石峭壁下行走，为附近两个大型桥墩寻找石材，在一片碎石瓦砾当中，我看到了我一直寻找的延胡索花。这种漂亮的叶类植物垂挂于峭壁底部的碎石上，密密麻麻地丛生了一大片。她温柔，细腻，优雅，与炸药这个黑色巨人造成的破坏形成鲜明对比，也似乎是这种冲击岩石的力量造就了她。或许种子已在裂缝或缺口处沉睡多年，当灾难来临时，它们猛然发现自己已经置身于废墟之上的一片新土壤，于是重新焕发生机，似乎世界就是为它们才重新创造，某种意义上来说也的确如此。当然，它们长得郁郁葱葱，这一片废墟从未被如此精致的蕾丝一般的枝叶所覆盖。低垂的圆锥形花朵，略显苍白的肉色花朵增强了整体效果。它是一种普通的攀缘植物，没有多余的枝叶，也不能缠绕他物，只是使用小手或钩子一样的新鲜叶柄，它们分布在每一根分支的末端。花朵悬垂着，像耳环似的来回摆动。远看有点像心形，可凑近仔细一瞧，却又像皱起的绸制口袋，里面或下面接近白色，向光的一侧呈浅紫色，底部收缩成褶皱。它们也是确确实实的口袋，花朵枯萎后并不会凋落，而是成为装满种子的口袋。延胡索花从 7 月开花一直开到秋天霜冻降临时。

奇怪的是，这延胡索花从第二年起就在该地区销声匿迹了。也许，要再来一次地震才能唤醒它。

　　与延胡索邻近的品种——荷色牡丹（兜状荷色牡丹和加拿大荷色牡丹），更为常见，是春季最为美丽的花卉之一。4月的最后一周，我看到了白心（与花园里的荷色牡丹相似，因而被戏称为"兜状荷色牡丹"）。这种植物喜欢长在岩石上，有时会从突出的岩架上或是下方的碎石中冒出头来，像变戏法一样。当美洲血根草开始零星地出现在废墟和碎石中，当第一只燕子在空中吟唱，我们就要踏上寻找荷色牡丹的路程。北方有一种植物，被称为"加拿大荷色牡丹"，根部有小小的金黄色块茎，花朵在5月绽放，散发着风信子的香味。而它和同科的其他开花植物一样，不会对岩石造成影响。

　　这年夏天，我认识的第二种植物是绚烂耀眼的凤仙花。大多数凤仙花生长在树林的沼泽地里，只有一种无茎的凤仙花在到达沼泽地之前，就在干燥的土壤里扎根了，通常在常绿乔木林，因为那里的松针地毯能让她的脚丫避免受伤。但可能需要穿过许多潮湿、肮脏的丛林，才能找到其中最漂亮的凤仙花——但也是最粗壮最结实的植物；凤仙花的花朵很大，非常耀眼的白色，前端是淡淡的紫色；茎有2英寸高，叶子茂密，比野草更为粗糙。一位研究植物的邻居告诉我，在林中的某个苔藓沼泽里能找到它。那个地方后来被证实是消失的一处湖泊或是黑色冰斗湖的所在地。沼泽边上的白色杜鹃花盛放着，但很快便会凋零；中部是云杉、黑色火山灰和大型蕨类植物，而在其海绵状的铺满苔藓的底部，长着猪笼草。到处都长着一小撮一小撮的凤仙花，我从来没有见过如此美丽的景象——那么欢乐，那么喜庆，好像逢上了什么节日。难道它们是无数顶漂浮在叶子上方的帽子？还是一群胸前带着紫色斑点的白鸽，正展翅欲飞？

或者它们是一队仙女的船，正扬帆航行在一片花草的海洋？这样的画面涌向心上，让人仿佛置身梦境，只迷迷糊糊沉迷于它的美丽和生动。挺立的白色萼片让凤仙花显得更加灵动。此处昏暗的光线也刚好映衬着它纯净的白色花瓣，令人眼前一亮。那些许紫色就像是丰满的唇边或液囊里溢出的几滴葡萄酒，沿着两侧雪白的面颊缓缓流下。

这种凤仙花是最为罕见、最为上等的野花之一。它的行踪和姿容少有人知，那些有幸了解的人也总会小心翼翼地守护着这个秘密，生怕它受到一丁点的伤害。新英格兰一位著名植物学家告诉我，在那个地区只在一处能找到凤仙花，据他所知，只有 3 个人知道，他们也都对此守口如瓶。

我的一个朋友是兰花爱好者。6 月某天，他坐了很久的火车，特意来观赏凤仙花。我领着他来到沼泽边，抬手将枝条像窗帘一样拉起，说："就在那儿。"

"在哪儿？"他问，凝视着昏暗的远处。

"离你不到 6 英尺的地方。"我回答说。

他缩小视线范围，脸上渐渐露出既惊喜又兴奋的表情！一丛凤仙花，少说也有十几株，离我们只有几步之遥，几乎触手可得，有的还开着双生花。他头一次见到这样的景象，不由得细细欣赏起来，每一个表情和动作都显得十分满足。秋天时分，他又来了，还把几株凤仙花移植到住所的落叶松旁。那些凤仙花倒也枝繁叶茂地绽放了好几年，只是后来，不知怎的就颓败了。

几乎每年 6 月，我的朋友都要来瞻仰一番凤仙女王的绰约风姿。

我第一次寻找凤仙花返回途中，帽子刚好刮到一只红眼莺雀的鸟巢。那鸟巢隐藏得实在巧妙，就建在昏暗、无叶的灌木丛中，就像一个公开的秘密！于是，我不由自主地停下来观察。鸟巢悬挂在一棵弯曲的小树苗末梢，一些白色的物质点缀其上，以将巢穴和周围灰色斑驳的树干融为一体。在光线昏暗的灌木丛中，除非你长时间地仔细观察，不然很难会发现它。几片较大的叶子在其上方形成了一个遮篷。鸟巢不是很隐蔽，但因为他的外观及位置与周围的光线和阴影十分相近，因此，要找到它并不容易。

几年前的夏天，我又找到了一种美丽的植物，它形似杂草，最近才出现在这个地区的某些地方。那时，正值 8 月，我走在草场的一个小圆丘上，看到一小片非常艳丽的橘红色，近乎深红色的化。我在此处从未见过这种花。经过研究，我发现这确实是一种新植物。花茎粗糙不平，长有茸毛，没有叶子，大约 1 英尺高，鲜艳的深橙色伞状花序簇集，叶片呈深锯齿状，带刺，平压在地面上。整株植物看起来，像是名副其实的"以扫"（"圣经"中人物，名字的意思即为"多毛"），似乎在紧紧地抓牢地面，不会轻易放手。第二天，在 1 英里远的另一片地里，我偶然发现了更多的这样的花。经过询问得知，小片这种植物在那年夏天第一次出现，又或者是首次被发现，虽然这片草地我童年时期就熟识了。它们在 7 月初和青草一起被砍掉，在 8 月的第一周就重新发芽并再次开花。这片草地仿佛燃起了大火一般红艳艳的。它们的叶子覆盖着脚下的每一寸土地，连一根草都插不进来。它们生长缓慢但最终将会完全占领这片土地，一点一点地吞食掉整片草场。这种植物似乎是山柳菊或是水兰的一种，又或者是这个复杂科目的近亲种，但我在植物学的论著里并没有找到相关资料。

几天后，我发现，也许，离邻县边缘十英里远的地方是它的老巢。几天后，我在距离十英里外的一个邻县边上，似乎发现了它的总部。这种花几年前就在那里出现了，人们认为它是从农民的庭院里潜逃出来的。它成片成片地在田野里扎根生长，农民们意识到其存在的危险性，想方设法将其消灭。它的种子也像蒲公英一样，随风播撒在远远近近的土地里。它为仲夏的田野添上一抹亮丽的色彩，如同英国的庄稼地里长出的猩红罂粟花。但是代价是巨大的，因为这片土地将要被它完全霸占。

这是我十年前的观察结果。后来，我得知那是来自欧洲的黄山柳菊，一种水兰属植物。很快，它在纽约和新英格兰成为一种常见的杂草。（1894 年）

仲夏，新英格兰的一些地方已经长出一种与黄山柳菊一样鲜艳的野花，却远远没有那么张扬、浓烈，这种花叫野牡丹，或是叫鹿草，是某个热带植物家族中唯一长在北方的品种。8 月在临近巴扎德湾的乡村，我发现了许多这种花。对我来说这是个新品种，我很难辨认出它们——外观上与某种猩红色月见草相似。整株植物分为 4 部分：花瓣微微呈心形，回旋状的花蕾，带硬刺的叶子，萼管很长；但是花茎却是方的，叶子对生，管呈坛状。花朵直径约有 1 英寸，呈亮紫色，能在干燥、沙质的土壤里大量生长，为干燥的沙漠增添一抹明朗的色调，也在沼泽地的边缘地带生长。我所熟知的生长在内陆原野上的任何花与它相比都黯然失色。我们在改进花园时，正如罗宾逊先生曾在他关于野外园艺的一本书中所推荐的那样，决不能忘记鹿草。

同样的鲜花，在海岸上生长的在颜色上可能比内陆的更加明艳。

我认为马萨诸塞州海岸的野玫瑰，比我以前在内地看到的颜色更深，香味也更浓郁。绣线菊的颜色也更加丰富多样。

　　说到生动的色彩，有哪种花能与我们的红花半边莲相提并论呢？它绚烂的光芒仿佛是从一块燃烧的煤块迸射出来似的，照得人眼花缭乱，连花瓣都看不清楚了。它不像其他鲜花一样，纹理质地清晰可见，耀眼的光芒掩盖了一切；它本身的颜色并不十分鲜艳，而它却在一片熠熠光彩中静静矗立。在一切潮湿阴暗的地方，没有什么花能比它更显眼夺目，就算是最广大最黑暗的阴影处也只需要几朵这样的小花便足够了。通常情况下，红花半边莲是成对出现的，池塘黑水的反射让这种效果愈加明显。在颜色上它唯一的对手要数马薄荷或叫香蜂草，薄荷的一种。但是这两种花从来不会同时出现。在偏远的北方，红花半边莲越来越少，被同样生长在阴冷潮湿之地的马薄荷取代。在山泉周边，或草原的小溪边都能发现马薄荷的踪迹，或者在山间湖泊的源头处会有马薄荷泛着光。它至少有两英尺高，仿佛一顶红通通的宽边帽。

　　8月，我亲眼目睹了哈得逊河下游沼泽地的盛况：在一片长着莎草和菖蒲的区域，大片的药蜀葵点缀其间，这大概是唯一能让我忆起英国绿色田野中的点点猩红色罂粟的情景了。这是何其的壮观——沼泽禾草摇摆的波浪如同一面迎风招展的旗帜，鲜艳的粉红色花朵在每一寸土地上竞相绽放，如同燃烧的炭火在微风中发出的点点星光。药蜀葵并不及罂粟色彩艳丽，但花瓣却大得多，洋溢着青春和幸福的色调。它从欧洲移民而来，正悄然融进这片广袤的河边草地。

　　同一天当火车穿过广阔的沼泽地时，你也会被这些锦葵深深吸引，它们欣欣然地出现在一片色彩鲜亮的紫色金钱草中。金钱草也在沼泽地安家落户，到处都是一团团紫色的篝火。它体形高大，成群丛生，为广阔土地镶上了一道夺目的紫边。金钱草也是从国外引进的品种，多年前在沃尔基尔沿岸第一次出现。附近的农民们一度认为金钱草的种子最早是跟随澳大利亚进口的羊毛进入国内，并在沃尔基尔瓦尔登湖的一家羊毛厂清洗出来。但由于它是欧洲品种，所以，这种说法并不科学。很快，我就想到，它应该是人工培育过程中的漏网之鱼。如果有人遵照罗宾逊的《野生花园》的建议，收集到金钱草的种子，种在湿地和流水潺潺的河边，到时，河流两岸定会花草摇曳，生机盎然。

本土植物中，扎根于沼泽地区的是沼泽乳草属植物。虽然它也多姿多彩，却远远不及金钱草或锦葵绚烂艳丽。它在野地里生长传播，谦逊低调的紫色让片片荒野焕然一新。

有时，人们会在一些罕见的地点碰到熟悉的野生花卉，对它们又增添了新的认识。比如耧斗草，无论在何时何地，它都是最精致美丽的鲜花之一。但春季的某一天，我却看到它从一面布满青苔的石墙的裂缝中长出来，没有一点土壤和霉菌的影子———丛叶子和花朵在垂直的山体表面的黑色缝隙中冒出头来并向上生长，如同一个小巧的喷泉，花朵便是那溅落的水珠，在灰色石壁的映衬下，像红色的珠宝在空中悬挂、飞舞——这是一种全新的充满魔力和无畏的美！石壁狭窄的岩架上，盛开着延胡索；松散的圆石砾里，血根草熠熠生辉，如雪一般耀眼的白，而不是鲜艳的红色。

每个季节人们都会踏上特别的旅程去寻找某些花。它们有一定的生长范围，通常在特定地点能寻见其踪迹。我们要在丛林中寻觅多久才能找到美味的藤地莓呢？我们怎么能任由春天逝去，而没有亲手去采摘藏在沼泽地里的藤地莓呢？日历上有一些日子是专门留给藤地莓的，盛开的藤地莓花会在这些日子里深情地呼唤着人们走进树林。而我的"藤地莓日"是在4月的下旬。那时潮湿的斜坡上和泉水旁都长满了青草。农民们已经耕出第一道犁沟，肝叶草已经美到极致，明艳的血根草发出星星般的闪光；人们品尝过一两次春天和森林的滋味，但并没有满足，只觉得味蕾被激活了。漫步山林中随手抓起的一把藤地莓，才是这个春天最可口最令人心满意足的佳肴，是温柔缱绻的初夏时光的精华和灵魂，预示着夏天即将到来。每当想起它，仿佛就能看到阳光沐浴的树林，闻到干燥叶子释放的热量带来温暖的泥土气息，听到第一只大黄蜂——"灌木丛里的漫游者"醇厚的低音，或是成群结队的蜜蜂们外出采蜜时哼唱的优美和弦。返乡的燕子在枝头叽叽喳喳；第一只红眼小鸟拨弄着干树叶，发出沙沙的响声；长在北方的画眉，是一位灰脸颊隐士，明目张胆地在你面前蹦蹦跳跳；知更鸟，麻雀和天堂鸟正在筑造它们的第一个巢；第一条西鲱鱼正努力向着哈得逊河上游缓缓游去。

的确，当藤地莓结出果子时，夏天也快要来了。看看，男孩子女孩子们成群结队地去树林里采集藤地莓，可得让他们当心，别太贪心而把藤地莓摘得一点儿不剩。稍大一点的镇子周边，娇艳的野花被无情地采摘。每一拨前去的年轻人都将野花洗劫一空，仿佛下定决心搞破坏似的。有一天，在离哈得逊河某个城市十英里远的地方，6位年轻的女士带着大捆大捆的藤地莓上了火车，每个人少说也采了40捆。显而易见，她们已经把树林一扫而光了。那真是一道美丽的风景啊——女士们身着粉白相间的衣裳，捧着粉白相间的花儿，车厢里霎时间芬芳缭绕——春天的气息弥漫在空气中，但我认为，像那样对树林巧取豪夺实在是让人惋惜。接下来的一拨人同样贪婪，也许，一把就够了，却偏偏摘了一抱那么多。于是，花儿们就这样一点一点地从树林中消失了。

我也曾专门去寻找另一种花——睡莲。睡莲是花中的明星，轻而易举地就能把其他种类的百合比下去；我们探寻睡莲的这一趟旅程可以算是夏季寻花活动中最盛大的一次了。黑暗隐晦的水域，池塘或湖泊，都是可以发现它的地方。为了这样一次探索，准备工作可是不少：要置备一艘船，带好午餐，叫上几名好友。走这一趟要花上大半天，我们将在树林里野餐，沉溺于"绿荫下的绿色遐想"。为了寻找睡莲，我们不得不用马车载着小船走过 3 英里路。这条路就是所谓的"捷径"，引领我们穿过大半个树林。睡莲生长在黑池塘，那里比哈得逊河的地势要高 100 英尺左右，险峻的群山被森林覆盖，横在池塘和哈得逊河中间，其中有一座山叫作伊米托斯山，我曾在这座山的森林里发现了大量的野生蜂蜜。从池塘发源的河流向北流了两三英里，穿过一座小山，迅速汇入哈得逊河。途中河水流经了众多水塘和瀑布。现在，一条又长又深的河流，水平铺展开来，鲈鱼和梭鱼潜伏在这里，柳兰和弹簧花在河流两岸整齐地排成一线。突然，河水一个急跃，大约有 8，10，或是 15 英尺的落差，一下子就跳到了另一层水面。这里水流的很慢，阳光洒在水面上。河流就这样一路蜿蜒前行，掠过了青山，直到哈得逊河出现在视野中。我们沿着小河向前走，跨过河流之上简陋的小桥，穿过黑暗的铁杉松林，从灰暗的岩壁下走过，来到一个黑色的池塘。目之所及，是急流冲击泛起的水花，耳之所闻，是河流淌起的哗哗水声，直到我们抵达一个通向湖泊的河口。在这里我们将船放入水中，缓缓划过黑色的河面，推开隐没在水中的树梢，从翻倒的大树树干下划过。这树干横跨在河面上，形成了一座桥，为松鼠和木鼠提供了便利，如果再下沉几英寸的话，小船就只得从它上方经过了。我们经过的这一段曾经也是湖泊的一部分，但现在即便在夏天，森林的边缘也要比水面高处几英尺。距离河岸半英里的森林里长满了美国黑椴，红色的枫树和其他落叶乔木，一直延伸至那将我们团团包围的群山的脚下。我们偷偷潜进那片繁茂静谧的树林中心。天啊！我们看到了什么！直到今天当时的所见依然清晰，一株加拿大百合像仙女的铃铛悬挂在天然形成的入口处，一束阳光洒下，在深绿色背景下泛着明亮的橘色光芒。这似乎是暗淡的森林中唯一的光亮了。隐士画眉即时演唱了一首悦耳的曲子，更是让人心旷神怡。最稀有的鸟雀之一——沼泽带鹀，也来凑热闹。沼泽带鹀的鸟巢筑在离水面几英尺高的树枝上——从外观上看，与建在地面灌木里的鸟巢十分相似，巢里也同样有4颗带着斑点的鸟蛋。渐渐地，睡莲进入了我们的视野，漂浮在湖泊入口的水面。微风拂过，它们晃了晃身体，每一片叶子都从水面跃起，露出了底下的粉红色，看样子似乎是早就等着给我们这样一个惊喜呢！睡莲们在风中身姿摇曳，这是几百只翅膀在同时扇动吗？还是数不清的小手在鼓掌呢？睡莲们摇摆着身体，却始终向着太阳敞开心房，那柔软的白色花瓣如雪一般晶莹剔透。

多么高贵的花儿啊，那么洁白无暇，那么芬芳可爱。他们的根是黑色的，像丑陋的布满褶皱的爬行动物，紧紧地抓着泥土，但它的花朵却像星星一般纯净和洁白。紧闭的花苞在水面上探出头来，沐浴在阳光之下。短暂的花期之后，又重新将花瓣合拢，慢慢沉寂于水面之下。我们甚至可以想象到凋谢的花朵，沉入暗无天日的河底滋养种子，会有怎样悲伤的表情。睡莲一般早上开花，午后就会微微收敛，但当你摘下它，带回家，它仍然能感觉到晨光的召唤，只要有机会就会向着太阳绽放。把它们放在门前的草地上，茎杆盘绕于杂草，再浇足水。那么，当你做好准备晨跑时，它们就能够端坐在湿润的草地上，如同在水波上一样美丽迷人。

那些更为精致的野花，品种稀有，品性高尚，打动我们的是它们独特的美丽和绰约的风姿。而那些普通平凡的品种，靠的则是数量还有旺盛的生命力。我们关注的不是其中的一朵，而是千朵万朵的整体，就像华兹华斯在他的诗歌《水仙花》中所写的一样——

"一眼便瞥见万朵千株，摇颤着花冠，轻盈飘舞。"

比如，沼泽金盏花就是这样成片丛生的。4月，它们为丛林中那些黑暗、潮湿的角落镶上了一道道金边，或者是为经过绿草地的河道，描出一线闪闪的金色标记。当有人漫步时，不经意地抬头，便会被桤木下面或是另一边草地上的静止的堆积的阳光吸引住。

某种程度上说，这也是野生向日葵的真实写照。它们明媚的笑脸照亮了长满灌木的栅栏的角落和杂草丛生的道路两旁。月见草是一种相对粗犷的植物，但是十分茂盛。在夏末，那抹鲜亮、精致的淡黄色把未经修剪的河岸描画得多么美丽啊！

我们还有一种花，虽然也是大面积的丛生，但其本身也是十分精致而美丽的。我指的正是茜草科植物或是矢车菊！5月，我在某些地区看到了一大片这样的植物。在低矮的、未曾开垦的草甸底下，它们像被风吹散的略带蓝色或紫色的雪，不均匀地覆盖着这片土地。

它并不十分讨喜，模样也不够出众，颜色也不够热烈抢眼，但每一朵花都是珍宝。普通的紫罗兰色泽饱满，十分显眼。在 5 月中旬，青草漫漫的河畔因为有它的陪伴也显得欢快起来。紫罗兰品种繁多，香味各异。而香味统一的品种有高大的加拿大紫罗兰，在北方树林里是十分常见——纯白色花瓣，花瓣的底部是淡淡的紫色——还有湿地里小巧的白色紫罗兰。某一年的夏天，我在一片洒满阳光的树林里看到一大簇紫罗兰，空气中都弥漫着它的芬芳。一捧花的香味，轻易可察，一枝独放却几不可闻。秋天时节，加拿大紫罗兰相继绽放，花香也比早期更加浓郁。我必须要提一提 5 月盛开的一种精致可爱的花朵，少叶远志。在寻找气味芬芳、颜色艳丽的兰花时，如果你足够幸运，也许能与它邂逅。少叶远志是一种相当害羞的花，不一定在每片树林都能找到。有一天，我们上上下下把整座山翻了个遍，也没找到它的踪迹，那片树林里混杂着橡树、板栗树、松树和铁杉。正当我们要放弃时，突然在林道边上发现了它，仿佛一群玫瑰紫色的小蝴蝶在我们面前的土地上翩翩起舞。它异常清新柔和，叶子质感细腻，微染紫色。最有趣的是，它的雌花是长在一根地下枝条上的，好像是两朵花各司其职，一个负责装饰，一个负责孕育种子。

我们在路途中看到了不少美丽的让人移不开眼睛的花朵，但它们都不是最有趣的。谁会停下脚步，去关注那些几乎在路边或贫瘠的土地里随处可见的鼠耳草呢？5 月时便能发现它的身影，白色绒毛遍布全身，一簇纤细的茎杆聚在一起，头顶的伞状花絮由纤薄如纸的花苞组成。周围新鲜嫩绿的野草与之相比，都黯然失色。它隶属族群庞大的菊科植物，外表平凡普通，但其许多独特的习性却十分有趣。例如，它是雌雄异株，也就是说，雌花和雄花分别长在不

同的植株上。而且，更奇特的是，这些植株通常明确地分开在不同
区域，就像老式乡村教堂里的男性和女性——通常是分处两边。这
边的一丛长着雌花，几码远的那一边长着雄花。雌花因为更加苗条
优雅的外在，再加上她们的生长发育要早于雄花，而受到人们更多
的关注。较之雄花，雌花确实能算得上是真正的"亚马逊女战士"。
雄花或是雄株只有几英寸高，花序呈圆形，外观更为暗淡，斑斑点点。
他们只要完成释放花粉的工作，就可以功成身退了。5月中旬或更早
的时候，雄花花序就头部耷拉下垂，茎梗枯萎，整株植物渐渐地凋零。
而雌株似乎已经开始了新生活。它们迅速生长，与野草一起萌芽，
很快就从中脱颖而出。它们机灵活跃，在微风中弯下纤细的腰肢，
细长的花瓣颜色淡淡的，生活似乎充满了乐趣和无尽的可能。我发
现，它们也是太阳忠实的崇拜者。早晨，它们的脸颊朝向东方，仰
望太阳从天际划过，直到日落西山，便向着西方垂下了头。据我所见，
雄株则一直是僵硬、笨拙地立在那里，直至衰落、消逝也不会对天
空和空气的变化做出反应。

　　另一个奇怪的现象是，雌株的数量似乎要多得多，应该说差不
多比雄株多出十倍。要想发现雄株就得仔细寻找，而雌株往往相距
不远。有一年夏天，我每天都能在路边看到好几丛雌株。我留心观
察小巧机灵的它们是如何向着太阳成长。6月将近时，紫色渐渐在花
瓣中晕染开来。我在几百码范围内的东南西三个方向上，都没能找
到雄株。而在北面，大约两百英尺远的地方，我发现了柔和谦卑的
雄株的一小片"疆土"。我好奇他们是怎样传粉的，是通过昆虫还
是风呢？也许都不是，似乎没有昆虫来光顾，风也不可能在这么远
的距离命中目标，但一定有什么方法能让孕育生命的种子到达目的

地。6月初，种子从植物上脱落，包裹着种子的冠毛洒落在野草中间，但仍然停留在草尖上，好让路过的微风将他们带走。

所以其实鼠耳草的种子是靠风来播撒的。起初，我很疑惑，雌株和雄株为何处在同一小片土地中却保持相互分离状态。后来，我记起在植物学中读到过的相关内容，这种植物是多年生草本植物，和草莓一样，通过可动因素传播种子，因而，两种植株自然就会相互分离。

另一种美丽而有趣的植物是赤莲，或者叫黄猪牙花，是最早的百合科植物，也是最讨喜的植物之一。4月，它卷曲的花瓣上便闪烁着太阳的光芒。百合科植物的鳞茎生长在地面或是接近地表上层。这样说来，洋葱也算得上是一种百合。但是，也有一种百合科植物的鳞茎深藏地下，它究竟是如何深入地下还有待研究。植物学也有类似的记载和描述，但并未对这种现象提供任何解释。目前所知，只有较老植株或是开花植株的球茎是深埋在地下的，而幼株的鳞茎更靠近地表。较老植株或是开花植株有两片叶子，幼株只有一片。4月初的时候，如果时机恰当，你有可能在树林里看到那些卷曲起来的紧凑的叶子，仿佛一件件利器，穿透平铺在地面毯子一般的干枯树叶。它们并非冲破那一层覆盖物或将其顶起，而是像锥子一样刺穿它。

但鳞茎是怎样深入地下的呢？我们在某一年的春天从一片古老的草甸底下挖掘出一些鳞茎。坚韧的纤维草皮被割开 8 英尺深，在两英寸深的地方，较小的鳞茎露了出来。当然，它们都是由地表土壤里的种子发育而成。年轻的植物学家，或自然爱好者，会发现这里是原始研究的好地方。5月末或 6月初，植物的叶子已然消失，脚下的土地上绿白色的球形根状物盘绕着生长，让人不得不仔细审视。它们和蚯蚓一般大小，表面也像蚯蚓一样光滑，而且容易折断。根状物两端都在地下生长，一端连着先生鳞茎，另一端不停向地下深处延伸成长，直至与新生的鳞茎相连。我从没见过母根与植株的地上部分相连的情况，其中的原因不得而知，除非它是通过这种方式来获得更多向下推进的力量。对于鳞茎如何深入地下的课题，我还没有得出完整的观察结论，但是在前文中已经提供了不少线索。

可惜的是，这种优雅的花儿却没有一个合适好听的俗称。它是最早的百合植物，拥有所有百合植物的风姿和美丽。猪牙花，这个植物学名一点儿也不合适，它源自一个希腊词汇，意思是红色，而我们的两个品种却是黄色和白色。至于说为什么又被叫作赤莲（"蛇信子"）我也不清楚。大概是因为叶子上面红色的斑纹，但无论怎么看也不像蟒蛇的信子。小鹿身上也有这样的斑点，叫"小鹿百合"也好过"蛇信子"。更好的选择是"鳟鱼百合"，这个名字是最近才提出来的。它沿着鳟鱼小溪一路盛放，斑驳的叶子酷似鳟鱼背上的斑点。"狗牙"，也许是根据花朵的颜色和形状命名的。但"紫罗兰"这个名字就比较奇怪了，因为它不具备一丁点紫罗兰的特征。这是我们的野花还有鸟儿被随意命名的另外一个例证。

在春天的漫步中，我时常看到一片孤独的黄色百合独自盛放在长满青苔的石头旁。日光倾洒，细细碎碎的光芒散落在黄色的花朵中间，这大概是我见过的最美丽的野花之一。两片叶子竖立，像极了小鹿的耳朵，花瓣微微向下蜷缩，看似一副机警、精明的模样。我从来没见过白色的百合。有人告诉我，白色的百合在加州山区十分常见。

另一种常见的野花，是野姜。说起野姜，我总是疑窦丛生，为什么它总把花藏起来？两片布满绒毛的绿叶，呈心形，在一堆青苔斑驳的石头中，别具一格，但那特别的褐色钟形花朵总躲藏在苔藓或干燥的落叶底下，似乎太过谦虚而不敢面对洒向树林里的阳光。一般来说，植物总是迫不及待地向全世界展示自己娇艳美丽的花朵。但野姜却背道而驰，只是秘密绽放。野姜花不是迎着阳光和空气向上生长，而是低头朝向黑暗和寂静。它没有花冠，但有植物学家所谓的红萼或棕紫萼，与花冠类似。嚼一嚼野姜的根，嘴里留下的正是生姜的味道。

野姜和龙胆的开花方式，与其他鲜花相比，非常的特别。龙胆不会把花掩藏起来，但花冠始终闭合，看上去永远都是一个闭拢的花苞。达尔文曾向我们揭示过昆虫对植物的重要性，我以为闭合着的龙胆草无法吸引昆虫授粉。但我曾摘下一朵龙胆花，发现里面钻进了一只大黄蜂，它再也没能出来，永远葬身在花朵中。

根据人们近期的观察，我十分确定，大黄蜂能成功进入闭合花冠，分配花粉。

"一只大黄蜂飞来，偶然落在一簇紫苑上，接着，又离开紫苑，降落在一丛龙胆花中。它有些困难地把口器探进近旁的花朵缝隙中，接着头和身子也挤了进去，只剩下后腿和腹部前端露在花朵外面。它就以这样的姿势在里面收集花粉，完事后再把身子退出来，休息片刻，将头部和胸部的花粉刷到花粉筐里，再飞向周边的紫苑。整个过程大约持续20秒。"（《十种新英格兰花卉以及它们的昆虫访客》克拉伦斯·穆尔斯·韦德）。

我将提到的另外一种奇特的花是金缕梅。众所周知，所有的树木和植物都在春天开花，但金缕梅是个例外，它在秋季盛开。当它的叶片慢慢枯萎，飘落枝头时，花朵露出了笑颜，林荫大道两旁和树林边缘芳香弥漫。香味也很特别，如同双手浸入冷水，精神为之一振。它为什么在秋季盛开，而不是在春天呢？这是一个谜。也许，正因为金缕梅具有这样的特性，一些迷信的人把它的树枝当成魔杖，来指出泉水和一些贵重金属的所在之地。

　　大多数年轻人认为植物学是一门沉闷无趣的研究学科。如果单从学校课本中汲取知识，确实是无聊透顶，但若是自己在田野和树林里研究植物，你会发现它是永恒愉悦的源泉。找到一株植物，然后在植物学的文献中查到它的名字。一个名字包罗万象。植物的名称是很有帮助的，因为这是知识的开端，是将要迈出的第一步。这就好比我们看到一位陌生人，若是对其产生兴趣，则很希望知道他或她的名字。一只鸟，一朵花，一个地方——我们首先想要知道的就是它的名字。名字有助于我们对其归类，给予我们一把了解它的钥匙，就像黑暗之中的一束光。只要知道一件事物的名字，似乎就已经与它建立起某种联系。

　　前几天由于火车因故延时，我便来到了距车站几码远的河岸边，找寻些野生花草，说不定能找到一些不知名的植物呢。我正随意闲逛着，这时，一位年轻的英国姑娘也离开车站，朝我这边缓缓走来，采摘着沿途的花朵。她对这些花草一无所知，甚至连一种花的名字也不知道，但很想把它们带回家送给父亲。当她得知这些花草的名字后十分开心！虽然她之前从未听说过，但是似乎每一个名字对她来说都意义非常。这正是她想要的：简短的介绍，立刻就兴致勃勃了。

　　"你刚刚在河边摘下的那朵橙色的花儿，叫水金凤。"我告诉她。

"它看起来真像一颗宝石。"她回答说。

"英国没有这种花，最近也还没有，但我听说，现在英国的一些河流边上能找到它，是从美国引进的。"

"那这是什么？"她拿着一株茎叶林立的蓝花植物问道。

"那是蓝蓟，长在你身旁的河边，它原产自哈得逊河沿岸和卡茨基尔山中的一些支流河谷，是一种粗野顽强的植物，但它的花有着艳丽的紫色雄蕊和蓝色花冠，你看，很漂亮吧。"

"这也是一种来自大洋彼岸的品种，"我拿起一簇白色小花说。每朵白色小花都有一个小小的胀大的棕色小袋子或气球——这是白玉草。"它常常在田野里捣乱，我保证在你的家乡一定见不到它。"她继续伸手采摘野花，而我则告诉她每一种花的名字，草木犀，一种外来植物、马鞭草（外来）、千屈草（外来）、柳穿鱼（外来）、龟头花，本土植物沟酸浆，猴面花也是本土品种。这里也可能有红花半边莲，但没找到任何踪迹。我想让这位青春活力的英国姑娘看一看美国国土上的野花是多么艳丽明媚，那一定会让她激动得热泪盈眶。

正在这时，车站的汽笛响了起来，召唤大家上车，我们也只好快速离开了。

在草长莺飞、鸟语花香的季节，一个人如果刚好在国内并且对花鸟很感兴趣，那么他随时都能在手边发现一些吸引他的景致。如果没有兴趣的话，也很快便能培养出来。我最近一次 80 英里的略显乏味旅程（9 月），跨越了 3 个县，好在路边五彩缤纷的鲜花为枯燥的旅程增添了些许趣味。首先，草地和牧场里的一片一片紫色的野生百里香深深吸引了我。我下了车，采集了一些花。蜜蜂在鲜花上卖力地劳作，我突然忆起，在旧大陆上这是一种很有名气的蜜蜂采蜜的花。也许，这种植物是从人类的花园里溜出来的，因为我之前从没见过野生的百里香。沿着斯科哈里，我看到一望无垠的蓝蓟遥望着太阳，细细的白色绒毛，仿佛结上的一层霜。

路边这种茎杆高大，挂着厚厚一层略带紫色的流苏状花朵的植物是什么？它的茎杆有 4 英尺高，下层的叶子很大，呈分裂状，整株植物看起来十分扎眼。一簇簇低垂的紫色花朵如同一件件华美的装饰品。这是一种族群庞大的耳菊属植物，有时也被称为斗篷草。斗篷草的花呈奶油色，很不起眼。最吸引人的是那些悬垂的花朵——但其实那是花的包膜，像一根根紫色的小棒子，斗篷草真正的花朵便是从那里长出。

在另一处潮湿的草丛里，我注意到一抹抢眼的蓝色，走近一看，原来那是闭合龙胆。前文提过，这种花的花瓣始终保持着合拢状态。四五朵蓝色的花苞，大约有小指一节的长度，居于茎杆顶部，周围绿叶环绕。这是一种较为罕见的花，而且十分有趣，我不由得走下车，采摘一朵。当开车经过阿尔斯特县的一片沼泽时，一株攀援植物吸引了我的注意，它在缓缓流淌的小溪边的灌木丛中攀爬，一丛丛柔和的白色花朵将灌木丛层层盖住。我不记得曾经见过它，我就把它带回家，仔细研究，结果发现它是攀援兰草。它的花朵与兰草十分相似，人们不禁要怀疑二者之间的关系。

如果没有名字，任何花或多或少都是陌生的，通过名字，可以知晓花的族群，以及它与其他花的关系，并了解一些可把握的事实。对于没有经过专门培训的人来说，要从植物学中学习各种花卉名称非常困难。对他们来说，植物学就是一本天书。他们根本不能理解

书中对花卉的语言描述，因此这把钥匙毫无用处，植物学本身就成
了一个谜题，所以他们需要的是一把可以打开钥匙的钥匙。

也许某一天会有人给我们一本野生花卉的手册，借助这本手册
我们就能不加分析地，轻易辨认出沿途的每一种花。在这本手册中，
根据花朵颜色（如白花、蓝花、黄花、粉红花）还有生长地点和开
花时间列出名字清单；或是根据芳香花、攀援花、沼泽花、草甸花、
丛林花等列出单子。这样一来，通过查找手册就能确定所持鲜花对
应的名称。如果还想获取更专业的描述，可以求助格雷或伍德。

Part 2

南卡茨基尔的心脏

豪猪

从东边的哈得逊河远眺卡茨基尔南部甚至更远处，或者从西部特拉华县的某个有利位置望去，你可以看到群山之中，有一座山看起来像一匹巨马的后背和肩膀。这匹马低头咀嚼青草，顺着高高的肩膀往下直到脖子，山势陡然下降。若它抬起头，海拔则远远高于其他山峰，可以平视阿迪朗达克山脉和怀特山。但它不能抬起头部和颈部，某种咒语或是魔法将它困在一大群牲畜里。只有看到巨马高挺圆滑的肩头和平顺强劲的脊背，那便是斯莱德山，是卡茨基尔群山中最高的一座，海拔200英尺，或许也是最难攀登的，毫无疑问也是最难窥得真面目的山峰。它被诸峰紧紧环绕，遮挡得严严实实，最雄伟但也最难得一见，只有在三四十英里开外，才能看到它在群峰中赫然耸立。许多年前，在山峰北面，也就是低头吃草的巨马的脖颈处发生了一次山崩，这才有了斯莱德这个名字。云杉和香脂冷杉仿佛巨马的鬃毛，可惜被剔除了数百英尺，远远望去还能看见一道长长的灰色疤痕。

斯莱德山是南卡茨基尔的中心和主峰。河流从它脚下发源，流经其支脉，而后奔向四面八方——流向南面的朗道特和内弗辛克，西面的贝瓦卡勒，北面的伊索珀斯，还有东面的几条小河。山地群峰聚集，方圆十英里范围山石遍布，鲜有耕地，只在几个山谷里，有几个野生农场。这里土壤贫瘠，黏土中混合着砾石，容易流失。

土石平铺在山谷的山脊处和山丘处，仿佛从一辆巨车上倾倒下来似的。南卡茨基尔顶部覆盖着一种砾岩，或"铺垫石"——一种煤层下的粘合石英。在大自然的作用下分解成沙土和砾石，流至山谷，成了这种土壤的主要组成部分。据我所知，卡茨基尔北部，这些石头已经荡然无存。山谷的更低处有一种古老的红岩砂石，向西进入特拉华县时，很多地方只剩下这种石头，是这里土壤的主要构成部分，而其他所有的石头已被冲走。

多少年来，斯莱德山对我来说是召唤，也是挑战。我曾在它滋养的每条河流中垂钓，在他身边的每一处空地露营；每当注视着它的山峰，我都暗暗下定决心，在下一个季节过去之前一定要登上这座山。然而季节更迭，我却始终没迈开脚步，而斯莱德山仍是高耸入云。直到 7 月的一天，在一位精力充沛的朋友的提议下，我们终于决定从东面登山。

我们找了一位农民的儿子做向导，从维弗尔凹地穿插过去，经过一段漫长又艰难的攀爬，终于登上了维滕贝格山，虽然斯莱德山还在远方，但我们仍然很满足。维滕贝格山只比主峰低约 200 英尺，站在山顶驻足观看，优美的景色让人沉醉，视野开阔，目之所及是一片更加宽广的土地。这里是南卡茨基尔的东部边缘，脚下的土地陡然下落，弯曲延伸穿过一片广袤的树林后抵达肖坎平原，最终延伸到哈得逊河和更远处。斯莱德山在西南方向六七英里处，只有爬上树顶才能看到。我爬上树顶向它致敬，并承诺下次一定再来。

我们在维滕贝格山度过了一晚，两根枯朽的树木之间，厚厚的青苔充当临时床铺，两侧的香脂树枝扎入地面，在我们上方汇聚成了一个遮篷。早晨即将离开时，我们遇到了一头肥壮的箭猪。我头一次知道，豪猪的尾巴卷曲着，如同触发陷阱的弹簧。它看起来好像一套锁具，只要轻轻碰一下那坚硬的刚毛，尾巴就莫名其妙地弹起老高，十分好笑。这头野兽在我前面的小路上慢跑，我用卷起的毯子做掩护，一把朝它扑了上去。很快，它就被迫屈服，在我的毯子下面一动不动地躺着，大尾巴紧贴地面。我正要仔细查看，还没动手，它就像个夹子一样迅速弹开，而我的手和手腕都扎满了刺。我不得不放开了它，随后它便一路冲撞，直到滚下山崖。我手上的刚毛很快就被取出，我们继续对它一路围追堵截。追到箭猪跟前时，它正嵌在岩石中，只露出一截刚毛竖立的后背和下垂的尾巴。它选了个好位置，让我们无从下手。我们只得不停弹拨它的尾巴，激怒它发射刚毛，再用烂木头抵挡，接着，又用云杉根做了一段绳索，经过一番努力之后，终于套住了它的头，把它拉了出来。箭猪哼哼唧唧，十分暴躁，似乎在用受伤的语气抱怨我们耍阴谋。它不停地抗议，仿佛被淘气的男孩子欺负的体弱多病的老年人。我们把它拉出来后，它的对策便是尽量缩成一个球，但是我们借助两根木棍和绳子，最终还是把它扔到了地上。它后背着地，少刺和脆弱的部位暴露了出来。这时，它才彻底妥协，仿佛在说："现在你们可以为所欲为了。"它那凿子般的大牙齿，像土拨鼠一样让人畏惧，但它不会用牙齿防身，而是完全依赖于身上的刺或是刚毛，如果防卫不成功，它也就无计可施了。

我们逗弄了它一会儿，就把它放了，继续赶路。脚下的这条山路引领我们走向一个林地谷，那真是一个世外桃源。水质优良的鳟鱼小溪、优美的山林风光、绝佳的隐逸处所，一下子吸引了我的眼球。

我心里暗暗决定，不久之后，一定要故地重游。事实上，我也信守承诺，那年夏天来这里野营了两次。两次都是在斯莱德山周围安营扎寨，并未真正靠近。第二年，在另外两名勇敢的登山员的强烈建议下，我们决定攀登斯莱德山，并选择了一条最艰险的道路。一般来说，人们会选择经过大峡谷，因为从那里攀援相对容易，这通常也是许多女性登山者的选择。只有男性才敢尝试从林地谷攀登。拉金斯是山上的居民，我们的营地靠近他的伐区。6月的一个大清早，我们启程出发。

　　有人会认为，寻找一座大山再容易不过了，尤其是扎营在一条河流旁，还知道这条河流的发源地就在这座大山的半山腰上。但由于某些原因，我们了解到斯莱德山是个十分狡猾的家伙，必须谨慎对待。我们还试图从山谷几处地点查看，但都无法确认是否看到了山顶。一年前，我在邻近的维滕贝格山，曾爬上一棵枯树，在顶端伸长了脖子才大致看到了斯莱德山的模样。这山似乎牢牢封闭自己，让人无法从近处观看，真是一座腼腆害羞的山啊。于是，我们打算穿过六七英里的原始森林潜进斯莱德山，可心里也隐约害怕它会故意躲着我们。我们听说曾有人试图从这边攀登，但都无功而返。在晦暗不明的原始森林中，巨大的山体会让人望而生畏。目之所及都是山，不论走哪条路，有时是不知不觉地，还没反应过来就拐上了一条崎岖陡峭的山路。

　　这时眼睛似乎派不上用场了，你必须明确方向，勇敢地继续向前走。而走在树林里的人就像是一只寄生在大野兽身上的跳蚤，想要寻找野兽的头颅，甚至是一只比跳蚤还要渺小笨拙的生物，消耗了时间和精力，原以为自己到达了野兽的头部，而事实上，却还在臀部。因此，我对登山多次的向导心存疑惑。拉金斯把他那顶旧毡帽放在桌上，一只手捏着一侧帽沿，另一只手捏着另一侧，说："斯莱德山坐落在两条河流中间，就像我的帽子在两手中间。接下来，大卫会和你们一起去河边，很快你们就能登上山顶了。"尽管拉金斯曾多次纵横斯莱德山，但他的说法并不正确。不久之后，我们就发现了真相。我们要攀登的山峰并非坐落在两条河流之间，确切地说，是在其中一条河流的源头，这条河流的发源地正是山下的一条小径。一大清早，我们就收起了帐篷，和毛毯绑好一起背在背上；口袋里备了两天的干粮，沿着河流旁一条古老的小路向上进发，而后又穿过两次河流。早上阳光和煦，风断断续续，时急时缓，我猜可能是要下雨了。我们脚下的这条破败的林中小路带领我们穿过了一片多么僻静的森林啊！在到达河流交汇处之前我们要走过5英里的原始森林。走到3英里时我们来到了一处"烧焦的棚屋"（仅仅是一个名字而已——自25年前起，这里就没有棚户了）。剥皮机破坏的痕迹仍然随处可见，地上堆满了铁杉树脆弱腐烂的枝干，到处都是成熟的野樱桃，山毛榉林和枫树林中散落着巨大的布满青苔的原木，一些特别柔软的甚至可以像沙发一样坐在上面或者靠着。

但最美妙的事情是凝望河流在长满青苔的石块和卵石中潺潺流淌，倾听它用柔和的音调轻声诉说，它是那么干净，那么纯洁啊！文明污染了河流，就像文明摧毁了印第安。只有在这样偏远的树林里，才能看到原始、清新、美丽的河流。也只有大海和林间小河才会如此纯净通透，而其他的或多或少会被人类的所作所为污染破坏。这是鲑鱼理想的河流，时而湍急奔腾，时而闲散游荡，时而环绕着巨石，时而平稳地流过灰绿色鹅卵石面，它水质纯净，没有一点沉淀和污秽，透明无色的水面泛起粼粼波光，仿佛雪水一样清透冰凉。确实，世上最优质的水源就在卡茨基尔地区。最开始的几天，人们觉得依靠这里的水便能活下去，怎么喝都喝不够。就这一点来说，这里的确是《圣经》所说的福地，"河流潺潺淌过，山谷涌出清泉"。

在河流交汇处附近的一处空地，我们看到了，或者说自以为瞥见了斯莱德山。真的是斯莱德山吗？是鬃毛蓬乱的巨马的头部，或臀部，还是我们苦苦寻求的肩膀？河流旁边是由草丛和树木组成的扑朔迷离的迷宫，根本看不到明确的道路，即使是正在苦思冥想的大卫，也无法辨识。但是，攀登一座山，就像攻击一座堡垒，勇猛大胆是响亮的口号。我们继续前进，顺着一排烧焦的树木行走近 1 英里，而后左转，开始登山。山坡崎岖陡峭，攀爬十分困难。我们看到无数熊和鹿留下痕迹，唯独不见鸟儿的踪迹，只有鹪鹩在冬日的天空，不时飞来飞去，就像枯木丛和垃圾堆里的老鼠，飞快地穿梭。它偶尔露个面，唱一曲抒情歌曲，打破森林的沉寂。一两个小时之后，乌云渐渐聚集，雨滴开始落下，真是令人沮丧。于是，我们只得背靠树木和岩石，等待着这场雨快点过去。

"在山上被大雨淋湿，因没有避身之处就挨近岩石。"（《圣经·约伯记》24:8），正如人们在约伯时代的做法。但是雨下的不大，很快就停了，因此我们又踏上了征途。顺着河流走了 3 小时，我们来到斯莱德山宽阔的后背，只见这座孤立的山峰，傲然耸立。不久之后，我们进入了一片茂密葱茏的云杉林，生机勃勃的云杉长在山中的一处洼地上。这里苔藓厚实，地面松软，光线暗淡，周围十分寂静。

从一片开阔、葱郁的森林转向昏暗、寂静、诡异的小树林，明显的过渡就像是从繁华热闹的街道走进了寺庙。我们在这里休息了一会儿，吃了午餐，喝了点下沉在苔藓地里的井水来恢复体力。

安静的云杉似乎预示着一场暴风雨即将来临。我们穿过这片杉树林时，看到了斯莱德山这座城堡近乎垂直的城垛。高山耸立，如同一座巨大的石质堡垒从平原般广阔的汪洋中拔地而起，一层岩石叠一层岩石，一座悬崖叠一座悬崖。我们缓慢艰难地向上攀登，手脚并用，一步一步地挪动，一会儿左一会儿右，呈之字形一层一层地往上爬。山的北面覆盖着厚厚的苔藓和地衣，如同树的北侧。一脚踩上去，松软轻柔，却也让人脚下一滑，摔倒在地。小路两边到处是黄桦树，桉树，云杉和冷杉。沿着这样的角度向上攀登，背上还背着一卷行李，与爬树的感觉完全不同：四肢使不上力，后背像是被人拉住，无法向前。所以，当我们这样攀登了 1200 或 1500 英尺，终于抵达山顶时，已经筋疲力尽了。那时已经接近下午 2 点，所以这七英里花费了我们 7 个小时。

在山顶，我们追上了春天的脚步，而山谷中她已经离开将近一个月了。红三叶草正在山谷开得灿烂，野草莓刚刚成熟；而峰顶的黄桦刚刚挂出絮，春美人正开放着，树木刚刚冒出新芽，蒙上一层朦胧的绿色面纱，随着视线向下移动，这绿色会逐渐加深，到山谷中就变成了一片浓密厚重的云朵了。山脚下的七筋姑也叫北方绿百合以及低矮的唐棣已经结满浆果，可是在山顶附近的它们才刚刚开花。这是我第一次站在盛开的春美人花丛中，望向下面满是成熟草莓的山野。高度每上升 1000 英尺，似乎就能看到植物十天的区别，因而，山顶上的时节比山脚下要晚一个月，甚至更长。我们在山的侧面见到了波状延龄草，这种花儿十分漂亮，白色的花瓣，浅粉色的脉络。

生长缓慢的低矮的云杉和冷杉长满整个斯莱德山顶，只有最顶端的一小块地方被砍出了一个缺口，站在这里，四面景观尽收眼底。我们坐下来，享受着胜利的喜悦，如同雄鹰或热气球驾驶者在 3000 英尺的高空俯瞰大地。我们脚下的丘陵和群山，那轮廓看起来是多么温和流畅啊！森林波浪起伏，像毯子一样盖在山峰上。东面的维滕贝格山延绵不绝直到哈得逊河；南面最为显著的两座山是尖顶的麋鹿峰和山顶平缓的塔布尔山；西面的格雷姆山和双顶山，均有约 3800 英尺高，让人移不开眼；而我们正面偏北的方向，越过豹山山顶，可以看到北卡茨基尔山群峰。目之所及，全是深山和树林。在这片粗糙原始的地球表面，文明留下的痕迹似乎并不多。换句话说，这里的原始气息，土著居民，地理位置仍占统治地位。人类的影响在缩小，地球的原始风貌显现出来。与地球相比，每一个单独的个体都是微不足道的；哪怕哈得逊山谷，也只是地球表面的一道皱纹。你会惊喜地发现，真正伟大的是地球本身，它向四面八方延伸，遥远的边际让人无法触及。

阿拉伯人认为，群山紧紧地抓住地球，以保持地球的稳定。他们登上一座山峰的顶端，感受到自己的卑微渺小，明白了即使没有人类地球也照样丰富多彩。但是对于富于想象的东方人而言，山峰的意义远不止于此。它们庄严神圣，是神灵的住所，并为神灵提供祭品。《圣经》中说，山是伟大和神圣的象征。而耶路撒冷就被认为是一座圣山。叙利亚人被以色列人打败时说道，"他们的神灵是山神，因此，他们比我们更强壮。"正是在何烈山上，在一片燃烧的荆棘中，上帝出现摩西面前，并在西奈半岛，将律法授予他。约瑟夫说，希伯来牧羊人从不在西奈山放牧，因为他们相信这是耶和华的居所。高处的孤寒让人心生折服，也更容易让人相信，神明是出现在山顶燃烧的荆棘中，而不是山谷。天堂的云朵降落，逐渐地笼罩了整个山顶——这样的场景一定会给敬畏神明的希伯来人以强大的震撼力！摩西深知如何营造一种合适的氛围才能使律法激起人们内心深处的敬畏和崇拜。

但云朵向下飘移准备包围斯莱德山上的我们。顷刻间宏伟庄严消失殆尽。意义非凡的云朵变成了普通的雾气，浸湿了我们的衣裳，也将整个世界遮盖起来。整个景象立刻变得单调乏味。但当浓雾升起来时，我们从下面看去，就像从一个刚刚揭开的盖子向外观望，视野再次变得宽广，如同逃脱的小鸟儿俯冲向我们脚下的这一片广阔的海湾，庄严肃穆的感觉再次涌上心头。

在斯莱德山上休息片刻后，我们的第一个念头就是喝水。几个人左右四处查看，始终没有发现水的踪迹。但必须得有水，于是，大家都开始仔细寻找水源。没走几百码，就偶然发现一个岩石下的冰穴——大量冰块蕴藏其中，旁边还有盛满水的水晶池。这真是好运气，我们一个个都喜上眉梢。

迄今为止，斯莱德山有个与美国其他山峰不同的特点，那就是，斯莱德山上有一种特殊的画眉鸟。1880 年，纽约的尤金·P. 比克内尔发现并详细描述了这种鸟，后来被命名为比克内尔画眉。因为比克内尔画眉目前为止只在斯莱德山出现，所以它有了一个更加贴切的名字，叫斯莱德画眉。维滕贝格山距离斯莱德山只有几英里远，也只低两百英尺左右，但我却没在那里见过这种画眉，也未曾听过它的鸣叫。如果它躲藏在树丛中，人们可能无法将它与贝尔德的灰颊画眉，或者绿背画眉区分开来，但它的歌声却是完全不同的。我听到它鸣唱的瞬间便下意识地说道，"这是一只新鸟儿，新出现的画眉！"因为几乎所有的画眉都是一样的音质。又过了一会儿，我认出它是比克内尔画眉。它的曲子是关键所在，更精细，更悠长，相比任何其他画眉，气息更足，仿佛这鸟儿在吹一根精致细长的金管子，才出现长笛般洪亮动听的曲调，有时就像甜美动人的轻声低语。山顶的斯莱德画眉数量很多，但我们在别处从没见过。我们也没有看到其他种类的画眉，尽管在此逗留的期间，我们也听到几次从山下传来的林中隐士歌声的回音。我原本没打算寻找黑顶白颊林莺，或是倾听它的歌声，因为它一般在更远的北方出没，没想到，它竟然出现在这里，在一片香脂冷杉中，吟唱简单无华，略微模糊的曲调。

比克内尔画眉是更南部地区的灰颊画眉品种，在纽约和新英格兰地区的高山被发现。

这些山顶部的石头的确很能吸引人的注意力，即使你没有刻意留心。那是一大堆淡红色岩砾，主要是海浪冲刷形成的圆形石英鹅卵石。也许早在泥盆纪，这里的每一颗石子就在古老的海滩上被打磨、抛光、定型。岩石暴露于空气的那一部分碎裂分解，形成松散的砂质的多卵石土壤。这些岩石形成了煤矿的地基，但在卡茨基尔地区仅仅保留了底层，上层构造已不复存在，因此，人们会在山体顶部寻找煤矿，而不是在山脚。

石头不用像我们一样爬到这里。大山俯下身来，将其放在曾是古老海底的山背上，再直起身。这发生在很久以前，即使是这里最年长的居民，他的记忆也无法提供有关那个时代的线索。

　　我们在夜幕降临前的一个愉快的任务是用香脂树枝重新搭建小木屋的地面和屋顶。小香脂数量繁多、生长茂盛，很快，我们就收集了一大堆树枝，放置在小木屋里。在昏暗的室内，鲜绿色的毯子和芬芳的床铺，看起来就像一个大型动物浓密的毛皮长袍。这是多么大的转变啊！可是，却有那么两三件事扰乱我们的睡眠。第一件是晚餐喝下的一杯牛肉汁让我难以入睡，再就是小屋外来了一只箭猪，在我们头顶的地方吵吵嚷嚷、哼哼唧唧。在我未能入睡时，一只兔子不断在小木屋的破门附近蹿来蹿去，偷吃我们的面包和饼干，直到天边微亮，它仍不肯消停。早上 4 点左右，下起了小雨，我听到了第一滴雨水降落的声响，这时，同伴们还在熟睡。雨越下越大，雨声把睡着的人也吵醒了。听起来就像是敌人毫不遮掩地踏步前进。上方的屋顶破旧不堪，我们心里不由得担忧起来。屋顶由云杉和香脂树的薄树皮铺成，满是空洞和凹陷，现在，这些空洞积满了水，屋外大雨倾盆，屋顶漏下的雨落在熟睡的人脸上。惊醒的同伴一下子弹跳起来，每个人都裹着一张毯子；我们刚刚在附近找到一块能够遮雨的石头，雨就停了。这时的云雾稀薄许多，仿佛一顶睡帽挂在高高的山头上。当黎明的第一丝曙光冲破黑暗时，我听到小屋附近稀疏的树林里，一只画眉鸟在吟唱——美妙的歌声仿佛仙笛奏出的音乐一样动听，冲破深色的云杉顶端直达天际。这是一种最纯净和谐的美妙声音，但即便如此，你在山顶上很可能也找不到比这更微弱的迎接朝阳的歌声了。这歌声似乎比我听过的其他画眉的音质更加清透。难道音量小是因为海拔和所处位置的影响吗？大嗓门在这样的地方作用不大。因为，声音在山顶并不能传播很远，而会消散在稀薄的空气中。这低矮茂密深邃的云杉林，将每一寸土地都遮盖起来，还有什么能比这鸟儿的低声私语更有穿透力呢？在鸟儿的歌声中，我们仿佛能听到远处香脂树叶轻柔地婆娑作响。

　　按照计划我们有两位同伴将从斯莱德山进入朗道特山谷，再从那里到达肖坎小镇的铁路线。这条路他们并不熟悉，第一天几乎整天都得在没有路径的荒野中跋涉。我们登上塔楼顶层，根据掌握的地形学知识，我为他们划出了路线，以及朗道特山谷所在地。从我们的角度看，斯莱德山脚下是一片分布均匀的郁郁葱葱的树林，这片树林向南面延伸，缓缓爬上山脊。山脊将孤山和穆斯峰分离开来，呈现出一条相对简单的路径。黑色的云杉带如同鞍布，横跨整个山脊，云杉消失的地方，出现了一片落叶林。二者的交界形成一条清晰的直线，那便是我们要走的路，它一直通向连接两座山峰的宽阔平坦的山脊顶部。山脊后方便是朗道特山谷河流的发源地。在详细研究过地图掌握了要点之后，他们在早上9点左右扛起行李，启程出发。我和我的朋友预计在斯莱德山上还要待上一天一夜。当我们的两位同伴将要踏上可怕的征程，我们朝他们喊出那句经典的劝诫，"勇敢，大胆，但别蛮干"。踏入未知区域的确需要勇气，我知道这些年轻人勇猛无比，但也要小心谨慎。没有一颗强大的心脏或是头脑不够冷静的话，都有可能导致严重的后果。而实践远比理论复杂困难的多。理论悬在半空，而实践却是在森林里脚踏实地；眼睛和思想可以轻易跨越脚下停留、徘徊的地方。然而，我们的朋友将理论运用到实践中，他们在云杉林和桦树林的分隔线行走，并越过山脊安全抵达山谷；植物撕裂他们的衣服，山石擦伤他们的皮肤，阵雨淋湿他们的身体，旅途的最后几英里完全是靠意志和勇气支撑的，在穿越了混乱不堪的山石和朽木，进入山谷的时候，他们已经耗尽了最后一点力气。

　　在这样的危机时刻，人会透支全部体力，但是每天晚上可以通过食物和睡眠来恢复体力，这是支撑他们前进的动力。只有当一个人有过这样的旅行经历（我自己就经历过几次），他才会对此有一点概念，才会明白对于身体和灵魂，这是一种怎样的考验。你是在与埋伏的敌人战斗。在野外，你的双脚要走过多少艰难险阻的路程，它似乎在无限地延长；木头、岩石、倒下的枯树都是敌人的帮凶，它们隐藏在深沟和意料不到的高处。不仅身体感觉疲惫，心上的那根弦也绷得紧紧的。一不留神，就会错过路标，迷失在山林中。那一整天，只要我眺望那片狡诈奸猾的荒野，就会担心那两位在其中摸索前进的同伴，要是能用某些物品换取他们的行进情况，我也心甘情愿。也许，他们要比我坦然得多，因为他们不知道将要面对什么。我的头脑中闪过一丝恐惧，担心我给他们指的路会有错。还好他们按照计划顺利到达了。一周之后，我们去他们家里拜访的时候，他们的伤口基本上已经痊愈了，帐篷也补好了。

　　登上山顶的人们，当然要好好享受这来之不易的风景。大约每隔一小时，我们就能攀上一个新高度，领略一片新景象。用望远镜可以看到，西北方向 40 英里开外的高低起伏的丘陵。现在，我正站在巨马的背部，也是肩膀的最高处，这里是我从小就梦寐以求的地方。顺着覆满香脂的背部看向臀部，再向下扫视内弗辛克的森林，巨马的另一面一直向下延伸到一个海湾，低垂的头在吃草或是喝水。白天，一大片雷雨云笼罩在北卡茨基尔上空，降落的雨水宛如一层巨大的面纱，将矗立的山峰环抱。我仿佛置身在一片草原或海洋，静看云卷云舒。云层似乎沿着一座座小山缓缓抬升，从昏暗的西方款款而来，轻薄得像一层细纱，却又朦朦胧胧看不真切。它渐行渐近，翻滚着立起身来，宽阔的地面上，高速公路已模糊不见，巨大风暴仿佛隆隆战车，席卷而来。

下午，厚重的云层带来强烈的压迫感，其实，这是蒸汽冷凝，是寒潮来临的预兆。果然，没过多久，温度明显下降，黑夜的幕布渐渐掩住白昼的光华，我们知道，今夜将要与寒冷为伴。起风了，上方的蒸汽凝聚增厚，层层压下，仿佛消瘦的幽灵一步步向峰顶推进，它边缘微微蜷缩，阻绝了我们探寻的视野。我们尽量收集晚上用的柴火，搜集更多的树枝填补小木屋顶上的缺口。我们收集到的不是什么上等木材，有已经腐朽的冷杉树根，树桩和树枝，一切不需要斧头就能收集到的，包括白桦树皮等。一切准备就绪后，我们在小木屋的角落生起一堆火，冒出的烟顺着东边的缺口飘上了屋顶。

我们多铺了几层树枝，看上去就像个鸟巢。夜幕降临后，我们就缩在毯子下面。风像长了眼睛一般，钻进我们的头和肩膀周围的每一道缝隙，刺骨的寒冷。重重睡意袭来，我们渐渐进入梦乡。大约一个小时后，一位同伴突然一跃而起，对于他这样一个沉着冷静的人，这种情形实在少见。原来，他的后背上不知什么时候已经结上了一溜儿冰，他冻得牙齿咯咯作响，全身颤抖。我建议他再加把柴火，裹紧毯子，然后尽可能地让自己在这个有限的空间里活动起来。他听从了我的话，照做了。但是想到他在微弱的火光下绝望地跳来跳去，高大的身形，不停拍打着毯子，牙齿打着冷战，再配以屋外箭猪恰到好处的哼唧和尖叫，我们还是忍不住笑了起来，虽然在那时形势已经相当严峻。不一会儿，他渐渐暖和过来，但是再也不相信身下的这些树枝能够保得一夜温暖，刺骨的寒冷像是一拨拨围攻而上的敌人。他细心地照看火苗，与寒冷对峙了整整一夜，直到黎明破晓时，终于成功地阻挡了敌人的进攻。可是他当作椅子的大树根也被烧光了。我卷在毯子里，酣睡在 1 英尺多厚的香脂树枝上，一夜好梦，完全忘了我们还有一位郁闷的朋友在守夜。我们的干粮已经所剩无几了，前一天每个人吃的东西已是少的可怜，现在饥饿更是加重了他的痛苦。此时他妻子写给他的信正在途中，信中有一句预言般的句子："我希望你不会在某个孤独的山顶忍受寒冷和饥饿。"

当黎明的第一丝曙光冲破黑夜时，寒冷刺骨的空气中，再次响起比克内尔画眉的歌唱。透亮悠扬的歌声，唤醒厚厚树枝里睡眼惺忪的我。于是，我坐起身来，让我的朋友过来打个盹儿，又出去拾些木柴来煮咖啡。很快，轻快的火苗就欢乐地跳跃起来，我又出门去取了些泉水，顺便上了个厕所。山里的麒麟草铺满了空地的每个角落，叶子上结了一层白霜，在雾气中看起来相当萧条沉闷。

我们不打算在斯莱德山上久留，这就准备离开。这时下起了雪，不是片状的雪花，而是一个个雪球。于是，6 月 10 日这天，我们迎着 11 月般的风暴和低温往山下走去，依照预定计划，原路返回，沿着一条清晰明了的小路从顶峰一路向北。几分钟后，我们来到滑坡的顶部——正是山名（Slide）的由来。这条下山的路是游人的脚步踏出来的，与山侧的雪崩轨迹相连。这条路一开始只有手掌宽，后来迅速地延伸扩展，最后达到几杆宽。向下望去，整条路如同一根离弦的箭，迅速下落，消失在层层浓雾之中，看起来相当危险。暗色的云杉在小路边缘手拉手，似乎在伸手接应同伴。我们犹豫了片刻，最终还是小心翼翼地迈开步子。

小路上的岩石赤裸光滑，只有滑坡的边上才有可以落脚的大圆石，或是双手可以借力的灌木。几分钟后，我们停下略做休整，重新查看了下路线。我们的前方是这次旅行最大的惊喜：眼前的浓雾仿若剧院里的垂幕，被清风迅速撩起，眼见着越来越快，眨眼间一片浩瀚的海湾映入视野，海湾里光芒星星点点，璀璨炫目。我们一时愣住，世界像一本书，骤然间翻开，出现很多美妙的图景。垂幕后的森林和山峰似乎近在咫尺，柔和的阳光倾泻而下，洒满整个山谷。马上垂幕又落下，一切又恢复了本来模样，仿佛什么都不曾发生过，只剩下我们脚下的这条灰色岩石带。我们一路向下走去，雾气又悄然升起，宛如杰克和他重新长出的豆蔓。几乎每过一会儿，都会有新的奇观，新的景象等待着我们，直到最后整片山谷沐浴在清新的阳光之中。我们走过一个悬崖，发现那里有一条小溪，这便是贯穿下面山谷的那条河流的源头；在稍远处的洼地，可以看到一片雪堤的残迹，这里是寒冷的冬季最后驻足的地方，4月的花儿已经在这雪堤上生根发芽。豆茎的这一端，没有华美的宫殿、饥饿的巨人，也没有美丽的公主，但却有我们期盼已久的朴素简陋的屋子和热情好客的拉金斯太太。顿时，我们雀跃欢欣，仿佛饥饿的杰克在巨人的屋子里饱餐一顿。

返回途中，卡茨基尔山最吸引我的就是拉金斯的简陋小屋所在的这处山谷，它有时狂野，有时安静，独特的山景美妙绝伦。进入山谷不到 1 英里的地方，现代文明的痕迹便到此打住，原始简陋的房屋不见了，左转进入森林，来到一处空地，前方是豹山参差不平的山顶，近手边就是拉金斯家简陋的屋顶了——二者同时出现在视野中。在小屋之上，一座高大险峻的山崖悬空而挂，山崖森林覆盖，森林宽阔的边缘是黑色枯朽的树木，树上的啄木鸟在笃笃地忙碌着；山崖左侧，茂密的树林延伸至维滕贝格山，它将近 4000 英尺高，锥形树顶的云杉为它披上一件暗黑色外衣，而山谷一头是宏伟的斯莱德山。拉金斯家谷仓的后侧有个草场，在那儿所有山峰尽收眼底，而东边的视野被十字架山的斜坡挡住了。从豹山山顶向斯莱德山望去，你能看到一面巨大的岩壁，顶端长着一排暗色的冷杉。森林陡然间到了尽头，取而代之的是高耸的绝壁，仿佛是山神依山而建的屏障。也许鹰的巢穴就在这里，为单一冷寂树林倾注几分生气。

　　我坐在一块岩石上，惬意地注视太阳从豹山的背面缓缓落下。小溪潺潺的水声在山谷回响。空中没有一丝风，但是一股气潮缓缓地涌向凉爽的森林；夕阳的余晖照亮了空中的微尘，流动的大气潮无所遁形：随着空气冷却，浪潮也慢慢地向外涌出。山谷蜿蜒曲折，一直绵延至斯莱德山脚下，5 英里的原始森林，看上去是多么的野性，多么的冷峻！只有溪水的喃喃细语回荡其间。维滕贝格山上，阳光久久不愿离去，就像是阴影的海洋里一座傲然挺立的小岛，转眼又慢慢沉入波涛之下。一只知更鸟或画眉在薄暮中呼唤着夜晚，森林被衬托的更加沉默和孤独。

　　第二天我和朋友在我曾宿营两次的小溪边搭好露营的帐篷，并在那里度过了愉快的几天。这里总能找到鲜美的鳟鱼，偶尔还有野生的草莓，去拉金斯太太那儿蹭饭也是方便又快捷。营地附近有一个壮观的山泉，凛冽的泉水泛着冰冷的光，俨然一个天然冰箱，若是把鳟鱼或牛奶用锡桶装好，浸泡在泉水里，能保鲜四五天。一天晚上，不知是什么动物（也许是山猫或浣熊）来到这里掀掉盛鳟鱼的桶上的石头，拖出一串鱼来就地吃掉，只留下绳子和鱼头。8月，熊会来到附近一处古老的、树皮斑驳的林中寻觅黑莓，但粗鲁的箭猪也是这里的常客。它和臭鼬一样愚蠢、低劣，宽阔扁平的鼻头指向那愚笨的脑袋。箭猪是大型啮齿动物，稍不留神，房子也难逃它们的啃咬。宁静的夏夜，若不加防范，它们会大摇大摆地踏进敞开的大门。在这片区域，最令宿营者心烦的也最要提防的动物是牛。粗野的母牛和小牛犊似乎总是缺乏盐分，稍有疏忽，它们就会趁机舔舐渔夫的衣服、帐篷及其他装备。有一次，一群散养的小母牛和小公牛在我们的营地附近徘徊了好几天，趁我们不在就对帐篷进行了袭击。帐篷紧闭，所有物品都放置稳妥，它们无从下手，但是它们在帐篷底下好好享受了一番，大饱口福，还翻出了约翰·斯图亚特·密尔的《论宗教》，这是我们的一位同伴随身带着打算在林中看的书。一番啃咬后，发现书中的逻辑实在复杂难懂，倒是书的包装纸似乎十分对它们的胃口。要不是牛群突然受到惊吓，恐怕帐篷就要因为它们对知识和盐分的强烈渴求而轰然倒塌了。

拉金斯的猎狗也来凑热闹，但我们并不觉得恼怒，反而觉得很有趣。这是一只友善聪明的牧羊犬。我们在帐篷里头一次吃午餐时，它就来了，但当它表现的过于友好，并要求一顿大餐的时候，我们便不再理睬它了。几天后，我们闲逛来到拉金斯的屋子周围，牧羊犬盯着我们，突然灵光一闪，仿佛自言自语道："如我所愿，他们两个都来了，趁着他们离开了帐篷，我要赶紧跑过去，看看那里有什么是我这只狗能吃的。"我的同伴注意到，狗一看到我们就迅速地爬起来，奔向营地的方向，看它那形迹可疑的样子就知道打的什么主意。于是我们便匆匆返回。牧羊犬小心翼翼地靠近营地，潜进小河浅浅的水流中，仔细地观察那些装着食物的桶。它剥开黄油，正要品尝，这时，我们大喝一声，吓得它抛下食物，迅速逃回家，脸上还是一副"羞答答"的表情。第二天，我们又在拉斯金那儿见到它，它心虚地不敢直视我们，垂头丧气地夹着尾巴偷偷溜走了。这便是狗的"推理"，之后又因为做错事而心生愧疚。从这个意义上来说，狗比任何动物都更像人。

猫头鹰和蛋

Part 3

鸟　蛋

6 6将鸟蛋留在鸟巢里欣赏"比"君子赏花不摘花"更需要克制。我们会尝试将鸟蛋放回,与雌鸟和鸟窝作为一个整体来展示。

毫无疑问,春日里的第一枚蛋,是鸡蛋。母鸡这种家禽居住在人工鸡舍,无须像野生鸟类一般,时刻关注天气和季节的变化。但树林和草原的母鸡,比如披肩鸡或松鸡,总是在霜冻从人间隐退,冬季将要粉墨登场时,才开始建筑自己温暖的家。

纽约和新英格兰地区的第一枚野生鸟蛋可能是猫头鹰蛋。据说,大角猫头鹰早在3月就开始产蛋,以保护未孵化的鸟蛋免受霜冻和大雪的侵袭。小角鸮则耐心等到4月才开始筑巢。它们要在一棵老树温暖舒适的树洞里筑巢,干朽的苹果树洞就是不错的选择。如果你在4月中旬开始搜寻,那么月底之前就会在一片干燥的草地上或是长长的树洞底部的枯叶上,发现4枚安睡的白花花圆溜溜的鸟蛋。猫头鹰蛋呈球形,一个圆脑袋圆眼睛的大家伙将会破壳而出。

鸽子大多在霜冻前就筑好舒适的小窝,但它们只产两枚蛋,而且是在连续的两天之内,所以霜冻的影响并不大,但4月偶尔肆虐的暴风雪可能会将鸟蛋打碎。

那么,鸣禽中谁是最早产蛋的呢?人们无法像了解第一种绽放的野花那样明确得知;但我首先会去寻找菲比鸟来试试运气,看看能否在4月末找到。当时正值春天（1883年），一对菲比鸟在我家屋檐下安居建巢，并在当月的最后几天产下了鸟蛋。一些英国麻雀对菲比鸟虎视眈眈，时常在附近的天空盘旋，它们把菲比鸟蛋推出巢外，霸占鸟巢。这些长毛的小英国佬还真是精明！我顺手抓起一捧石子，掷向这些鸟儿，明确地告诉它们，我不欢迎它们在这儿安家落户，它们仓皇而逃。可是，第二天一早，它们又出现了，只是看起来有些顾忌。我又扔了几块石头，它们火速逃走，似乎寻求英国旗的保护去了。这一次，它们再也没有回来。我注意到，不论何处，这些鸟儿的脑袋里似乎都存着一丝怀疑——人们的观念转变了，不再需要它们了。

　　菲比鸟的蛋是雪白色的，当穿梭在林中小溪的峡谷，或徘徊于高大悬垂的山崖之上时，你的视线会不由自主地落在这个被青苔包裹的"建筑"上，这是石架上无与伦比的艺术，五六颗鸟蛋宛如珍珠一般装点其中，似乎在宣布这是所有鸟巢中最赏心悦目的一个。鸟儿将家安在这里是非常聪明的做法，既能避免四足动物的掠夺，躲避暴风雨的侵袭，又能利用苔藓和地衣，将鸟巢完美地融入周围环境，恐怕最机警的眼睛才能发现蛛丝马迹。一枚蛋在岩石上破壳，成长，最脆弱的生命与最强硬的岩石相连，似乎坚硬的花岗岩山体也在为鸟儿服务。我很怀疑，乌鸦、松鸦或猫头鹰是否曾来抢夺这完美的巢穴。菲比鸟要比它们聪明，它们从没听说竟有鸟儿将巢建在石头上。"你的巢穴很坚固，因为你把它建在岩石中。"

　　北美歌雀有时在4月筑巢，但在我们这样的纬度并不常见。艾默生在《五月天》中写道：

　　"温顺的鸟儿，有着预知一切的眼睛，

她在雪堆旁，编织温暖的巢穴，

牢固的柳条是它的保护，

羽翼未丰的雏鸟就藏在树叶底下。"

但麻雀通常在冰雪消融后产蛋。只有当最后一片冰雪在原野上消融后，才能寻觅到麻雀巢穴的踪迹，但一位已故的新英格兰鸟类作家说，麻雀有时也会在冰雪尚未消融的 4 月产蛋。

如果不把人类的情感和联系考虑进去，麻雀可算不上是漂亮的鸟儿，麻雀蛋也不如别的鸟蛋好看——蛋上有四五个小小的斑点，就像麻雀本身，与它们所放置的地面浑然一色。

棕顶雀鹀的蛋也许是麻雀蛋中最好看的，蛋体呈明亮的青绿色，稍大的一端有一圈暗紫色的斑点。

一般来说，鸟的颜色和蛋的颜色关系甚微。多数情况下，位于敞开的暴露在外的巢穴中的鸟蛋，一般都与周围环境的颜色一致，再加上各种斑点，更加不显眼。猩红比蓝雀的蛋呈绿蓝色，有细微棕色或紫色斑纹。黑鹂蛋也是绿蓝色，有各种纹路。确实，巢穴开放的鸟类偏爱绿蓝色，有时以蓝色为主，有时则是绿色。而巢穴隐蔽或是位于黑暗洞穴的鸟类，蛋一般呈白色，比如，啄木鸟蛋，而蓝知更鸟蛋是蓝白色。

菲比鸟的窝隐藏在捕蝇草中，是最为隐蔽的，至少从上面看是这样，它的蛋呈白色，而几乎所有其他鸟类的蛋或多或少都带有颜色或纹路。蜂鸟蛋也是白色，藏进微小的花托便足够隐蔽。另一种白色鸟蛋是翠鸟蛋，放置在八九英尺长的河岸洞末端的鱼骨上。岸燕和烟囱雨燕、白腹燕、北美洲紫燕产的蛋也呈白色。家燕蛋和红石燕蛋带有斑点。在英国，翠鸟（比美国的体型更小，色彩更鲜艳）、啄木鸟、岸燕、褐雨燕、蚁䴕（啄木鸟的一种），以及河鸟，都产白色鸟蛋。

基于上述基本规律，也有明显例外，那就是巴尔的摩金莺蛋，也许是所有鸟蛋中最特别的。人们很难想象，在一个高悬空中、构筑精巧、如同袋子一样精致的鸟巢中，会有一枚如此朴素的鸟蛋。鸟巢是用细线和马毛编织固定起来的，鸟蛋的表面也呈现出同样的纹理。当金莺离开它的巢穴后，有时鹪鹩会在里面哺育第二窝幼雏。颀长精美的内里，铺就了质地精良的毛绒地毯，覆满粗壮的树枝，仿佛建立在宫殿里的一所小屋，小忙人就把铁锈色的鸟蛋存放其中。有时寻找新住所需要花费很长时间，鹪鹩便会留在原有的巢穴，或者简陋的建在盒子里的窝或是棕榈树洞里几根木柴搭建的窝，在第一窝雏鸟的摇篮里孵化第二窝雏鸟。雄鸟筑造装饰第二个鸟巢时，雌鸟已经在第一个鸟巢产下鸟蛋。

现在（8月20日），我坐在一棵苹果树附近写作，从树枝上垂下来的金莺窝里传出即将会飞的第二窝雏鸟的叫声。早些时候，这对亲鸟曾十分努力地想要把巢穴建在一个树洞里，可惜被一对蓝知更鸟占得先机。这个巢穴最早的主人是绒啄木鸟，去年秋天，它挖出了这个洞，并在里面度过了寒冷的冬天。据我所知，它经常躺在洞里直到早晨9点钟才起床。今年春天，它去了别处，可能与一只雌鸟一起，在新的驻地，开始新开始。蓝知更鸟抢先占据了这个窝，6月它们的第一窝幼鸟已经飞走了。鹪鹩早就在此盘旋，明显觊觎已久（这样的小喜剧随处都在上演），它们自然认为这个鸟巢现在应当归它们所有。幼鸟飞出巢穴后的一两天，我发现树洞的入口处堆了一些干草，几分钟后，气氛骤然变得紧张，鹪鹩从我肩头迅速擦过，冲进一株小小的挪威云杉，雄性蓝知更鸟在其后紧追不舍。于是，一道棕色和一道蓝色狭路相逢。这时我才明白是怎么回事。鹪鹩已经开始打扫屋子准备入住，蓝知更鸟返回家中时发现自己的被褥和草地都被扔出门外，顿时气不打一处来，他是在用这种最激烈的方式让鹪鹩明白，它还没打算这么早就让出领地。日子一天天过去，两周多的时间里，雄性蓝知更鸟都不得不在它的领地内驱逐前来骚扰的入侵者。这花费了它大量时间，也花费了我不少时间。我拿着书，坐在附近的凉亭里，看到它愤怒地发动攻击不由得发笑。有两次鹪鹩冲入我坐着的椅子下面，说时迟，那时快，一道蓝色闪电迎面朝我扑来。有一天，我再次经过那棵树时，听到鹪鹩在拼命地尖叫，我转过身，便看到这小流浪汉落在草丛里，愤怒的蓝知更鸟压在它身上。原来，蓝知更鸟回家时正好逮住它，显然是铁了心惩戒一番。但趁着争吵的空档，草地上的鹪鹩伺机逃脱，躲避在"友好"的常青藤中。蓝知更鸟张开翅膀找了一会儿，便飞走了。6月里，我好几次看到鹪鹩在奋力逃脱蓝知更鸟的追打，它飞快冲进凉亭，穿过石墙，一头扎进草丛，把脑袋捂得严严实实。而蓝知更鸟，穿着鲜艳的外套，如同一位身着制服的军官追赶调皮捣蛋、恶意破坏的街头流浪儿。一般来说，小云杉是鹪鹩最心仪的避难场所，只要一藏进小云杉，追逐者便不再跟随而来。雌鹪鹩会在树枝间隐藏起来，发出责怪焦躁的喊叫，雄鹪鹩栖息于树枝顶端，紧盯着折磨它的家伙，唱起歌来。这时候它为什么还要唱歌呢？是为了庆祝胜利，还是为了嘲弄追踪的蓝知更鸟，或是为了鼓舞士气令配偶安心，我不得而知。当它的歌声戛然而止，我瞥见它一个猛子扎进云杉树，这时通常我会看见一道蓝色闪光在附近盘旋。最终，鹪鹩只得放弃斗争，蓝知更鸟顺利在树洞的小窝里哺育第二批雏鸟。鹪鹩所有同类，如沼泽鹪鹩、卡罗来纳州鹪鹩，冬鹪鹩，都用柔软富有弹性的材料筑窝，其中，冬鹪鹩和英国鹪鹩鸟巢主要是用苔藓筑成，柔软温暖。

有一天，一群蜜蜂闯进屋子的烟囱里，我爬上去想看看它们是从哪进去的。我伸长脖子向漆黑的管道里望去，蜜蜂在耳边嗡嗡作响，在黑色的烟道内首先映入眼帘的是两颗细长的白色珍珠，嵌在一个小小的树枝搭成的架子上，这是烟囱雨燕或是褐雨燕的窝——蜂蜜、烟尘和鸟蛋都混在一起。虽然烟道已经废弃不用，但烟囱顶部残留的煤烟味让蜜蜂受不了，所以它们都离开了。但是燕子对这种味道并不反感，它们似乎完全放弃树洞、树桩的小窝，在烟囱安居乐业。这是一种不知疲倦的小鸟，从不停歇，整天扇动着翅膀，24小时能飞行1000英里。甚至在筑巢时，也不会落下来收集建筑材料，而是在飞行的途中在树梢上衔一根干树枝。

若是将一只燕子禁锢在房间里，它也不会落下来，直到飞的精疲力尽才会贴在墙壁上休息片刻，到死都是这样。有一次我外出几天后回来，在我的房间里发现一只燕子，似乎已近没有了生命迹象，当我把它从墙上弄下来时，他的爪子紧紧扣住我的手指，它的双眼紧闭，看上去似乎马上就要与他的同伴共赴黄泉了，而它的同伴躺在地上，早已没了生气。我将它一把掷向空中，它奇妙的飞行能力仿佛瞬间唤醒，双翅一振，径直飞向云端。飞行中的烟囱雨燕就像比赛中的运动员。它的羽毛和翅膀与其他鸟儿比起来没有多余的装饰，再加上奇妙的进化和敏捷的速度，它的飞行僵硬而流畅。翅膀与身体似乎只有一个关节相连。不够灵活的翅膀仿佛两把小铁皮镰刀挂在身体两侧，这大概是因为初级飞羽过长而次级飞羽过于短小的缘故。看上去翅膀似乎只能在关节处转动。家燕用羽毛铺就巢穴，但褐雨燕却在光秃秃的树枝上开始筑巢生蛋，这些树枝好似用一种自制的胶水黏在一起似的。

我很想知道艾默生在《问题》中的诗句是否特指某一种鸟——

"你用什么编织鸟巢，

树叶，还是胸前的羽毛？"

很可能是泛指，普遍的观点认为某些鸟类或禽类确实用自身羽毛筑巢。绒鸭是个典型的例子，一部分家禽也是如此。但目前，据我所知，小型鸟类中并没有发现这样的习性。家燕和鹩鹊用鸡毛和鹅毛装饰巢穴，冬鹩鹊收集披肩鸡的羽毛。艾默生最喜爱的鸟，山雀，也是用羽毛作为装饰，但不是自己的羽毛。在英格兰，我留意到，小柳莺从家禽院子里获取免费羽毛。许多鸟儿喜爱用毛发装饰巢穴，比如，极乐鸟和雪松太平鸟喜欢羊毛。在菲比鸟的巢里我发现了一根它自己的羽毛，这个例子正好佐证了前文的那句诗。

大概是 6 月的第一天，我在丛林地面上发现了一个鸟巢，巢里有 4 枚乳白色的鸟蛋，较大的一端布满褐色或淡紫色的斑点，这鸟巢为路经此地且有幸发现它的人带来了惊喜。看起来很像地雀的窝，只是多了一个屋顶。这些棕背或绿背的小鸟迅速从你脚下逃离，悄无声息地掠过干枯的树叶，然后转过它那带有斑点的胸脯看看你是否跟过去了。她走起路来风情万种，步态婀娜，是迄今为止森林里最优雅的步行者。但是如果她觉得你发现她的秘密了，就会一瘸一拐地走路，或是装出翅膀有残疾的样子，诱骗你追逐她。这就是金冠画眉，或者叫岩鹨，是正宗的丛林鸟。它与北美歌雀一般大小，头上戴着一个光泽暗淡的金色皇冠，但能唱出最嘹亮的发自心底的歌声。最后一个金冠画眉的鸟巢是我在寻找粉色凤仙花时发现的。距离我们行走的这条小路几步远的地方，有几株绽放的凤仙花，我们蹲下来欣赏的时候，突然从旁边窜出一只鸟。毫无疑问，她认为她自己才是我们观察的对象，而非那些在她头顶一两英尺处随风摇曳，如同紫色风铃一般清新动人的花朵。但如果它按兵不动的话，我们是不可能注意到它的。地面上覆盖着一层枯叶和松针的地毯，金冠画眉的鸟巢就隐藏在其中，这些枯叶和松针在它上方形成一个遮篷，向西南方向倾斜，这是夏季充沛的雨水造成的。

在金冠画眉出没的季节，如果你仔细地搜查这片林子，会偶然发现两枚古怪的蛋躺在树叶上，就像是不小心掉下来的一样。它们呈椭圆形，两端大小一致，长约 1.25 英寸，奶白色的蛋壳上有淡紫色的斑点，这是三声夜鹰的蛋，很显然这种鸟没有一点建筑天赋，也许因为它宽大笨拙的嘴和短喙不适合搬运筑巢材料。无论是树上还是地面，它都一样笨拙，它无法栖息于树枝，只能横躺在上面。

鸣鸟和猎鸟的鸟蛋呈尖状，而夜间出没的鸟类产的蛋呈圆形或椭圆形。

收集鸟蛋的人常常会刺激鸟产下比平时更多的蛋。一个年轻人（我相信他不会撒谎）告诉我，他曾通过每天偷走一枚蛋的方式促使一只扑动鴷产下 29 枚蛋。鸟蛋越来越小，第 29 枚只有一个棕顶雀鹀的蛋那么大，最终鸟儿放弃了比拼。

既然有春天的第一枚蛋，当然也有夏天的最后一枚蛋了，但同样，没人能确定到底是哪一种。知更鸟和棕顶雀鹀有时会在 8 月孕育第三批雏鸟，直到盛夏才开始筑巢的是金翅雀和雪松太平鸟，前者是为了等待蓟类植物种子成熟，后者可能是等待某些昆虫的出现。通常来说，雪松鸟到8月才开始筑巢，如果能弄到羊毛，就用羊毛装饰加固巢穴，哪怕是在这样闷热的季节。它的蛋色彩斑斓，好像一只白色的蛋点缀着棕色，然后抹一层淡淡的蓝色，最后再添几笔醒目的黑色或紫色斑点。

但我认为，8月最常见的鸟巢应是月初的金翅雀的巢——它的巢很深、建造的很精巧，舒适简洁，尾端没有任何松散的垂挂物，位于苹果树、桃树或是用于观赏的遮阳树的小树枝的分叉处。其鸟蛋呈淡淡的蓝白色。

雌鸟孵蛋时，雄鸟就担负起定期喂食的任务。当雄鸟靠近，或是听到雄鸟经过的声音时，雌鸟便会用一种女性化的，孩童一般的音调深情地呼唤他。这是我所知道的雌鸟孵蛋时发出声音唯一的情形。当另一只雄鸟入侵大树，或靠得太近时，守护鸟巢的雄鸟则会用同样洪亮、和善、信任的音调劝说和告诫它。事实上，大多数鸟类在战斗中充分利用它们甜美的嗓音。爱之歌也是战斗之歌。黄雀雄鸟从一处轻快地飞到另一处，似乎在表达彼此之间最高程度的尊重和理解，同时也在暗示对方玩笑有点开过了，它的话语温和幽默，用一种惊讶的口吻说道："到底是为什么呢，亲爱的先生，这是我的领地，我知道你一定不是故意闯入的，请允许我向你致敬，再护送你回去吧。"然而，入侵者并不总是心领神会。有时，两只小鸟会在空中小小比划一番，渐渐越飞越高，达到一定的高度，喙对喙，嘴对嘴，实际上，它们很少大打出手。

当别的鸟儿们从台前退到幕后安静下来，其幼鸟也羽翼丰满飞离巢穴后，黄雀开始变得积极活跃起来。8月是属于黄雀的时节，也是狂欢的季节，现在轮到它出场了。蓟类植物的种子日益成熟，黄雀的巢穴也不会受松鸡或乌鸦的侵扰。早晨，我听到的第一声鸣叫便是黄雀的歌声，它用一种独特而起伏的飞行方式在空中盘旋、摇曳，每次向下俯冲都画出一道完美的曲线，似乎在说："我们开始吧，从这里开始吧！"每时每刻它都沉浸在起伏不定的盘旋飞行之中，这可是它音乐表演的一部分。它飞行的轨迹是一条波浪一样的弧线，仿佛夏日波涛滚滚的大海，波峰到波峰的距离或波谷到波谷的距离大约有 30 英尺，向下俯冲时只需要拍打一下翅膀就能飞这么远。它快速打开翅膀，一股强烈的冲力顺势上推，然后收起翅膀，在空中划一道长长的弧线。降落、回旋、上升、下沉，它在夏季的天空里如同海豚一样穿行。与这样娴熟的技艺形成对比的是，当它在空中纵情歌唱时，呈现的是另一种完全不同的飞行方式。此时它身体保持水平，宽阔的翅膀尽可能伸展，如同两个椭圆形微微凹陷的贝壳，缓缓地击打着空气。现在，唱歌可是主要的事情了，而翅膀仅仅是让身体保持悬浮，好让歌声传播得更远。在其他时候，飞行是表演的重点，歌声只是烘托气氛。

据我所知，除了鸡蛋之外，秋天应该是没有什么鸟蛋的。但有一位老农告诉我，他几乎每年 9 月都能找到装满鹌鹑蛋的窝；但是在秋天诞生的生命，会迎来迟到的人生开端，时机对它们很不利。

Part 4

鸟类求偶

麻雀

鸟类的配对有时让人费解。同性别鸟类之间的嫉妒和敌对很好理解——这方面它们与人类一样；但几只雄鸟突然冲出，紧跟一只雌鸟，其中有一些雄鸟已经交配，它们七嘴八舌，叽叽喳喳，兴奋地挥动翅膀——这是什么意思呢？人类可没有这样的行为，除非是早期种族中显露出来的某种特征，因纽特人中仍能看到相似的行为，男人会以武力带走女人。但据观察这些鸟儿所见，突然迸发的暴乱中迄今为止没有雌鸟被抢走过。你会见到六七只英国麻雀参与到乍一看似乎是发生在水槽或路边的普通混战中，但凑近仔细观察，雄性麻雀中间围着一只雌性麻雀，她正奋力攻击雄鸟，而雄鸟们羽毛耸立，七嘴八舌、喋喋不休，争先恐后地取悦她。雌鸟左右躲闪，似乎对谁都不满意，但也许她的愤怒只是伪装，私下里一直在给爱慕的对象暗送秋波。南森博士说，即使是因纽特少女深爱的男人要将其带走，她也会拼命抵抗。

4月下旬，我们经过被我称之为"知更鸟混战"的地带——三四只小鸟排成一列，如同一辆火车匆匆越过草地，在树上或灌木丛中紧急刹车，偶尔紧急停靠在地面上，他们高声尖叫，很难判断是快乐至极，还是愤怒暴走。这一列火车的中心是一只雌鸟，你都看不出来追逐着她的那些雄鸟们是竞争对手，似乎他们只是联合起来，将雌鸟逐出场地。但是无疑在疯狂的追逐中求偶已经完成了。也许是雌鸟对追求者的那一声呐喊"谁先碰到我谁就获胜",然后箭一般的迅速飞走。雄鸟齐声喊道"同意!",也急速追上去,都想把对手甩在后头。这场比赛简短快捷,在你还没搞清楚怎么回事时,这群鸟儿就已不见踪影。

初夏时节,雄鸟们的拳击打斗是最主要的看点。你会看到两只知更鸟在草地上或沿着小路一同漫步或奔跑;当第一只鸟开始跑起来,另一只就会紧随其后,他们保持几英尺远,笔直站立,一只鸟的跑道也是另一只鸟拱形跑道的一部分,于是,出现这样一幕:

他们相互之间如此礼貌和恭敬!尖细的声音,一声紧接着一声,只有在几码内才能听到。然后眨眼间,一只鸟弹跳起来,就这样他们开始互啄互抓,同时上升到空中几英尺处。但通常情况下并没有发生真正的打斗,一根羽毛也没有动过。我猜想,那是因为他们都感受到了彼此完美的防守。然后他们安稳落地,又像之前一样,一前一后。4月强烈的阳光下他们的小胸脯闪闪发光,看上去斗志昂扬!通常他们就这样跑几杆远。大约一周后,雄鸟的决斗结束了,前文描述的追逐战即将开始。

热情的关注和真诚的赞美,以及一个无与伦比的鸟巢,蓝知更鸟就是依靠这些赢得雌鸟青睐。他常比雌鸟要早几天抵达,高亢激昂的声音,似乎倾注了一切精力,直到雌鸟出现才停止。一旦出现雌鸟的身影,雄鸟就立刻飞向箱子或树洞,脉脉凝望鸟巢,用最悦耳动听的声音呼唤着。这时,雌鸟总是羞怯地退后几步,两只鸟儿举止颇为悬殊,就如同他们悬殊的色彩一样。雄鸟衣着光鲜,热情洋溢;雌鸟羽毛暗淡,腼腆娇羞,甚至可以说有一点冷漠。雌鸟会匆匆瞥一眼箱子或树木中的洞府,然后展翅离去,发出一声孤寂,忧思的鸣叫。只有经过数天的追求，才能完全俘虏她的芳心。

　　去年 4 月的一个周日的早晨，我亲眼目睹这些棕胸脯小东西们的嫉妒之心。一对显然已经交配的蓝知更鸟，决定占领我书房附近的老苹果树枝桠上的啄木鸟巢。但那天早晨，另一只雄鸟出现，决定要取代原来那只雄鸟，并拐走他的新娘。那时，我碰巧经过，两只小鸟正斗得你死我活，他们摔倒在草地，相互紧抓对方，足足僵持了半分钟，而后分开，第一只雄鸟飞到洞口，深情地呼唤雌鸟。对第二只雄鸟而言，这无疑是一种挑衅。于是，两只雄鸟再次扭打在一起，摔倒在地。他们躺在草地上，蓝色、棕色混合，但是羽毛却一根都没掉，甚至都没散乱。他们只不过是互相压制着对方。然后分开，又一次猛力扑向对方。这场战斗持续了约 15 分钟，其中一只雄鸟（当然，我无法判断出是哪一只）退出战斗，飞到书房屋檐下的箱子，发挥他全部的口才，引诱雌鸟向他靠近。他慷慨激昂地高歌一曲，又扑棱着翅膀飞向箱子入口，再次深情款款地呼唤，雌鸟被深深吸引，热烈地回应，又展翅飞向苹果树，深情望着他。与此同时，另一只雄鸟，也不遗余力地劝说她投向自己的怀抱。他跟随雌鸟来到苹果树上，面向竞争对手，接着，又飞回鸟巢、展开翅膀，呼唤着，歌唱着，噢，多么信心满满，多么深情动人，多么令人安心！雌鸟似乎动摇，返回时朝树洞看了一眼，他发出的是多么优雅动听的声音啊！他拍拍翅膀，轻声细语地诉说爱意，不让他的情敌听到。这样时而有声时而哑剧的竞赛持续了很长时间。雌鸟显然被老苹果树上雄鸟的忠贞深深打动了。不到一小时，又来了一只雌鸟，对书房屋檐的雄鸟产生了兴趣，并与他一起飞向箱子。不知道这是否是他们第一次见面，但是这只雄鸟始终心仪竞争对手的新娘，他与新来的雌鸟嬉戏了一会儿，很快又转向老苹果树深情地呼唤，并挥动翅膀。显然身旁这只雌鸟的不懈劝说起了作用，他转过身来引她看向箱子，又动情吟唱。但不久他又飞向高枝，含情脉脉地注视第一位情人，两只鸟儿情意绵绵。这个小小互动持续良久，这时，两只雌鸟突然争斗起来，摔在地上，互相鄙夷。4 只鸟儿一齐飞落到葡萄园，两只雄鸟越靠越近，一起摔倒在犁过的地上，他们躺在那里的时间长的出奇，我们计算了下约有两分钟。他们的翅膀展开，从形态上难以区分。他们固执地拽住对方，一只仰面躺着，裸露棕色胸脯，另一只顺势扑住他，仿佛一件蓝色大衣紧紧盖住。他们决定来一次终极对决，最终结局如何，无法判断。一战终结，他们终于分开，显然两者不分胜负。雌鸟又打了两个回合，雄鸟们在一旁观战，当雌鸟分开时，他们发出了赞许的声音。两对鸟儿分别朝不同方向飞去。第二天，他们又来到了箱子和树下，似乎事情已经得到解决。我不知道谁赢谁输，但此后，两对蓝知更鸟便在各自的巢穴内忙忙碌碌，看起来十分幸福。我认出了其中一只雄鸟，曾在 3 月初出现，我认得他口哨一般独特的音调。

　　我经常能观察到扑动鴷的求偶过程，与知更鸟和蓝知更鸟求偶不同，没有愤怒，也没有打斗。雄鸟或两只以上雄鸟停歇在雌鸟面前的小树枝上，不断点头鞠躬、来回刮蹭，用这种滑稽的姿势来追求雌鸟。雄鸟展开尾巴，鼓起胸脯的羽毛，甩动脑袋，向左或向右弯曲身体，还发出有奇特韵律感的打嗝声。雌鸟不为所动，判断不出她是不满还是防备。随后她便飞走了，追求者们紧随其后。同样的小喜剧在另一个树桩或树上再次上演。对所有啄木鸟来说，啄木都是求偶过程中重要的组成部分。雄鸟占据着一处干燥的、能引起共振的枝干上，或者建筑物的屋脊板上，尽自己最大的力量敲出最响的声音。绒啄木鸟通常有一处固定的枝干供其征婚使用。我最喜欢的扑动䴕的敲击的声音是来自一种空心木管，那是我的凉亭上水泵的一部分，现在已经变成了扑动䴕的窝。这是种好乐器，音调悠扬清脆。扑动䴕落在上面，在远处就能听到他笃笃敲击的声音。然后他抬起头，发出悠长深情的 4 月呼唤——威克、威克、威克、威克，之后又敲起来。如果雌鸟没有任何回应，并非因为音量不大或是时间不够长，而是因为他的声音受到所有鸟儿的欢迎。简单、朴实的声音涌动 4 月的心绪。就在我写下这几行文字时，那声音透过半掩的门，传来远方的呼唤。这只鸟在这里已经坚持 3 天了，他是准备把小河边冰库的防浪板穿透，好攒够填满巢穴的木屑。

　　我们熟知的鸟类中，只有金翅雀的求偶最为浪漫华丽。整个冬天，金翅雀穿着沉闷的橄榄色西装，成群结队地陪伴着我们度过冷冷清清的寒冬。今年 5 月，雄鸟们开始穿上明艳的夏装，这是换羽的结果。但是羽毛没有脱落，只是脱下了暗色的外套。当换羽进行到一半时，金翅雀外表漆黑，难登大雅之堂，他们也很少让人瞧见，似乎消失不见了。当换装完全结束，雄鸟穿上黄黑相间的鲜艳制服，求爱便开始了。附近所有金翅雀聚集一起，举办一个大型的音乐会。大树上好几十只金翅雀用最欢乐活泼的音调唱着歌。雄鸟唱歌，雌鸟叽叽喳喳叫个不停。在雌鸟面前的雄鸟们，是否真的在进行展现歌喉的比赛，我无从得知。欢乐气氛弥漫，一派喜气洋洋，并不见争吵或打斗的迹象，"一切进展愉快，如同婚礼的钟声"，而求偶似乎也在这场音乐盛宴中完成了。5 月还没过去，鸟儿们出双入对，进入6 月，通常就开始组建家庭了。这可以说是鸟类最理想的求爱方式，与我们大多数的鸟类歌唱家的争吵和嫉妒截然不同。

据说，金翅雀的这种音乐和求爱节日在一场寒冷的东北暴风雨中持续了 3 天。鸟儿浑身湿透，但是依然澎湃的激情和喜悦，一点儿也没有被强风和恶劣的天气影响。

据我的观察，所有的啄木鸟都是通过啄木来争取配偶。雄鸟通过敲击干燥、回声效果好的树枝表达自己的求偶意向，雌鸟适时地出现，被雄鸟求爱并赢得芳心。披肩鸡敲击树干也出于同样的目的，雌鸟听到这声音，挪动步子，小心翼翼地靠近，雄鸟看到后表达爱慕之情，求偶便水到渠成。雄鸟极有可能接受第一只示爱的雌鸟。但在所有的鸟类中，似乎选择权都掌握在雌鸟的手上。雄鸟盲目献殷勤，而雌鸟谨慎选择。与啄木鸟不同，松鸡总是将鼓——他们引以为傲的胸膛——随身携带，然而，如果不受干扰，他们会选取森林里一些特殊的木头或岩石，用以发声表达结婚的意愿。而是什么决定雌鸟的选择，却很难得知。在鸣禽中，也许是最佳歌唱者，或是对雌鸟胃口的嗓音和歌声；羽毛色彩鲜亮的鸟类中，大概是最为华丽绚烂的衣裳能赢得雌鸟的青睐；对于那些鼓手，无疑是通过音质做判断。人类的耳朵和眼睛无法分别其中的差异，可鸟儿们自己却能辨出细微差别。

鸟类比四足动物表现出更多人类的特征。它们可以一下子就陷入热恋当中；鸟类有一段求爱期，在此期间，雄鸟会使出浑身解数去赢得雌鸟的芳心；鸟类有嫉妒和竞争，家庭的和平与宁静常粗暴地被外来雄鸟或雌鸟打破，这也十分常见。雌鸟们大打出手时，往往比雄鸟更为凶狠粗鲁。有一种鸟因为会照顾其他种类鸟儿失去父母的幼雏而闻名。雄性火鸡，有时独自孵化伴侣产下的蛋，且独自养育幼鸟。总而言之，以爱情为动机时，鸟类经常展现一些与人类明显相似的行为。

马丁女士，在她的《鸵鸟养殖场的家庭生活》中，提及一种奇妙的现象：

"一只不负责任的母鸡明显已汲取先进观念——绝不肯坐下孵蛋，而可怜的丈夫，不愿意让小家陷入绝望，便独自揽下所有工作，他勇敢又耐心地端坐着，日日夜夜，直到孵出小鸡，他几乎已经要精疲力竭而死。第二次，这对夫妇筑好鸡窝，公鸡心意已决，不能再任由母鸡胡来。他拳打母鸡（踢她），将她暴打一顿，就差没杀了她，这彼特鲁乔式的待遇，果然达到了预期效果，母鸡再无反抗之意，老老实实地坐下孵蛋。"

马丁夫人讲述的另一个故事，是有关一对鸵鸟。雌鸵鸟由于意外死掉了，雄鸵鸟哀悼她两年多，且看也不看其他的雌鸵鸟。他在营地里走来走去，来来回回，非常郁闷。最终，与一只壮硕的母鸡结合，并屈服于她的暴虐统治之下；他成为母鸡啄咬的对象，或者更确切地说，是被母鸡踢打的丈夫。

Part 5

大草原笔记

松鼠

很长一段时间以来，我最大的受益就是，即便是蜷缩在这个世界的一隅，不论视野多么有限，也能从某种角度去观察自然和生活，这是我从草原上一位常与我通信的残疾女士那里领悟到的。由于身体原因，她常年被困于自己的房间，但却比我们这些健全的自由人看到的更多，拥有更多的感动。得到她的许可后，我应该将这些信件同我的读者朋友们分享，尤其是那些因身体不佳而行动受限或卧病在床的人，也许能从中获得一些激励或建议。比如流行杂志《世纪》中的文章，就像升腾于地面和河流的水蒸气一样：它们将被带到遥远而宽广的土地，然后凝为雨露降落，你不知道哪一株干渴的植物和花朵会得到滋养。我想到了另一个纯洁的灵魂，他居住在新英格兰州北部的一个小镇，这个小镇与那位西部通信者居住的地方名字相同。即使是我那只言片语的文字也能让他感受到野外和大自然的气息。作为报答，他赠予我他那双经历苦痛历练而愈加纯净的眼眸中所观察到的世界。

女性大概是最热爱自然的人，只少在大自然呈现出温和熟悉的常态。女性阴柔的特质，细腻的视角，直觉，微妙的情感，同理心，灵敏度，等等，都要比男性的心智更易于对大自然的形态和变化做出反应。

那位残疾女士从一个高度上看待存在的万物，也看到了里面包含的事物之间的给予和补偿。她住在草原上，她说对她而言草原就是一片海洋，她漂泊在汪洋中，直到抵达另一端的海岸又希望开始新的漂流。而那艘她从未离开过的船，就是她的家。"从窗口望去，只有一望无际的海样，一年只有冬夏两季，如同海上只有风暴和晴空。但有一个好处，我能源源不断地接收来自世界各处的讯息。"

有一年夏天，她写信给我说，希望自己身体恢复足够好了，就能继续与花、鸟、森林亲密接触，然而事实却是，她比以往任何时候都更多地被困在屋子里。

"这真令人失望，但很早之前我就决定了，最明智的做法便是把握好现在。上天给予什么，就充分利用。将散落的碎片收集起来，也许什么都不曾丢失，生活如此，其他事情也是如此。我不能行走，但能思考、阅读和写作；也许，常人所忽略的，恰是我乐趣的来源。我学会用忙碌迫使思绪中的自我，渐渐淡出。还有，人要为别人而活，而不总是为自己。"

"有时，当我思考这样的问题时，就为那些健康的人感到惋惜。因为，你看，陪伴我的人如此之多，随时可以畅游世界，对话最聪明的智者。对许多人而言，智者已然逝去，而于我，他们依然活着，并且赠予我最有智慧的思想和精华的理念，而我也没有其他人必须容忍的令人不悦的陪伴者。有人充当我的眼睛，有人充当我的耳朵，有人充当我的笔，而我，只需要静静坐下，享受美好的成果。我的朋友遍布各地，尽管我们素未谋面。我拥有的如此之多，还要期望什么呢？"

我们应该秉承这样一种人生哲学，即透过表面去看命运。似乎我们只有依靠坚韧和乐观去承受命运的不幸了，我们要对它说，"最坏的在我看起来也已经足够好了"，那么最糟糕的境况便马上扭转，迅速朝好的方向改变。爱能让不得不面对厄运的心变得柔软。"我很知足"，这样神奇的话语能将邪恶的灵魂净化成善良的天使。幸福往往就在身旁，只是伪装成别的样子。你要做的是停下到别处追寻的脚步，或是干脆别再寻找了，对身旁那个不受欢迎的随从说，"成为我的朋友吧"，这时，哗啦一声，伪装的面具掉了，天使出现了。在这个世界上，某些罕见的灵魂可以凭借着爱骄傲地接受贫穷，连富有都一下子变得可鄙了。

她有得天独厚的观察天赋。她全然放下了自我，打开一扇接纳的大门。在即刻的观察中，便能了解事件的始末。看透事物的能力来自专注于当下的精神状态——敏锐的感知，以及一切可以指引心灵捕捉事物发展变化的能力。大多数人看不到事物本身，因为对他们的视野来说字印的太小了，他们只能看到像报纸头条那样的大字体，即便这样仍会错失一些内容，除非里面有他们名字的字母缩写。

这位乐观的残疾人很轻易就能读懂周围鸟儿和动物的生活。"要知道各地的天空都是蓝的，"歌德说，"不需要绕行地球一周"。看来这位女士从她屋子里的宠物和她窗前筑巢的鸟儿那，已经获知大自然全部的美好和乐趣。很长一段时间，我试图弄清蓝松鸦囤积坚果是否为了过冬，但这个问题一直没有得到解决。我向她求助，她坐在窗边，很快就发现蓝松鸦确实会收集坚果，但却是试探性地、孩子气地收集，并不具备松鼠和本地老鼠的那种聪明和远见。她看到一只蓝松鸦衔着一枚花生飞落地面，小心地用树叶和草将其遮盖起来。"第二年秋天，我从我的窗户望去，又看见两只蓝松鸦以同样盲目的本能将栗子藏起来。它们从附近的树上摘来，把栗子藏在草丛中，而且一处地方只藏一个。在其他的地方，我也看到蓝松鸦类似的行为。这似乎与乌鸦偷盗，或搬走藏起多余食物的本性类似。"其实蓝松鸦是在种植栗子，而非囤积，因为冬天找不到可以种植的栗子，到了春天一颗颗幼苗就长出来了。这无疑解释了为何松树林常常会被成片的橡木林所取代了。蓝松鸦种下了橡树果。它们本能寻找黑暗、僻静的松树林隐藏战利品，厚厚的针叶层为掩藏坚果提供了绝佳的条件。嫩芽从种子里探出头，数年后还是低矮修长的小树苗，直到松树林被砍掉，它们才能迅速长成大树。

我的通信者认为，这些鸟儿拥有人类的某些弱点，比如，心绪浮躁。"我相信他们筑巢只是为了玩乐，消磨时间，增加点聊天时的谈资或是找个理由吵架。"（我曾见过一只知更鸟在 10 月末玩筑巢游戏，还见过两只蓝知更鸟的雏鸟在一处废弃的画眉巢穴里，像孩子一样嬉戏玩闹，树枝被风吹得前后摇摆。）"现在鹪鹩巢建在一处不会被人打扰的地方，而我又可以在任何时候看到它了。他们总是筑一个巢后便离开。一年前的 5 月下旬，几天后便将巢里的一切物品全都踢出来重新开工，整个 7 月都在进行重建，但直到他们离开，巢也没有完全建好。"（后面建的这个巢可能是"雄鸟巢"，是雄鸟用来休息的地方。）"我注意到，如果菸蓝鸦对鸟巢不甚满意，会弃之不顾，并在同一棵树上另一处再建一个。"多数情况下，蓝松鸦和鹪鹩并不总能和平相处。"蓝松鸦在巢中监视着鹪鹩的一举一动，后者的巢就筑在橡树附近的门廊下面，观察他们十分有趣。雄鹪鹩栖息在蓝松鸦上方的枝桠上，抖动它的尾巴尖声叫骂，显然是把它能想到的一切侮辱词汇都说了个遍。不一会儿，蓝松鸦再也无法忍受，火冒三丈地飞离巢穴，要让"鹟鹩先生"尝一尝他嘴巴的厉害，蓝松鸦复仇心切，突出的角状喙朝着鹟鹩便狠狠刺去，没想到结实地嵌在了树皮上，而敌人早已跑到别处，发出尖厉的嘲笑声。它们一天天重复着同样的争斗，但是鹟鹩对于一只大鸟来说太过灵巧，根本抓不住。

　　"我从未有机会查证同类鸟儿的性情是否会有所不同，这需要长期细致全面的观察。但我知道就性情而言动物间的差异与人类之间的差异类似，如马、猫、狗、松鼠都有自己的个性。我曾经喂养 5 只灰松鼠当宠物，他们各有各的特征。弗雷德和萨莉是一对伴侣，整天被关在笼子里。弗雷德平时勇猛异常，趾高气昂地大声责骂，可当真正的困难和恐惧袭来，他就蹲下身体，躲在萨莉身后，寻求保护，真是个胆小鬼！他常常欺侮萨莉，但她从不抱怨；萨莉体型更大些，本可以毫不费力地教训他，但是萨莉可能受到某种观念的影响，就像一些人认为妻子不论受到什么样的虐待都应当顺从丈夫。这使我想起一些人的做法。所以我将弗雷德带出笼子定期用鞭子打他，让他代替那些人受罚。奇普是一只温柔漂亮的松鼠，喜欢被人爱抚，她大部分时间蜷缩在我的口袋里或环绕在我的脖子上，但她很早就死掉了。也许因为上帝疼惜它美好善良，便早早召唤她去了天堂。

　　"迪克又懒惰又喜欢暴饮暴食，因为过度进食早早离开人世。查克，是我现在的宠物，她有着撒旦的脾性，但聪明机灵，是我们生活中的灾难，但同时也是一枚开心果。无论她犯了什么错误，你都不可能对她保持长时间的气愤。我们让她自由地在房间内穿梭，因为一旦将她关进笼子，她就高声尖叫、连啃带咬，实在让人难以忍受。她调皮捣蛋，恶作剧一件接一件，因此需要一直看着她。她很清楚什么是明令禁止的，如果她正好做错事被我看到，她便立刻仰面躺下，铺开大大的尾巴，摆出一副天真无辜的模样。我一靠近，她就腾地一下跳上我的后背，好让我抓不住她，没法好好教训她。她从不咬我，但如果别人逗弄她，立刻变得凶狠起来。有时我逗弄她，她就咬房间里的其他人解气。被松鼠锋利的牙齿咬上一口可不是件小事。她知道家里其他成员对她有所畏惧，所以更加有恃无恐。她把坚果放进他们的鞋子里、脖子里，或头发里，然后得意扬扬地站在一旁，如果他们拿开坚果，她就朝他们飞扑过去。

　　"查克十分记仇，而且会牢牢记上几个月，并抓住一切机会报复。她要占有屋子里所有的坚果和糖果，并固定在星期日搜索 B 先生的口袋，而其他日子则不去搜，我不知道她是怎么辨别日期的，有可能是因为 B 先生周日的时候回来的早些。有一次，一名女孩正在吃坚果，被她逮个正着，她立即飞扑过去，咬了女孩一口，还不忘尽快把坚果转移隐藏。接下来的几个月查克都会偷偷地靠近那个女孩，找机会咬她。她尤其不喜欢我弟弟，因为他总戏弄她，又不让她咬到，她就把能找到的我弟弟的一切东西都撕毁咬烂——书、手套等。如果她进入放脏衣服的柜子里，就把我弟弟的衣服挑出来，统统撕掉！她记忆力惊人，她从不会忘记藏东西的地方，甚至会记得好几年没见的人。

　　"查克遭遇过一次不幸——尾巴因为被门夹住，截掉大约有两英寸，从此，她的短尾巴再也擦不到脸；眼见着短小的尾巴从手上滑落，她气得直跺脚，牙齿咬得咯咯响。通过多次尝试，她发现背靠在角落里，可以抓住尾巴。她已与我相伴 5 年，我想知道松鼠一般能活多久。我的一位邻居得到一只小松鼠，还需要喂牛奶，他们还为此准备了奶瓶。那只小松鼠一岁多时，只要一饿，就拿着奶瓶坐下，找一个最舒适的姿势大口喝起来，仿佛这一切都理所应当，那小模样真是十分可笑。我们没养过黑松鼠，养过几只红松鼠和不同品种的灰松鼠。"

我对记者邻居的宠物松鼠很感兴趣，频繁询问它的相关情况。一年后她写道："我的松鼠仍然活着，还在屋子里占地称王。但她有了一个麻烦的对手———只窜进木棚的老鼠。我已经注意到，每当她去木棚玩耍前，总要小心翼翼地勘察每一个阴暗的角落。一开始我不清楚她为什么这样做，直到有一次我坐在厨房门边，目睹她刨出埋下的坚果时才明白了一切。只见她刚挖出来，一只大老鼠便就跳上她的后背，一场比拼速度和力量的坚果争夺战上演了。双方似乎都没有生气，因为他们没打算去咬坚果，只是绕着小屋追逐赛跑，抓住机会击打对方。有时，一方抱着坚果，有时，另一方夺了去。松鼠跑累了，就在我脚边坐下，啃咬坚果，沾沾自喜地向对手示威挑衅。于是，老鼠火冒三丈，不顾一切扑过来，松鼠只好顺势爬上我的肩膀。

"一篇伦敦报纸的摘录声称，鸟类没有味觉。关于蛇，我不大清楚，但通过观察金丝雀，我知道鸟类是可以尝出味道的。当我给他喂食一些新食物，他会慢慢靠近，啄上一点，又迅速退后，如果他觉得不错，就会大胆走上前来吃到饱为止，但如果不甚满意，比如味道酸涩的东西，他可要大做文章了。他刮着嘴巴，竖起又垂下头顶的羽毛，看上去像是在做鬼脸。若是还用同样的食物引诱他，他也不会再吃一口了。

"我曾训练他让他认为我害怕他，他多么的霸道，将我从一处追到另一处，又啄又叫！他兴奋地拉扯我的头发。我编织或钩线时，他就站在上面试图阻止我拉线；若是这样没能成功，他便用嘴含住用尽全身力气拉扯纱线。"

有些人拥有特别的天赋，能与野生动物保持更为密切的关系。一般来说，女人都害怕草原上散放的牛群和马群，但我的通信者，还是个小女孩时，就和小马驹在草原上玩耍奔跑。"这不奇怪嘛！"她说，"马很少会伤害孩子或是那些喜欢它的人"。那时上百匹甚至是150匹小马在草原出生长大，是再平常不过的景象（她的童年时期）。我时常在马群中行走，抓住他们，爬上马背，它们从来不会伤害我，反而似乎认为这很有趣。它们会走过来用鼻子蹭我，在我周围昂首踏步，但只要有人靠近，它们便立刻像风一样飞奔而去。"

她关于30年前在艾奥瓦州的早期生活的回忆深深地吸引了我。她本住在波士顿的父母，在艾奥瓦州通铁路之前就搬到了那里，他们是坐马车从密西西比启程的。"我父亲很幸运，找到一处带木板房的农场（那时的房屋大多是原木结构）。这是一位英国人建造的，却因为思念故土，返回英国老家了。房屋坐落在大草原中央地势略高处，不是很平缓。东西两面大约4英里远处，是沿河岸生长的树林。我们搬过来的时候正值6月，草原上盛开着粉色的野玫瑰。从早春直至深秋，缤纷多彩的野花覆盖这片土地，俨然一片缀满鲜花的天空，清新的芬芳氤氲飘散。最初是白色的"狗脚"（可能是一种兰花），接着是一片浅蓝花朵铺盖的清冷蓝色，然后就是玫瑰了，到了七八月，红色百合把草原点缀成一片粉红的海洋。秋天来临时，鲜艳的橙色花朵摇曳生姿，我不知道它们的名称，只知道它们长着木质茎杆，约 1 英尺高，小巧的花朵像一片片喷射的羽毛。有几种花个头高大，黄色叶子环绕花朵，花蕊宛如棕色天鹅绒（很可能是金光菊或黄雏菊，在东部比较常见）。我们年轻人常常收集茎杆中流出的胶液。那个时候人们都很穷，没人认为这是可耻的。能大量吃的也只有这个了。我们发明了一些食物的新吃法，这里的人们很是震惊。比如我们食用玉米粉，但他们说玉米粉只能喂猪。更糟糕的是，我们食用的"绿色食品"，他们却称之为野草。这似乎是不可能的，但却是事实。周围是大片肥沃的等待耕种的土地，而那些人（主要是印第安纳州人）一年四季却以油脂丰富的炸咸猪肉、热量高的饼干为食。食物单一，没有蔬菜瓜果，也不会为冬天储备黄油，也没有牛奶为冷天防寒，只因喂养奶牛太麻烦！你应该见过他们饲养的猪，当地人贴切地称之为"草原鲨鱼"和"刀背"——长鼻子，长腿，5 英尺厚的身体，吃再多也不长胖。人们放纵他们在原野上尽情撒欢狂奔，以免除照看他们的麻烦，如果肉桶空了，就猎杀一头来填满。

　　"草原上的每个人都赶着牛车，这是一种木板车，车上的座位是在箱子上搭块木板做成的。驾着牛车驶过没有道路的大草原，我们究竟是如何忍受的！谁要是有辆马车，就会被人们当作贵族受到鄙视，而有一头套上轭的牛才不会被人瞧不起。经过训练，牛能一路小跑，所以也还算舒适。（我喜欢听人们夸赞牛。一位早期定居在此的年迈的密歇根农夫，跟我说起他曾养过的两头牛，一提起他们，他显得充满感情。不论是什么样的重担，它们都默默承受。当木头搭在身上的那一刻他们会认为这是一场比赛，它们相互轻推对方，卷起尾巴，抬起头，发出哞哞哞的声音。）

　　"你上封信中提到一个短语——'始于树桩'（即'从头开始'），从你的用词就能看出，地域不同表达方式也不同。恰恰相反，树桩并非一切的起始。自然最初赐予人类的是平坦的土地，并没有奇形怪状的树桩和棱角分明的石头阻碍人们劳作。也许在东部，松树树桩栅栏并不会引人注目或是显得很奇特，但我头一次在纽约州看到时却完全被吸引了。我没见过也没听说过树桩还有这样的用途。它的外形奇特怪异，长长的枝桠如手臂一样伸展，似乎要抓住什么东西，看起来就像一只石化的章鱼。这些栅栏充分体现了东部人节俭的品性——变废为宝。这似乎是一道无形的铁丝网，可能会吓坏我们的牛和马。"毛毛虫"栅栏最初是很流行的，但人们很快就意识到节约木材的重要性。他们耕地时不遗余力，甚至觉得用十六轭牛拉一把破犁耕地十分必要。我甚至见过，有人使用二十轭牛拖住庞大笨重的犁纵横在平坦的田地里，但需 3 人驱使。每年夏天，耕犁随处可见，恰似田地里一条条"千足虫"。不用多久，人们就会发现两轭牛犁地最为实用。地里也有些奇特古怪的大圆石，似乎是冰河时期从北部地区迁移过来的，就像班柯的幽灵一般，拒绝蹲伏。一旁的其他石头逐渐被掩埋地下，但大圆石始终裸露地表，难道是身上有什么令人反感的特质，大地拒绝接收？它们似乎毫无用处，因为不能当作普通石头使用。它们要通过某种方式加热裂开才能使用，不过我确实见过用这种石头筑成的建筑。裂开的碎片是大大小小的方形，或是椭圆形和三角形。效果即使不能说是很好，也可以称为新奇了。

　　"当时，这里有很多可捕猎的鸟，是冒险家的天堂。每到暑假期间，大量枪手从城市来到草原。除了鹅、火鸡、野鸭、鹌鹑、鸽子之外，草原松鸡也不计其数，它们就像东部的乌鸦一般恼人，只有吃掉它们，才能还清它们啃吃粮食的巨债。不知你是否听过草原松鸡在春日的声声啼鸣？我从不认为，生气盎然的春天会在美丽的大草原停下脚步，直到有一天清晨，松鸡群里一阵沸腾，隆隆声乍起，噢，天啊，这种声音难以形容，似乎有成千上万种声音同时在耳边诉说，嘈杂聒噪。这是搜寻草原松鸡巢穴的好时候，连孩子们也能早早起床。野外草丛中，总能在出人意料的地方发现松鸡巢穴，里面大约有 16 个蛋，有点像母株鸡蛋。自然，用这种蛋做出的煎蛋比普通鸡蛋更美味，但我不是很喜欢这种味道，也许是因为蛋和鸟肉一样都有一股野生气息。尽管建的非常隐蔽，但我还是发现了很多草原松鸡的窝。草原经过火烧后，正是寻蛋的好时机，它们的巢穴暴露在众目睽睽之下，蛋也被烤出阵阵香味。我曾经多次试图让母鸡来抚育松鸡的幼鸟，但均以失败告终。它们似乎天生羞怯，拒绝所有的食物，稍一不留神，它们就潜入草丛消失不见了。它们什么也不吃，宁愿饿死也不在囚牢里进食，即使投喂的是新鲜诱人的活昆虫。这里的松鸡已经所剩无几了，大部分都听从霍勒斯·格里利的建议，向西迁移了。说起四足动物，就不得不提小型的草原狼和大型的灰狼。白天的任何时候都能看到小狼们在草原上奔跑，夜晚它们不间断地嚎叫也几乎让人无法忍受。它们爱吃家禽，因而母鸡们只得栖息在高处，躲避偷袭。白天它们都是胆小鬼，但是到了晚上，却大胆地悄悄靠近人们的屋子。人们如果饲养猎狐犬，正好可以与这些狼比试一下。我曾见过人们骑马追逐狼，但是不知道结果如何。

　　"我有一种消遣方法，就是每隔一段时间就去狼窝瞧一瞧，那里岩石堆砌错落有致。找根棍子戳一戳，会有狼从里面突然冒出来，吓人一跳。对于大一点的狼，这样的挑衅无疑是很危险的。有一年冬天，我曾与狼群有过一次近距离接触，那一次经历让我明白应与它们保持距离，在此之前从未有过这样的想法。在一个寒冷的夜里，我们3人驾驶一辆敞篷马车出行，大概有1英里的路程需要穿过森林，我们刚进到森林，就蹦出5匹灰狼，朝我们猛扑过来。马立刻狂奔起来，灰狼在后面穷追不舍，我感觉像过了一个年代那么久远，才奔入大草原那一片皎洁的月光之中，这时狼群才悻悻潜回树林。他们的每一次跳跃都像要跳进马车里似的，我能清楚地听见它们抓挠马车背的声音，我的手扶着座位以防自己摔下去，这些灰狼试图咬我的手但没成功，我都能听到他们牙齿碰撞的响声。那时我最大的愿望就是坐在中间，让其他人坐在外边。

"祖父很喜欢布置陷阱，他捉过很多狼，为了获取狼皮和奖金，有时还有水貂和麝鼠。我不得不帮忙剥皮，这十分可怕，尤其是剥麝鼠皮。但只有这样，我才能与祖父随行，于是，我妥协了，因为我不愿错过人类以智取胜，捕捉狡猾动物的刺激场面，不论成功与否。美丽的水貂，身材修长、皮毛光洁，猎杀这样的动物，让我惋惜不已。但我并不怜悯麝鼠，因为它们太像老鼠了，还有股恶心的味道。地鼠是农民们最大的困扰之一。它们推出的小土堆在地面星罗棋布，圆润、规则，黑色的泥土碾磨得细细碎碎。我一直在思索，地鼠怎么能做出如此完美的土堆形状，要是能找到通往它们家园的地下通道就好了。它们洞穴的入口远不止一个，因为我曾往里面灌过水，料想很快能看到地鼠出来，还自以为胜券在握而沾沾自喜，但他们都从别的出口溜走了。玉米播种后，它们会大量偷食玉米种子，所以人们通常将浸泡过马钱子碱的玉米粒和玉米种子混在一起播种。东部地区有囊地鼠吗？（没有）他们是最可爱的小动物，脖子两侧各有一个囊袋，还装饰着皮毛。当囊袋里储满食物时，他们就变得圆嘟嘟的，非常俏皮可爱。有一次，只是因为我挡住了它们的去路，它们便摆出了战斗的架势——真是一帮无礼的小家伙！

"讨厌的老鼠伴随人类文明出现，而铁路修建后，我们再也无法摆脱它们。铁路也带来了另一种麻烦——野草，它们迅速取代了本地植物。但我不认为所有的野草都令人讨厌，有些开花的野草多少挽回了一些名誉，比如蒲公英，不论他人作何感想，我始终对蒲公英抱有好感。我永远不会忘记在西部发现的第一株蒲公英，感觉就像是故友重逢。它生长在一条移民路旁，距我家大约 5 英里远，我在草丛里发现了这金色的瑰宝。也许是途经此地的"草原篷车"掉下的一颗种子。母亲挖出这棵蒲公英，种在花圃里，两年之后，连邻居家也满是淡黄的蒲公英——都是从这一条根上长出来的。现在草原已经消失了，那些没有像印第安人一样被文明消灭的野花，躲在篱笆的角落里避难。"

我曾问她，对鹤有多少了解，她是这样回复我的：

"我们来到西部的最初几年，鹤，尤其是沙丘鹤，十分常见。夏天，你可能会看到它们呈三角形列队从你头顶飞过，修长的腿拖在身后；如果你的眼睛足够敏锐，有时可以在草原的泥沼中发现它们。按书中的描述，鹤多为棕色，但我认为不应称之为棕色，而是更接近黄色，与初生的小鹅颜色相近。若是把它们的下半身也在泥地里蘸一下，看上去就像是一只踩着高跷的大号的鹅。它们的巢穴一般建在泥沼地的浅水区域，由树枝构成，类似小孩子们堆砌的土屋，大约有 1

英尺高，里面装着两个巨大平滑的鸟蛋。我曾经试图在鸟巢中抓住它们，想看看它们是怎么把两条长腿藏在身下的，但均以失败告终。它们很害羞，而且它们的巢一般都建在方便观察四周的地方。我非常渴望能养一只鹤当宠物，但每次都因为它们那双修长的腿而无法如愿以偿。

"我把蛋放在'坐着的母鸡'（一种像母鸡一样易于管理的鸟）身下，以便小鹤能顺利孵化。喂养幼鹤倒没什么困难，因为他们从不挑食，而且一点儿也不害羞——这与草原松鸡的幼鸟完全不同。事实上，它们温顺的性格也是导致它们死亡的原因，就像玛丽的小羊羔，我去到哪里，它们就跟到哪里。有时它们会跟随我进屋，但是踩在光洁的地板上，两条腿一条撇向一方，另一条撇向相反的方向，结果要么是一条腿折了，要么是两条腿都断了。它们无法在光滑的表面行走。多么滑稽可笑的走路姿势！我见过一些白色的鹤，但只在飞的时候见过，它们似乎比黄色的鹤还要脑膜。

"有一次我见到一个奇特的场景：七八只仙鹤在跳花布舞，或是非常像花布舞的动作。我曾在书中读过，禽类常用这样的方式表演，但未亲眼见过。他们在距离鸟巢半英里左右的草甸处，跳得正欢。我不懂他们行为的意义所在，想好好调查一番。我不惊动他们，在高高的草丛中匍匐爬行，悄悄靠近，到距离鹤群不足一杆远的地方，趴在地上观察它们。它们转圈跳着华尔兹舞实在有趣。他们侧身走向对方，然后背对彼此，优美的脖颈和修长的细腿做着笨拙的动作。稍加想象你似乎能看到它们脸上挂着一丝假笑，甚至让人怀疑，它们模仿人类的动作是不是有意嘲讽。他们的动作似乎是固定不变的，只是在不断重复。我不知道，他们的舞蹈会持续多久，只觉得有些厌倦，便回家了，而他们一直舞动着，直到柔软的草地被踩踏成坚硬平整的地面。我热衷于尝试新事物，有一次我央求妈妈把别人猎杀的鹤煮来吃，虽然我没听说有谁吃过鹤肉。鹤肉的味道不是很好，尝起来有点特别，也许有毒也说不定，这个想法从我脑海中闪过，惊出一阵冷汗。我很害怕，因为我没有证据证明它没有毒，曾经也有人多次说过，我最后恐怕会因为这强烈的好奇心而遭遇不测。"

每每听到文学圈外人士评论自己喜欢的作者，尤其是深有见地的人发表的独到见解，我都是十分开心的。我的通信者说："谈到梭罗，赞美他的人不在少数，但我却不怎么喜欢他。你知道吗，我并不认为他是个真正的人，他有些神秘离奇，我猜想，他的身体里居住的不是人类的灵魂，而是古希腊时期繁盛的森林之神。他似乎跳出了人类的地界。"

关于卡莱尔，她也有独特的看法。"我很疑惑，为什么男人如此推崇卡莱尔，而女人却并不感冒，也许偶尔也有，但女人们绝不喜欢他。提起这个人，女人的第一个想法是'他的妻子真可怜'！还记得威尔斯夫人提议与他们同住，并愿意提供帮助时，他是怎么说的吗？他说，只有在威尔斯夫人仰望他的前提下，他们才能愉快地住在一起，而不是反过来。原话是这样的：'亲爱的，试想一下，你的母亲是否愿意忘却她的富有和我们的贫穷，不介意我们极其不稳定的微薄收入，以一个基督徒的温顺姿态，让我来充当她的监护人对她发号施令，并且甘愿成为她女婿的第二个妻子呢？'这样的狂妄自负你能够忍受吗？让一个年纪与他母亲相当的女人，放下自尊和个性，去接受他这样一个年纪轻轻毫无阅历的男人做她的主人？

真是十足的厚脸皮！从此你就能看出他的性格——'我是伟大的，你们都很渺小'。

我曾经努力地尝试喜欢他，但似乎过错在我，因为我实在做不到。我不知疲倦地几乎翻遍了他所有的作品，却被他连篇累牍的形容词折磨的够呛（为什么呢，因为他就是一个形容词制造工厂，他的作品就像裹挟着字母表的龙卷风，你可以称之为栩栩如生，而我认为其怪诞不经）。这种毫无用处的堆叠，光是想一想都让人疲惫不堪。一直以来我都对自己说，'停止你的指责吧，你不比我们其他人好多少'，'人们都希望过上更高等的生活，但是谁又愿意被人推来搡去呢'？人们怎么能把他和我们亲爱的向导和朋友——艾默生相提并论呢？也许这个世界需要他，就如同需要雷电、雨水、寒冷和痛苦一般，可是我们就一定要喜欢这些吗？"

这封信来自艾奥瓦州曼彻斯特的比尔兹利夫人，她于 1885 年 10 月去世。

Part 6

一瞥

花栗鼠

黄鼠狼及其贼窝

　　1893 年的冬天，我最感兴趣的事与黄鼠狼有关。11 月上旬的一天，我和孩子们坐在森林里塔马拉克沼泽的边缘的一块岩石上，希望能看到松鸡的踪影，因为它们有在沼泽地觅食的习性。没坐多久，我们就听到下方的树叶传来窸窸窣窣的响声，断定那一定是松鸡小心谨慎地踩着步子来了。（我们没带枪）不久，一只小动物穿过厚厚的灌木丛，迎面跑来，起初我们以为是只红松鼠。不一会儿，它离我们只有几步之遥，我们看清楚了，那是一只黄鼠狼。再一看，它嘴里似乎叼着什么东西，等它再走近些，我们了然，那竟是一只老鼠。黄鼠狼一路敏捷狂奔，跑过一根枯朽树干，跳过岩石和地上的树枝，每隔三四码远就停下歇一会儿，从离我们不到 20 英尺的地方经过，很快就消失在沼泽岸边的大石头背后。"它叼着食物回老巢了，"我说"我们去看看。"四五分钟后，它再次出现，顺着来时的路返回，跨过同样的石头和朽木，快速消失在沼泽地里。我们一动不动，很明显它并没有发现我们。6 分钟后，我们听到了它的动静，不一会儿就看到它叼着一只老鼠回来。它仿佛被拴在了原来的路线上，精确地重复着前一次的动作。像刚才一样，在我们左侧消失，过了一会儿再次出现，然后再次消失在沼泽地里，五六分钟后，又衔着一只老鼠出现。原来它把擒获的老鼠都藏在了灌木丛和沼泽，此刻正勤快地转移战利品呢。我们很好奇，它的巢穴在何处，于是在它每次消失的地方转悠，等着它。它还像之前一样守时，携带猎物准时现身。我们就在它洞口外两步远的地方站着，因此它一靠近洞口就发现了我们。它停下脚步，愣愣地盯着我们，没有一点害怕的迹象，淡定自若地走进洞里。它的巢穴并非我们所料想的那样隐藏在岩石下面，而是在岩石几英尺外的河岸边。我们一动不动地观察了很久，但是它没再出现。一定是我们的出现让它有所迟疑，它要再观望一会儿。我挪开几片干枯的树叶，一个又小又圆的洞口显露出来，几乎和花栗鼠的洞一样大，直通地下。我们决定一探究竟。若是它常以这种频率搬运老鼠，那么它的洞穴里一定堆满了食物。我捡起一根尖头木棍开始挖开洞口附近的红黏土，但是挖到了很多树根，于是便放弃了，决定第二天带一把鹤嘴锄。我把挖开的地方尽量复原，重新覆上树叶，这才离开。

第二天，阳光明媚，一切如常，我装备齐全，准备去黄鼠狼的巢穴挖掘宝贝。我们在老地方坐下，静静等候。我不知道这只黄鼠狼是否仍会继续搬运食物。几分钟后，我就听到了树叶的响动，黄鼠狼又叼回一只老鼠，我看它跑了 3 个来回。计算了一下，每叼一只老鼠大概需要六七分钟。我悄悄挪向洞口。这次，它叼着一只肥田鼠。它在入口附近，放下老鼠，进到洞里转过身，将田鼠拖进去。我一定要亲眼见识下它的储藏室，便提着沉重的锄头开始挖起来。洞穴往地下延伸 2 英尺后，转向北面。后来我改用细木棍，这样更容易些。又挖了两三英尺后，洞里出现岔路口，一条通向西面，另一条通向东北面。我继续挖西向的那支，每到分叉处，我就任选其一。不料，渐渐陷入窘境，一堆松散的泥土挡住了我。显然，黄色狼已然预见会有我这样的入侵者探索洞穴，便早早就部署妥当，这样它在打盹时也不会被抓走。我发现几乎在每条隧道末端都有一个稍大空间，可供歇息，这些房间有的在拐弯处，有的适合与同伴会面或聊天，但是没有一个房间像起居室。我试着用锄头挖开一些泥土，却进程缓慢。我又累又热，可任务似乎才刚刚开始，挖得越深，错综复杂的通道就越多。我停止挖掘，决定第二天再来，这次还要再带把铁铲。

翌日，我又来到黄鼠狼的巢穴，精力充沛地开始挖掘工作，很快大有进展，发现迷宫般的通道，到处都是大房间。我在几英尺开外挖出一道新裂口，其中一个房间只在地表下 6 英尺左右。

我斜靠着铁铲歇息一会儿，这时，头顶上方传来小动物踩踏树叶的轻微脚步声，我想那可能是松鼠。接着我听到猎狗的吠叫，才发现有只兔子从附近经过。猎狗穷追不舍，一片骚乱，猎人紧随其后。狗在我南面几杆远的沼泽边上狂叫不止，想必是兔子逃进了洞。我听到猎人在那里待了半个多小时，最终把猎物挖了出来，然后他们（一位住在森林里的老猎人和他儿子）径直走过来，发现了正在紧张忙碌的我。我告诉他们，我正在找黄鼠狼。老猎人说："这是山林里的黄鼠狼，七八年前，我常在这附近设下陷阱抓捕兔子，但猎物总被偷吃，一定是这只黄鼠狼干的好事。"这样说来，这只黄鼠狼是这里的常住居民了。也许，多年来，这片沼泽地就是他的主要觅食区，他每年还会在洞穴里增加一间居室。我又挖深些许，发现了它其中一个宴会厅，那是一个与人的帽子尺寸差不多的洞穴，精细的树根编织成网状，形成拱形从洞穴上方跨过，黄鼠狼就这里居住或歇息。里面有一个温暖干燥的窝，铺着柔软的树叶和鼹鼠或是老鼠的皮毛，我掏出一团毛仔细看了看。为了找到这个房间，我顺着一条环绕洞穴的隧道，一直挖到距洞口 1 英尺处。靠这个洞一侧几英尺远的地方都是黄鼠狼扔的垃圾，大量湿润腐烂的皮毛、皮毛球，还有老鹰和猫头鹰反刍的毛绒球团。窝里有鼹鼠的尾巴，说明这只黄鼠狼有时会以鼹鼠作为午餐或晚餐。

　　我恢复体力后继续挖掘。我本应找到位于这些纵横交错的通道中心的那个储藏室，但是我挖的越深，遇到的问题就越棘手越让人气馁。地下如同蜂窝一样布满了各个方向的通道。我自言自语，黄鼠狼究竟有怎样的敌人，需要布置如此众多的逃亡通道，甚至每一条通道拐弯处都有后门？想要将他逼入绝境几乎不可能，因为黄鼠狼的城堡里就像猛犸洞穴一样会让人迷失方向。试想，他时而出现在这个出口，时而出现在那个出口，让追踪者摸不着头脑。这时从小阁楼里露个面嘲笑一番，那时又从地窖里蹦出来挑衅一下。到目前为止，我仅发现一个入口，但有些居室距离地表很近，似乎是黄鼠狼为以防万一精心设计出来的，在紧急情况下能够迅速逃脱。

　　最终，我放弃挖掘，依靠在铁铲上歇息，弯曲酸痛的后背靠在地上，有句古语说的好，睡着的黄鼠狼你也抓不着。我在堤岸上挖出一个乱七八糟的洞，挖出泥土大约有一吨多，也没比我开始挖掘时，靠近黄鼠狼的储藏室多少。

　　我后悔破坏它的城堡。因为我不满足于只是每天过来看它搬运了几只老鼠，也不想在接下来的几年里重复这个过程。现在它的城堡已经无法修复，它毫无疑问已经搬到别处去了，因为我用泥土掩埋的大门，直到冬季也没有开启。

这种小型野生动物的秘密生活极少有人知道。知道黄鼠狼居住在这样的巢穴，并且会储存好一天所需的食物，这对我来说可是个大新闻。它可能是小型貂的一种，身长八九英尺，尾巴长约 5 英尺，还是和夏天一样身穿深棕栗色上衣和白色下装。

这种小生物把挖掘洞穴时挪走的土堆放在哪里真是个谜，连一粒土都没见到，但至少有一蒲式耳的土被挖了出来。光看外部结构，你绝对想不到地下会有这样错综复杂的洞穴。洞穴入口隐藏在干燥的树叶底下，各种细小的通道和繁茂的树叶环绕周围。如果有读者发现黄鼠狼的巢穴，一定不要像我一样，打扰他的生活，而是在一旁静静观察，这才是明智之举。

敏锐的洞察力

和其他事情一样，成功观察自然需要机敏的头脑和迅捷的反应。一个人的洞察力必须像一个巧妙设置的陷阱，轻轻触碰即可启动。然而，与我一同散步的很多人，感知能力迟钝而生疏，只有一头熊才能触动他们的陷阱。自然界中上演的一切细微的，平淡无奇的精巧剧目，他们都将错过。田野和树林中的野生动物们上演的小戏剧和悲剧都是隐蔽的，不显眼的。如果有观众出现在视线当中，他们就停止表演。所有观察者们必须从蛛丝马迹中寻找线索，洞察表象，将细节串联起来。

大自然的语言与我们的不同，成功的观察者能将其翻译成人类的语言。他理解每一种声音、每一种行为、每一个姿态的含义，并转述成意思相当的人类语言。另一方面，粗心草率的观察者会错误地以自己的思维和情感模式去理解自然，以至于将一些莫须有的计划和目的强加在野生动物身上。居住在城镇的人们看到一只缠绕在马毛里的英格兰麻雀悬挂在树上，而四周的其他麻雀叽叽喳喳叫个不停，会立刻断定那群麻雀是在惩罚犯下罪过的麻雀成员。我曾多次看到麻雀像这样悬挂在鸟巢或栖息场所附近。人类会发生意外，鸟儿也会。它们并不是在模仿人类的刑罚。

有一天，我偶遇一只小灌木麻雀在草丛中飞行，似乎是有些残疾，一大群同伴飞来飞去还出声呼唤。我一把抓住这只小鸟，它在我手中不断挣扎，挣脱了束缚——某种昆虫的网状丝线缠住了它的翅膀。我放飞它，同伴们都围绕着它，似乎好奇这奇迹是怎么发生的。无疑它们正经历某种情感。鸟儿们会同情同伴遭受的痛苦，也会联手共同御敌。乌鸦会追逐和攻击一只驯服的同类，把它当作外来者和敌人一样对待。若是一只鸟儿不像同类那样姿态优美、色彩绚丽、毛色光洁，它多少有些情绪低落、意志消沉。也许，如果狼群中有一匹温顺的狼，也同样会遭到同伴的驱逐。这些野生动物有着人类的性情，但与人最大的区别在于它们敏锐的洞察力，它们是一流的观察者！它们能够迅速地领会暗示，却几乎没有思考能力。乌鸦并不像人类想象的那样召开议会或核心小组会议，审问罪犯，讨论关税，或思考某些手段和方法。它们是群居和社会化的物种，可能在秋季时，还有类似聚会的活动。至少这个季节，它们在山上的集会看起来像是某个盛大节日。

乌鸦举止优雅，带着一方土地之主的气派和神态。一天早晨，我拿出一些鲜肉放在书房窗户附近的雪地上。很快，一只乌鸦过来叼走了，落在葡萄园地上。当他享用美食时，另一只乌鸦从天而降，落在几码开外的地方，他慢慢向前走了几步，在距离对方几英尺的地方停了下来。我正期待观看一场食物争夺战，像家禽和其他动物一样，但事与愿违。品尝美味的乌鸦停止进食，打量了对方一会儿，扇动了几下翅膀，便飞走了。第二只乌鸦走上前，开始享用它的那份美味。这时，第一只乌鸦返回，两只乌鸦各撕下一片肉，然后分道扬镳。他们相互之间的尊重和善意几近完美。我不知道这是人类的错觉，还是说只是群居鸟类相互扶持的一种本能。独居生活的鸟类，比如鹰或啄木鸟，在食物面前的表现与乌鸦完全不同。

　　野生动物的生活主要围绕两个主题或两种情绪进行，即食欲和恐惧。他们在寻觅食物和洞察危险方面都同样敏锐。但人类几乎都能骗过他们，虽然人类的洞察力不够敏锐，但反应能力要强大得多。显然狡猾的人类要聪明的多。乌鸦能很快发现任何像陷阱或捕捉的装置，但需要很长时间才能看穿简单的机关。正如上文所说，我有时把鲜肉放在书房窗口前的雪地里引诱乌鸦。有一次，几只乌鸦照常来取肉，在平常放肉处的上方，我用绳子将一片肉悬挂在树枝上。一只乌鸦很快就发现了，飞上树去察看其中的奥秘。它起了疑心，那悬挂的鲜肉明显是精心设计的，这是抓捕他的陷阱！于是它走到周围的每一根树枝上，小心翼翼地观察刺探，努力发现其中的秘密。他飞落到地上，在四周踱着步，全方位查探。然后在葡萄园里漫步良久，希望能找出一点蛛丝马迹。他又回到树上，左看看又看看，又落回地上，飞走又飞回来。之后，他的同伴也飞到树上，眯起眼睛仔细查看了一番，最后两只乌鸦一起飞走了。山雀和啄木鸟落在肉上，啄食在风中摇摆的肉，但乌鸦却不敢靠前。这是不是动物的一种思考呢？也许是，但我宁可把这看作是乌鸦恐惧的本能和狡猾个性的表现。接下来的两个早晨，这两只乌鸦都会准时来到这里，从树的各个角度观察这块吊起来的肉，然后飞走。第三天，我在悬挂的小片肉下的积雪地上放了一块大点的骨头。一只乌鸦飞到树上，紧紧盯着诱人的骨头，他似乎在自言自语："谜团更深了。"经过将近半小时的侦查，期间它多次靠近地面的骨头，都是距其不过几英尺远，他似乎可以断定，骨头和悬挂在线上的鲜肉没有什么联系。最终它走向了骨头，开始吃起来，但一直在警惕地拍打翅膀，还不时抬眼看看上方的肉，仿佛那是经过伪装的达摩克利斯之剑，随时会从头顶落下。很快，它的同伴也过来了，降落在低矮的树枝上。不一会儿，吃肉的乌鸦就飞到同伴身边，换他去品尝美食，但这只乌鸦拒绝冒险。它认为整个事件就是欺骗和陷阱，随即飞走，吃肉的乌鸦也紧随其后。我又把骨头放在分叉的树干上，但乌鸦们始终与它保持安全距离。于是我又将骨头重新放在地上，而它们愈发觉得可疑，认定这一切不怀好意。最终，骨头被狗叼了去，而乌鸦们也没再出现。

麻雀的错误

如果一只动物习惯在地面筑巢，或是它所属的种族是建造地面巢穴的专家，那么对它来说在树上筑窝是很危险的实验。我的一个近邻，一只小歌雀，在上一季就得到了这样的教训。她野心勃勃，摒弃种族的传统，把自己的小窝筑在树上。她挑选的位置非常不错——两株挪威云杉平行的枝干相互交错形成一个低垂的摇篮。这些枝干几乎呈水平生长，春天低处的枝干更是如此。云杉四周低垂的侧枝形成了一个个微型山脊的斜坡。两个斜坡的底端汇合成一座山谷。看起来十分结实，但实际上并非如此。我们的歌雀小姐就选择了这样一个小山谷，离地面约 6 英尺高，靠近屋子墙面。她心想，"我要把窝建在这里，在小型的挪威城里度过酷暑，这棵树是一座披着云杉外衣的山峰，我要把巢筑在这一侧的山谷"。于是，她搬运大量粗草和秸秆铺做基底，如同在地上筑巢一般，在基底顶部渐渐形成精良的鸟巢，结构夯实、外观完美，还铺上细腻的毛发和绳子丝线当作地毯。这只小鸟也十分机灵狡猾——每时每刻都警惕守护，以防有人发现她的秘密！她生了 5 枚蛋，还远远没到孵化的时候，就赶上了暴风雨。摇篮晃晃悠悠，枝桠还算稳固没有断裂，可小山谷的地面却塌陷了，鸟巢倾斜，坠入深渊，如同一场地震毁灭一座村庄。

天生在树上建巢的鸟类，从不会把自己的小家置于这样危险的境地。把鸟巢筑在树枝末梢的鸟类，如金莺，会将巢穴牢牢系紧；其他鸟类，比如知更鸟，倚靠主干筑巢；还有些鸟会把鸟巢筑在树干分叉处。只有无知的麻雀，选在两根树枝的连接处筑巢，当暴风雨肆虐时，树枝彼此分离，鸟巢瞬间就被狂风骤雨吞噬。

我的另一位麻雀朋友在春季也遭遇一场离奇事故。她是一只擅长社交的小麻雀，将巢筑在葡萄园里一棵葡萄藤的臂弯里，这是爱热闹的小鸟最喜欢的地方。茂密的葡萄叶是一个优良的屋篷，坚固又安全。屋篷上方吊着一串青葡萄，在温暖的 7 月迅速成熟。小麻雀没有预见到即将到来的危险。葡萄渐渐长大，最终掉落下来，将小小的鸟巢填得满满当当，我伸手一探，鸟蛋悉数被埋在葡萄下面。小麻雀已经被挤出家门，一串葡萄霸占她的小窝，她只得弃巢离去。不知道她坚持捍卫领土多久，也许直到那丰硕的果实重重地压在她身上，她才选择离开吧。

薄弱的基底

画眉鸟有一个奇怪的习惯，除了在偏远的树林他们都会用报纸或其他纸张碎片筑巢。我认为，除了在偏远的树林，画眉鸟几乎会在鸟巢底部垫张报纸。去年春天，我偶然坐在一棵树旁，树上一只画眉正忙着筑巢。她衔着一片有我手掌那么大的报纸，放在树枝上，又在纸片上站了一会儿，这才飞落至地上，轻柔的微风拂过枝头，轻薄的纸片随风飘起。画眉鸟眼见纸片轻轻盘旋，落地，便快速抓住纸片飞回树梢。她照旧把纸片放在之前的位置，又踩了踩，才振翅离去。纸片又飘离枝头，轻轻滑翔，落至地面。画眉鸟又把它抓至掌心，恶狠狠地一扯。她返程两三次，携着纸片回到枝头，又踩在纸片上，不停碾动，仿佛要将它牢牢地钉在树上，再也不让风吹走。这次，她在纸片上坐了好一会儿，这才离开，她肯定在想着，一定要找个什么东西牢牢固定住纸片。几秒钟后，纸片翻了个身，紧跟在她身后。她再次抓住它，比之前更急速、愤慨。她抓着纸片飞向鸟巢，张开的纸片多少阻碍画眉鸟飞行，她不得不落回地面，但始终没有发脾气。她把纸片翻转，啄了好几次，直到自认为满意，才抓着纸片返回树枝。我看她来来回回折腾了 6 次，直到我被人叫走。我想，她最终一定是放弃这躁动不安的碎纸片了。也许这小纸片上写着"微风"，春末我检查鸟巢时，并未发现纸片的踪迹。

惊恐的水貂

初冬的一天清晨，我们漫步穿梭在树林时，已然从新落的雪地里，察觉到头一天夜晚水貂惊恐走过的痕迹。因为水貂一反常态，没有沿着河道行走，而是飞快穿过树林，越过山脊和山谷。我们小心翼翼地追随其脚印，好看一看他到底遭逢怎样的险境。他穿过一片灌木茂密的沼泽地，钻过一堆萧索的乱石，又折回沼泽地，奔向一片更为开阔的树林，然后急剧一转，纵身一跃，跨出身体两倍那么长的一大步。是什么让水貂突然改变了主意呢？我们朝前走了几步，狐狸的脚印映入眼帘。原来，水貂不经意间瞥见狐狸暗地跟踪他穿过树林，吓得心脏都要跳出来了。我猜想，他一定是攀上一棵大树，等着狐狸经过，因为他的脚印消失在一丛铁杉之中，在前面不远处又再次出现，绕了一个大圈之后，与狐狸的脚印重叠（离水貂脚印中断的地方只有几码距离）。接着这脚印沿着一条小河道，从林间小路上一座粗糙的小桥下延伸至一片密集的灌木丛中，混入松鼠的脚印里。若是水貂途中遇到一只麝鼠或兔子，或是碰到松鸡、鹌鹑或农场的鸡窝，那晚餐就不愁了。

无腿的攀爬者

眼睛总能看到想要看到的，耳朵总能听到想听到的。若是存心想在漫步途中找寻鸟巢，一定能在某处找到。有人在随处可见的草丛发现四叶草；我的一位朋友能在田野里找到印第安人的遗迹，因为他知道自己在寻找什么。我曾见他在路上走着走着，突然就来了个急转弯，像是一只嗅到了猎物气息的狗，然后径直走向几杆远外的地方，捡起一块印第安人的冲击石。他是用眼角的余光瞥到的。而我也能轻易地，不需刻意寻找就能发现鸟儿，听到它们的声音。我的眼睛和耳朵时刻保持警惕。

6 月初的一天，我与朋友们漫步在僻静的林间小路上，突然，在轻声的交谈中似乎听到了一对蓝知更鸟绝望的叫声。我的朋友们也听到了，但都没有留意。

这声音非常特别，听起来似乎是在痛苦地发出警告。我提议说："我们去看看，这些鸟儿遇到了什么麻烦。"不久我就看到，距地面 25 到 30 英尺高的小铁杉（我断定蓝知更鸟就在这里）树枝上有一个鸟巢。鸟儿们在几码开外的邻近树枝上，跳来跳去，不时发出近乎绝望的音调。一番仔细勘察后，终于发现昏暗的光线中，似乎有什么东西环绕在鸟巢附近，很像是一截黑色弯折的树枝。为了探查究竟，我拾起一块石头砸向树枝，一连扔了好几块。这时，鸟巢一侧的黑色环状物慢慢不见了，一条黑蛇的头部和颈部出现在另一根水平树枝上。只一会儿的功夫蛇就爬出了巢，在树枝上伸展开来。

我又扔了块石头想把它打下来，它小心地滑向一根与铁杉丛相连的松树枝，很显然它是打算在这里避难。正当它马上要爬上松树的时候，一阵石头和木棍的狂风暴雨向它砸去，但还是没能赶走它；它迅速盘踞在松树粗大的枝干上，在树枝顶端一动不动，自以为隐蔽的很好；这的确是个藏身的好地方，可惜已经被我们发现了，很快，投掷的石头和棍棒让它不得安宁。可能是有一根木棍敲击树干的力道太大，它几乎完全从树枝滑落，但它卷起的尾巴及时勾住了树枝，救了自己一命。它在此悬挂了一会儿，交错的树枝保护它躲过了我们的枪林弹雨。很快它便恢复体力，攀向更高的枝头，那根树枝从小路上方横跨而过，像搭了一座桥与道路另一侧的树木相连。

眼看这魔鬼就要躲过一劫，必须在更近的地方攻击，所以我决定爬到树上去。借助附近一株小树，我攀上了第一根树枝，再往上攀爬也不算难。最后我终于够到蛇小心翼翼保持平衡的树枝了，便使劲摇晃起来。但它并未落下，尾巴牢牢缠住树枝，藐视地看着我。我自己的位置也不是很稳固，一举一动都要当心。

周旋片刻后，我成功地拿到了一根 8 到 10 英尺长的树枝作为武器，这样我就占了上风。它仍紧紧地抓住树枝不放，我拿着武器，不断地把它从一根树枝赶到另一根树枝，朋友们在树下小心地看着。无论是人还是蛇都无法一直安稳地待在距地面 30 或 40 英尺高的树枝上。最终，我把它打落在地，它如同一段橡皮管子缠绕摇摆着掉了下去。朋友们一拥而上，迅速终结了它的生命。

我小心翼翼从树上爬下来，本想从低矮的树枝上跳下来，但我看到另一条黑蛇盘旋在树下，似乎正等着我。它是赶来营救危难中的同伴，并观望了整场战斗，准备报复我这个获胜者吗？但它的胜算不大，我的朋友们很快就把它的尸体和它的同伴摆在了一起。

杀死的第一条蛇吞下了两只刚刚开始长羽毛的小松鸦。

我们很好奇，这蛇是怎样发现鸟巢的，它又为什么在周围上百棵树中选择了这一棵呢？也许，它有猫一样敏锐的观察能力，或是曾观察过树上的亲鸟，摸索过它们的习性。地面的鸟巢以及建在低矮树枝上的鸟巢，常常遭到蛇的攻击，但我从不知道，森林中的蛇能够爬到如此高的树枝上去捕食。

我们十分好奇，是否还有其他的蛇也知道这里有个鸟巢，也打算过来分一杯羹。很少有人能耐心观看这样的小型戏剧或悲剧直到落幕，也没有人能眼睁睁地在一旁，看着一条蛇吞食猎物，哪怕是蛇吃蛇。几天之后，我的小儿子把我叫到花园，一条黑蛇正在吞食一条花纹蛇。小蛇拼尽全身力气，长长的尾巴钩住黑莓丛，绝望地向后拉扯。但是它黑色的敌人仍然慢慢地将它吞噬，已经有 8 到 10 英寸的身体进到了黑蛇的肚子里。显然我们的到来惊扰了它，只见它迅速地一口吐出小蛇，便落荒而逃。小蛇的头部鲜血淋漓，但别的地方倒没有什么大碍。

又过了几天，修割草坪的人把我叫去，围观了一出相似的悲剧，只是规模稍小一些。这次是一条细长的花纹蛇吞食一条小青蛇。小青蛇只有一半的身体露在外面，已经没有了呼吸。整个过程非常缓慢，因为花纹蛇只比青蛇长 2 到 3 英寸。似乎人们认为蛇吃蛇，鲨鱼吃鲨鱼是某种应得的惩罚，如果猎物换成鸟或青蛙，围观者就不会这样淡定了。据说在深海中，有一种鱼能吞掉是自己体型 8 到 10 倍的其他种类的鱼。它们会咬住对方的尾巴，将其缓慢咽下，同时伸展扩张身体，很可能这也是个消化食物的过程，直到许多天后才完全吞没。生活中，尤其是美国政治的领域，要找到相似的例子很难吗？

一只小泽鹰

我想，大部分乡下男孩子都会认识泽鹰。你能看到它在田野上空翱翔，拍打着灌木和沼泽，掠过低矮的篱笆，俯瞰辽阔的大地。它是长着翅膀的猫。它飞得如此之低，直至逼近眼前，鸟儿和老鼠才会发觉。鸡鹰从高空或是枯朽的老树顶端，一个俯冲朝田鼠猛扑过来，但泽鹰却是悄悄追踪田鼠，再从篱笆上方，或是从低矮的灌木丛旁或草丛中突然冲出。它与鸡鹰大小相同，但尾巴更长。我很小的时候，常把它叫作长尾鹰。雄鹰通常是偏蓝色，雌鹰像鸡鹰一样，棕中带红，尾部偏白色。

与其他的鹰类不同，它们把巢筑在低矮的沼泽地面。连续几个季度，一对泽鹰都把巢筑在我的一位农民朋友的屋子附近，几英里远的一片灌木茂密的沼泽地里。那位农民朋友十分关注周围的野生动物。两年前，他就发现了这个鸟巢，但当我第二周前去观看时，它却被邻居家的小男孩们洗劫一空。在悄然离去的春季时分，即4月或5月，通过观察母鸟，他再次发现了鸟巢，位于一块沼泽地中。沼泽地有几英亩，处于山谷底部，生长着厚实的绣线菊、美洲花椒、牛尾菜和其他低矮的荆棘丛。朋友领着我来到一个小山边上，指着下方的沼泽地，尽可能准确地向我指出鸟巢的具体位置。我们穿过草地，进入沼泽地，小心翼翼地靠近鸟巢。长着刺的野生植物，齐腰高，需得小心避过。慢慢地接近了，我睁大眼睛努力搜索，并没有看到鹰，直到它在我们前面不到10码远的地方弹向空中时，我才看到。它尖叫着冲入云霄，很快就在我们头顶的高空中划了一个圈。巢中一层树枝和杂草做成的粗糙席子上，躺着5枚雪白的鸟蛋，比普通鸡蛋的一半大点。同伴说，雄鹰也许很快就会出现，与雌鹰汇合，但是雄鹰并没有出现。它往东面渐飞渐远，慢慢淡出我们的视野。

我们退后藏到石壁后，希望能看到雌鹰返回。它在远处再次出现，但是似乎是知道有人监视她，一直离得远远的。大约10天过后，我们打算再去看一眼那个鸟巢。一位喜欢冒险的来自芝加哥的年轻女士也想看看鹰巢，便与我们同行。这回有3枚蛋已经孵化成功。雌鹰从巢中飞出时，不知道是故意的还是不小心把两只幼鹰掀翻在距离巢穴几英尺的地面上，它气得飞起身来，愤怒尖叫。然后它转过身，径直地扑向那位年轻女士，也许是她帽子上色彩鲜艳的羽毛点燃了雌鹰的怒火。这位女士提起裙子，匆忙地跑掉了，原来鹰并不是她想象中的那样友好。一只从高空直扑面门而来的雄鹰，多少会让人有些紧张。它从高空中以近乎恐怖的速度下降，精确瞄准人的眼睛，在距离不到30英尺时，急转直上，伴随着呼啸的风声，飞到一定高度后，又俯身朝你冲去。它不过是在放空枪，但往往能得到将敌人吓跑的预期效果。

我们看到雏鹰后，朋友的一位邻居提出领我们去看鹌鹑窝。任何与鸟巢形状类似的结构都能引起我的兴趣，这真是奇怪！如果鸟巢筑在地面，往往是一片自然的残骸和混乱中难得的讲究和精致。地面上的巢不够隐蔽，但是在稀疏的遮挡后面，几个脆弱的鸟蛋总能给人带来惊喜。有时我会走上一段很长的路，只为看一眼歌雀的巢。这是珍宝中的珍宝，被野草和树根掩饰起来。我从未见过鹌鹑窝，况且它还是建在鹰的领地之内，简直是双倍的惊喜。我们沿着一条安静、隐秘、芳草萋萋的小路前行，这本身就是难得的景致。小山谷隐蔽偏僻，道路也十分安静。我们走到了那位农夫的田地附近，地里有一半的地方都长着杂草和灌木，但很显然并没有打扰到周围的庄稼。路旁环绕着长满苔藓的石壁，鹌鹑窝就在农夫的谷仓附近，在一片匍匐在地的刺林边上。

"那就是鹌鹑窝，"农夫停在 10 英尺开外，用棍子指着一个地方说。

过了片刻，我们辨认出坐在鸟巢里有褐色斑点羽毛的鸟儿，接着便小心翼翼地靠过去，俯下身观察。

她一动不动，连羽毛都没动一下。

我把拐杖放在她背后的矮树丛里。我们希望看看鸟蛋，可也不想粗鲁打扰孵蛋的雌鹌鹑。

她没有任何动作。

然后，我在距她几英寸的地方放下手来，她还是待在原地一动不动。难道我们要动手把她抬走吗？

那位年轻的女士伸出手碰了碰雌鹌鹑，这也许这是鹌鹑见过的最漂亮最白皙的手了。至少她有反应了，跳了起来，露出一窝拥挤的蛋。我从未见过哪种鸟会孵这么多蛋。整整 21 枚！一圈白色的鸟蛋像一个个瓷质茶杯。任何人都会忍不住地赞叹，多么漂亮，多么精巧啊，像缩小了一圈的鸡蛋，似乎鸟儿在玩孵蛋的游戏，就像小孩子玩过家家。

要是一早知道鸟窝这么拥挤，我一定不敢打扰她，因为担心她一慌张会将鸟蛋打破。但是，她突然飞起，鸟蛋也都完好无损，鸟巢也安然无恙。有人告诉我，每一只孵出的小鹌鹑，都比大黄蜂大不了多少，它们刚破壳就被妈妈带去了田地。

大约一周之后，我又去查看了鹰巢，蛋已经全部孵化，雌鹰在不远处盘旋。我永远都会记得小鹰们坐在地上，一脸惊奇的表情，它们没有幼鸟的青春活力，而是超越年龄的沧桑。他们看上去十分地苍老虚弱——锐利、深邃的眼睛，脸部缩成一团，虚弱无力，颤颤巍巍。它们靠肘关节和一部分尾巴支撑身体，苍白、干瘪的腿脚放在身前，无力地伸展；瘦削的身体覆盖着一层淡黄色绒毛，就像小鸡一样；头上的毛发杂乱无章，光秃秃的翅膀又长又结实，垂在身体两侧，几乎碰到地面。强劲和凶猛是它们天生的本能，可是回到一切的起点却只有丑陋的外表。比较奇怪的是幼鹰的大小，5只的大小依次递增，似乎是每隔一两天才孵化下一只。

我们一靠近，两只稍大的幼鸟就神色惊恐，其中一只仰面倒下，伸出脆弱无力的双腿，大张着嘴盯着我们，两只稍小的幼鸟一点儿也不在意。我们逗留的期间，两只亲鸟都没有出现。

8~10天后，我再次去查看鹰巢，小鹰们长大了许多，除了大小迥异，仍旧是一副沧桑的面孔，仿佛一位长着鹰钩鼻的老人，鼻子和下巴挤成一团，大大的眼睛凹陷进去。现在，它们正用一种野蛮粗鲁的眼神瞪着我们，张大嘴，一副示威的模样。

在下一周我的朋友前去查探时，稍大一点的小鹰凶狠地攻击了他。其中一只幼鹰，也许因为是最后一个孵化，发育有些缓慢，似乎总处于饥饿状态。也许雌鹰（雄鹰似乎已消失不见）意识到她无力养育所有的小鹰，所以有意饿死其中一两只，或是让更强壮的幼鹰吞掉所有食物？也许这就是事实吧。

亚瑟拐走了那只虚弱的幼鹰，我的小儿子当天就用布包裹着把它带回家。它太饿了，只能发出虚弱的叫声，连抬头的力气都没有。

我们先喂给它一些热牛奶，它很快恢复了精神，能吃下一些小块的肉。一两天后它已经能大嚼大咽了，明显长得更快了。它的叫声像父母一样尖锐，只有在睡觉时才会消停。我们在书房的一端给它做了一个围栏，大约 9 平方英尺的地方，铺了好几层厚报纸。围栏里面有一个羊毛毯子充当鸟巢，小鹰一天天强壮起来。平心而论，以任何标准来评判，都不可能找到比它更丑的宠物了。肘关节撑着身体，无力的双腿伸向前，光秃的大翅膀铺在地板上，尖声哭喊着索要更多食物。这段时间以来，我们每天用自来水笔芯喂他喝水，但它不需要，它根本不想喝水，只想吃肉，大量的鲜肉。而且我们很快发现他喜欢活物，比如老鼠，松鼠，鸟，对它来说，这些要远远好过市场上买回来的肉。

为了满足小鹰的需要，我儿子开始加入到与周围各种害虫和小型猎物之间激烈的作战中。他设下陷阱，搜寻打猎，召集小伙伴们一起加入，甚至抢猫的猎物来喂鹰，连男孩子们惯玩的活动也很少参加了。"J 去哪了？""去给他的小鹰抓松鼠去了。"而且常常是半天过去了他的猎物还没有打回来。附近的老鼠，花栗鼠和松鼠已经被他捕杀一空。他不得不去更远的地方，转战到周围的农场和树林。到小鹰羽翼丰满时，除了大量生肉，它还吃掉了 21 只花栗鼠，14 只红松鼠，16 只老鼠，和 12 只英国麻雀。

小鹰的羽毛快速显现出来，代替了绒毛，翅膀上也长出飞羽。仍旧是一副参差破败的丑陋样子！但沧桑的面孔逐渐得到修饰。它是阳光的情人！清晨我们将它放在草地上，它伸展翅膀，沐浴着温暖的阳光，看起来十分享受。在巢的幼鹰必须暴露在正午的阳光下，那是 6 月或 7 月的第一波热浪，温度通常能达到华氏 93 或 95 度。由此看来，对阳光的需求似乎是鹰的天性。他同样也钟爱雨天，他在雨幕中坐下，任凭雨水冲洗，仿佛从每一滴雨水中都能得到滋养。

它的双腿几乎和他的翅膀一样生长缓慢。会飞的前十天，它还无法站稳，爪子也跛瘸无力。我们给他喂食食物，他会沿着围栏一瘸一拐地朝我们走来，就像一个行动不便的瘸子，低垂的翅膀扑棱，脚掌不时踩踏在腿上，反反复复，但脚掌始终紧紧闭合。他就像一个学习站立的婴儿，需要尝试很多次才能成功，每一次站起来，都要做好再次跌倒的准备。

有一天，我在凉亭里第一次看到他双腿支撑起完全伸展的脚掌，稳稳站起来了。它环顾四周，仿佛整个世界突然焕然一新。

他的羽毛生长相当迅速。它每天的伙食是一只用斧头剁得细碎的红松鼠。它开始学着用脚撕碎猎物，书房里到处都是它弄下来的碎渣子。他那深棕色斑驳的羽毛开始变得漂亮了，翅膀还有些耷拉，但是它渐渐能够控制翅膀将其收起了。

到 7 月 20 日，小鹰已经有 5 周大了，一两天之后，它就能在地面蹦蹦跳跳地来回走了。它在挪威云杉林边缘选了个位置，可以连续几个小时坐在那里打盹，或是看风景。我们给它带去猎物，它会微微抬起翅膀，尖叫着迎接我们。我们把一只老鼠或松鼠扔给它，他迅速用一只脚抓住，飞到自己的领地，弯下腰张开翅膀，左看看右瞧瞧，发出满意雀跃的咯咯声。

大约这时开始，它开始练习使用爪子攻击，就像一个印第安男孩开始练习弓箭。它抓起草地上一片干枯的树叶，或是掉落的苹果，或是任何想象中的物体。它在学习使用自身的武器。同样它也开始运用翅膀，它似乎越来越明显地感受到翅膀的力量。它直直地举起翅膀并将其打开，可能是由于兴奋，翅膀微微颤抖。每时每刻它都在练习，慢慢将力量集中到翅膀，然后它会调皮地抓起树叶或是木头，接着便是展翅高飞了。现在把所有的注意力都放到翅膀上，总是跃跃欲试。

一两天之后，他能跳跃着飞几英尺远，轻易就能落在岸边 10 或 12 英尺远的一堆灌木丛上。它像一只鹰那样站在树枝上，对于附近的知更鸟和猫鹊来说，简直是个噩耗。它睁大眼睛向四处查探，转过头来，又一眼看向苍穹。

现在的它是多么讨人喜欢，羽翼丰满，又温顺得像一只小猫。但它在某些方面又不像小猫——它无法忍受别人轻抚甚至触碰他的羽毛。它极其恐惧人的双手，仿佛那是难以承受的绝望和羞辱，但它会站在人的手上，让你带着它到处走。如果有猫狗出现，它就立即进入备战状态。有一天，它冲向一只小狗，用爪子野蛮地抓挠。他还害怕陌生人，以及一切不同寻常的事物。

7 月的最后一周，它已经能够自由飞翔，必须剪去一截翅膀。由于只要剪掉其中一只翅膀前端的一部分飞羽，它很快就找到了克服困难的方法，只要将宽阔修长的尾巴适度地偏向那一侧，就能轻松地飞行了。它在周围田地和葡萄园里，飞得越来越远，有时竟不打算回来。一旦出现这样的情况，我们只得出门寻找，把它带回家。

一个雨天的午后，它飞进了葡萄园，一个小时后，我们去找它，却没有找见，而它再也不曾回来。我们多么希望，它会因为饥饿而回家。但自那天之后，我们再也没得到有关他的任何线索。

花栗鼠

3月里的第一只花栗鼠就如同第一只蓝知更鸟或知更鸟一般，是春天的标志，很受欢迎。温和的气息渗进地下的洞穴，唤醒沉睡的花栗鼠，诱惑他来到温暖的阳光下。整个寒冬，红松鼠活动频繁，每一次下雪，都能在雪地上发现它们小小的足迹。但12月初，花栗鼠便销声匿迹，在位于地下几英尺深的洞穴中度过寒冷的冬天，洞中储藏着坚果，直到3月，他又显露行踪。在篱笆底下，在洞穴附近枯朽的树木或光滑的石头上总能找到它们留下的痕迹，这是春天临近的征兆。它储藏的坚果也许还有剩余，它不会赖床，一定不会错过春天的第一抹暖阳。

在第一株番红花钻出地面之前，你就可以出发寻找第一只花栗鼠了。绒啄木鸟开始演奏春天的鼓声时，我就知道花栗鼠该出场了。因为，啄木鸟的笃笃声，一定会吵得它睡不着。

苏醒后，它很快意识到第一件头等大事就是求偶。据目前观测，花栗鼠求偶一般是在3月。一只雌性花栗鼠能吸引附近所有雄性花栗鼠。3月初的一天，我在一片石围栏附近观察好几个小时，那里正是一只雌花栗鼠的巢穴。那天，她的追求者排起队来，有一列火车那么长！他们焦虑得上蹿下跳，不时相互扇上一巴掌或是恶意咬噬一番。小花栗鼠一般在5月出生，一窝通常有4到5只。

花栗鼠是独居动物，几乎没有多只花栗鼠占据同一个巢穴的状况。显然，没有哪两只花栗鼠会同意住在一个屋檐下。他们干净、胆子大、衣冠楚楚、偶尔还有点紧张。若是你与他在路边偶遇，他会在路边的墙壁上站起身来，双手抚着胸膛，安抚跳得飞快的心脏，目不转睛地盯着你！你轻轻动动手臂，他就调皮地吱吱叫唤着，跳进墙内，仿佛砰地一声关上身后的大门。

寂静的秋天是坚果丰收的日子，森林里弥漫着细细碎碎的声响，那是花栗鼠们坐在洞穴附近，发出的咯咯声。这可是独具秋天特色的声音啊！

花栗鼠有很多天敌，比如猫、黄鼠狼、黑蛇、鹰还有猫头鹰。有一年春天，一只花栗鼠刚好把洞穴挖在了我书房附近的河堤上。我时常观察着他进进出出。10月的一个早上，我看见他在离洞穴几码远的地方迅速转身逃离，它刚钻到草地下面，一只伯劳鸟就猛扑而来，在它刚刚消失的洞口附近盘旋了一会儿。也许小花栗鼠已经遭了不测，如果它还幸存，这样的袭击也一定把它吓坏了。

观察花栗鼠往洞里搬运坚果和其他食物十分有趣。它的路线清晰明确——从门口出来，穿过草地和枯叶，抵达食品所在地。这条小路十分曲折，深入杂草丛中，隐没在松散堆砌的大石头堆里，藏在一堆板栗树枝下，再沿着一面残破的旧墙向前延伸。它仿佛上了发条似的，不停地来来回回，总是敏捷地左冲右突，时刻警惕防备。它会在洞穴入口处，快速扫视一眼，几步跃入一片草丛，抬起单腿，屏住呼吸，飞速滑出几步远，越过一堆枯叶，这才在小路旁的树桩上停下来，接着又奔向一堆松散的石头，从石头的缝隙中灵巧地通过，越过一堆树枝，并从另一面仔细查探，接着又飞速窜入其他覆盖物，不久，就淡出我的视野。我猜想，他是去收集橡子了，因为这附近除了橡树没有其他能结坚果的树了。四五分钟后，我看到他返回，依旧严格遵循去时的路线，在同样的地点停下，在同样的地方跳上跳下，越过同一堆树叶。据观察，他的行动方式和路线一直不变。

　　它很谨慎，小心，且条理清楚，一旦发现一条安全可靠的路线，任何时候都不会有一丝一毫的偏差，仿佛时刻有人提醒说"当心，当心！"这些动物紧张激烈的行为方式无疑源于对生活的恐惧。

　　我的花栗鼠邻居没有伴侣。它如同普通松鼠一般，独自过着真正的隐士生活。它很有先见之明，很久以前就发现将两三个巢穴建在一起会更暖更节省食物。

　　早春的一天，住在我家附近的花栗鼠遇到一起恐怖事件。也许，这次恐怖事件的记忆会在他的家族中代代相传。当时我正坐在凉亭里纳凉，小猫尼格趴在我的膝盖上，花栗鼠从几步开外的洞穴中窜出来，迅速冲到离我 20 码远的板栗树枝中。尼格看到花栗鼠，立即跳下地。我厉声喝止小猫，她无奈地坐下来，收起爪子，目不转睛地盯着花栗鼠，显然，她对这只花栗鼠饶有兴趣。我猜想，她一定认为，花栗鼠想从板栗枝下逃走。"尼格，那可不是你的猎物！"我喊道，"别枉费心机了。"正在那时，我有事回房间。大约 5 分钟后，我返回的时候碰到尼格叼着花栗鼠往屋里走来，一副胜利者的姿态。花栗鼠被她咬住咽喉，四肢软绵绵地无力垂下。我急忙从尼格嘴里夺下这只花栗鼠，狠狠骂了她一顿。花栗鼠躺在我的手上，仿佛死了一般，它的身上没有猫咬噬的痕迹。很快，他开始大口喘气，原来猫只是使它窒息而已。它的眼睛慢慢睁开，心脏开始有力地跳动，呼吸也渐渐规律起来。我把他放在洞穴的入口。不一会儿，他自己慢慢爬进洞去。下午，我在洞口放了一捧玉米，以表同情，也是尽量为尼格的暴行做出补偿。

　　直到过了四五天，我的小邻居才从洞穴中再次出现，只露面一小会儿。那只可怕的黑色怪物，睁着绿黄色的大眼睛——可能还潜伏在附近。黑猫尼格究竟是如何抓到机警迅捷的花栗鼠的，这对我来说一直是个谜。它的眼睛不是像猫一样敏锐，行动不是也像猫一样敏捷吗？诚然，猫自有捕获松鼠、鸟类、老鼠的秘诀，但我却再也没有好运气见识一番。

没过多久，花栗鼠又如往常一般进出洞穴，虽然对黑色怪物仍心存恐惧，只是行动更加迅速，也更加警惕了。初夏时节，4 只花栗鼠在洞口出现，自在地跑来跑去，再也没有什么能打扰它们了，因为，唉，尼格已经过世了。

一个夏日，我观察到一只猫紧紧盯住一只坐在石堆上的花栗鼠近半小时，显然，她在追踪花栗鼠。当时，我偶然路过，充当这幕小戏剧的观众。猫又前进了一半距离，大约有 12 英尺，迫使花栗鼠逃离茂密的挪威云杉林。她俯身趴在草丛中，黄色的大眼睛专注凝视，而花栗鼠一动不动地端坐在洞穴入口处，紧紧盯着猫，两者对峙了很长一段时间。"猫施了致命的咒语把它定在那里了吗？"我心想。她的头不时缓缓垂下，瞳孔扩张，我猜想，她已经蓄势待发，准备一跃而起了。但她并没有这么做，两者因为距离过远，无法仅靠一个跳跃就能成功。松鼠紧张地动了动，目光时刻盯着敌人。猫明显有些累了，便稍稍放松，看了看身后。接着她又蹲下身体，紧紧盯住花栗鼠。但花栗鼠并没有被猫的眼神催眠，换了几个姿势最终快速窜入洞穴，猫只得丧气离开。

很明显花栗鼠在挖掘洞穴时将松散的土搬走了，它的大门口连一丁点儿土也没有。也许是它脸颊的两个口袋发挥了作用。只有一种情况下，花栗鼠的洞穴入口会堆满土，那就是 11 月末花栗鼠开始建造房子时，也许会因为太过匆忙了来不及将这堆丑陋的东西挪走。我那时每天早晨散步时都要路过它的巢穴附近，总是能看到一小堆红色的新挖的泥土。不久之后，我惊喜地发现，花栗鼠已经忙着用干燥的枫树叶和悬铃树叶装饰屋子了。它用两只前爪抓住一大片叶子，塞进脸颊的囊袋，带进洞穴去，我曾见它有好几天都用这样的方式运输材料。尽管心里略带疑惑，我坚信它一定已经储存好过冬的粮食了。它迅速建造一个新房子，寒冷的12月踏着风雪来临时，它仍在忙碌。也许，它已经将旧住所的储备粮食转移出来了，或者是因为它的洞穴和食物被其他花栗鼠抢占了才不得不从头开始。

当坚果或其他粮食短缺时，这些饥饿的小东西会寻找其他替代物度过寒冬。我书房不远处，两只花栗鼠花了多天时间搬运樱桃果核，这是它们在10或12杖开外的一株大樱桃树下收集的。由于没有了尼格的骚扰，它们变得大胆起来，在花园小径和采集食物的小路上，上蹿下跳旋转舞蹈，与以往谨慎的作风大不相同。直到收集了足够多的樱桃果核，它们又开始收集附近的糖枫种子。树叶掉落后许多翅果悬挂枝头，这可是花栗鼠们大丰收的时候。它们敏捷地爬上树梢，摘下翅果，咬掉翅翼，灵巧地将坚果或翅果放入脸颊的囊袋。深秋时节，它们日复一日，忙忙碌碌。

我曾说过，我无法证明多只花栗鼠占据同一个巢穴。3月的一天早晨，刚下完一场小雪，空气透着微寒，我看到有一只花栗鼠爬出了洞口，它的洞就在通往葡萄园小路的一侧。它对周围仔细勘察片刻后，就踏上了旅途。我悄悄尾随他的脚印看看它到底去哪儿。它经过柴堆，蜂箱，绕过我的书房，走过几株云杉，沿着斜坡下去抵达他朋友的洞穴，这里离它自己的洞穴大约60码。很显然它走进了洞里，之后又和它的朋友一起出来，因为从洞穴门口开始，地上出现两行脚印。我追踪它们来到第三个低调的入口，距这里不远，但这里足迹杂乱，我跟丢了。

不过很开心能看到它们留在雪地上的清晨社交的证据。

近期观察发现，花栗鼠还有一个天敌——黄鼠狼。秋高气爽的一天，我坐在树林里，突然，听到几杖之外的树枝上传来轻微的叫声和沙沙声。我朝对面望去，一只花栗鼠从天而降，落在20多英尺高的枝桠上，似乎是从附近的树顶掉落下来的。

很幸运，一根小树枝截住了它，没有再继续下落，它紧紧地抓住树枝坐在上面。这时一只黄鼠狼出现了，一种小型红色品种，它顺着树干爬下来，在树枝中搜寻花栗鼠。

我很快就明白发生了什么。原来，在下面岩石中休息的花栗鼠，被黄鼠狼发现一路紧追，被迫爬到树上避难。但黄鼠狼也能爬树，最终将花栗鼠逼到树梢顶端，试图抓住它。花栗鼠在惊恐中松开树枝，尖叫着掉落下来，直到被上文提及的小树枝接住。现在，那嗜血的敌人再次追来，灵敏的嗅觉引导它走向花栗鼠所在的方向。

黄鼠狼是如何得知花栗鼠并没有落到地面上呢？它的确知道，因为当他抵达同一根树枝时，便开始搜寻。花栗鼠因为害怕一动不动，两者相距不到12英尺，黄鼠狼居然没有发现。它在树枝上一圈又一圈，上上下下，一遍又一遍搜寻花栗鼠，焦急不已，生怕花栗鼠就此逃脱。它是多么地细致而残忍！它有着蛇一般灵敏的动作，坚持不懈的毅力和令人咂舌的速度。

它似乎感到困惑，明知猎物就在附近，却不能精确定位。花栗鼠趴在树枝的末梢，这根树枝从距离地面七八英尺高的位置向上生长，然后90度弯折向下。

黄鼠狼每次都会在拐弯处停留一会儿，然后再掉头回去。它似乎知道猎物就躲在那里，但是弯弯曲曲的树枝让他无从下手。它也不放弃，一次又一次地重复搜索路线。

我们可以想象，花栗鼠就在几步开外的地方，眼睁睁看着致命的天敌在搜寻自己。每一次敌人走近他所在的树枝，它那颗小心脏都吓得几乎要停止跳动了。也许，在万不得已的情况下，它会松开树枝，降落到地面，好躲过敌人一时半刻。

大约五六分钟后，黄鼠狼结束了搜索，迅速从树上跳到地面。花栗鼠仍然保持着僵硬的姿势，过了很长一段时间，他轻微地动了动，似乎重又燃起了希望，紧张地打量四周。它很快回过神，伸伸胳膊腿，小心翼翼地沿着树枝移动到树干上，待了一会儿，又鼓起勇气爬到地面。希望它可以就此摆脱黄鼠狼的骚扰。

Part 7

春日随笔

巴勒斯肖像

十多年来，我一直保持着记笔记的习惯。我的笔记本中记录了四季更迭，昼夜交替，大自然的种种，鸟儿的第一声啼叫，花朵的第一次绽放，以及一切独具特色的郊外美景。其中一些记下了春天的脚步。

我不得不说，这很随意，也不正式，值得一提的大概就是完全忠于事实的描述了。太阳总是按时升起降落，但它所决定的季节却并不总是准时。要么晚点，要么早到，而春天的步伐总要比其他季节早3到4周或是晚上一些时日。河面的冰一般在3月初开始融化，但有时会推迟到4月10日左右。我的随笔恰好记载了许多早春或晚春的例子。

在我摘录这些文字之前，我要多说两句记笔记的好处。对于乡下人而言，尤其是一个喜欢思考，想要保存过往痕迹的人，或是一个有大把空闲时间，热爱生活的人，笔记对他们有莫大的帮助。这类似于一个存款账户，将生命中可能丢失的细节和碎片一点一点存入其中。

在过去看来不那么重要的事情，或是还在头脑中酝酿的事情，当用白纸黑字记录下来后，都会变成人生经历中有价值的一部分。记录的过程完善了事情本身，如同嫩芽变成枝叶和花朵，在纷杂的背景中跳脱出来，显示出自己的轮廓和色调。我记得梭罗从蒙纳德诺克山峰返回后，在一封写给朋友的信中说，他回到家后才真正走遍了整座山。我想，他向朋友描述这件事情的时候，才明白登山的意义所在。每个人的经历大抵相同，但当我们试图讲述途中的所见所感，甚至仅仅是记录在笔记中，却能发现其中被忽视的更多更深刻的意义。

认真记录下每次漫步或是旅行的过程，可以使我们体会到双倍的乐趣和价值。如果我没有将这些朦胧的、下意识的想法通过文字记录下来，我不会记得缅因州白桦的味道。我看过很多，却说的很少，只在笔端吐露心声。直到我回到家，才算真正去过缅因州，阿迪朗达克山脉和加拿大。尽管这次探险留给我的印象混乱又模糊，但因为记录，我获得了真实清晰的休验。相比思考和感受，几乎大部分的事情都能够在叙述中展现出更大的价值。

我见过在河中捕鱼的渔民们时隐时现的身影，他们撒下的渔网，沉到水下看不到的地方。他们并不知道能网住什么鱼，只有将渔网拉起来检查一番才知道。我们每个人在生活的水面之下，都有一片潜意识的海域，暗中生长的一切，只有收起渔网，仔细查看，才能有所发现。

每一天的奇妙和意义都是如此细微，稍纵即逝。我们还没意识到，它便偷偷溜走。我发现，生命中，每一个春、夏、秋、冬，由于当时的心境、思绪、事件和经历，都会呈现出不同的色调和品质——但彼时我们并未意识到这一点，只因靠的太近，深陷其中而无法辨识。但是之后，或许某种情绪或场景，某种气味，一段曲子，又能将当时的一切带到眼前，只需短短一瞬，坚硬的过往之门便摇摇晃晃地开启，让我们窥探一眼往日生活。一个人的笔记，匆忙间记下，不掺杂其他动机，便可以以这样的方式保存过去，甚至赋予新的意义。

这几页日记也许不是最好的范例，但是它们帮我留住了旧日时光的影像，单凭记忆是无法保存这么久的。

　　1879年3月3日，阳光越来越强烈，但仍带着冬日的寒意，泥土或空气中丝毫不见春天的迹象，麻雀还没有出现，也未曾响起麻雀的歌声。但3月5日这天，春天似乎开始苏醒，天渐渐回暖，冰雪融化，清晨飘来了第一只蓝知更鸟的啼鸣，这温柔的一声是多么地动听！

　　3月10日，真正的春天终于来临，真是让人激动不已！最冷的地方气温也达到了50至60度，蜂房附近的蜜蜂们很是活跃，在林场的木屑中辛勤劳作。它们熙熙攘攘挤在一起，似乎想从木屑中榨取出来什么似的，这是花粉的第一个替代品。胡桃木和枫树的木屑是首选，被称作形成层的树皮和树干之间的白色乳状汁液，也许就是它们给养的来源吧。

　　在树的成长过程中，形成层是最活跃和最有效的部分。实验发现，这种乳白色物质有强大的力量，一棵成长的树能释放出每平方英尺30磅以上的上升推力，人们认为这种力量就储存在形成层柔软脆弱的细胞中，正如参孙的力量隐藏在头发里一般。一只蜜蜂背部携带花粉进入蜂巢，那一定是从露天温室里采来的，难道它发现了前方已经开花的臭菘？

　　蓝知更鸟出现了！似乎它一直在附近某个地方等着第一个温暖的日子到来，宛如在后台等候上场的演员。他们清晨就在排队，当轮到他们时，就一个健步冲上台去。然而，知更鸟还不见踪影。树液流动，但并不顺畅。天气太暖和，空气静止不动。而树液需要更凛冽更有张力的外部环境。

　　3月12日。天气微凉，但仍是一个美好的早晨。上百只雪鸟展示歌喉，歌雀和加拿大麻雀在门前屋后环绕，叽叽喳喳，热闹非凡。空中充斥着鸟儿的叫声。轻声细语中，传来知更鸟那强劲的音调，还有蓝知更鸟温柔的啼鸣。几天前，没有鸟儿，没有鸟鸣，一切是那么沉寂、严肃，仅仅一天时间，寒冷的冬天让路，温暖的春天如同暴涨的洪水，铺天盖地而来。

1881年2月27日，我这样写道："天气温暖，看到雄蓝知更鸟兴高采烈地呼朋引伴。他展开尾翼飞来飞去，看起来十分快活，再加上精心的打扮，俨然一副警觉机灵的花花公子模样。白雪下的草地葱葱郁郁，长势喜人。温暖冲破冰雪渗入空气。包裹着石阶的冰迅速融化，天气渐渐暖和起来。"

农民们说，一场厚厚的大雪将霜冻带到了地面。的确，大地开始结霜之前，已被积雪覆盖了很长一段时间。但其实，霜冻是由地下深处的热气升腾所致。过多的降雪对桃树幼苗来说可能是致命的。霜冻消失后，泥土就渐渐回暖，蚯蚓在地表下的土壤中钻来钻去，树木的汁液也开始缓缓流动。一阵寒流袭来，气温骤降至零下10到15度，桃树幼苗被扼杀在寒风中。除了低温之外，幼苗上下两端的温差也是一个诱因。当积雪完全消融，霜冻便能渗透到幼苗的根部，而幼苗在零下14到15度依然可以存活。

1881年3月7日。迎来一个完美的春日——安静、温暖、万里无云。两棵树抽出新芽，树液涌动，冰雪消散，万物复苏。蓝知更鸟是此时唯一的鸟儿。树荫下的温度大约42度。一切都充满活力，晶莹剔透。夜晚仍会结霜，但白天阳光和煦，偶尔有北风或西北风轻拂。淡淡的薄雾，些许南方气息，万物悄然生长。枫树的汁液是阳光下融化的枫霜。（晚上9点）群星璀璨的温柔夜晚，一轮上弦月，万籁俱寂，空气中一股凛冽的寒意，启明星低矮的挂在西方，一闪一闪。这是一个水晶般的夜晚。

　　1884 年 3 月 21 日。白昼如同一个气压波的波峰，向上的平滑曲线，闪闪发光。突然来袭的寒流在清朗明丽的北方天里肆虐，干冷无风。明亮的白昼，似乎有双倍的阳光洒下，就连地平线的周围都是流动的光芒。光秃秃的树下没有一丝阴影，阳光如洪水倾斜在树林中，一切都闪耀夺目。白日气势强大，一呼一吸都是北方独有的阳刚之气，没有斑驳和雾气，仿佛天空中所有的门窗大开，不带一丝遮掩。波纹皱起的河流和湖泊，泛起层层涟漪，风帆鼓起，苍穹朗阔。这是 3 月里最明亮的一天。

　　1884 年 3 月 24 日。潮湿寂静的早晨，河面雾霭蒙蒙。树木的枝桠上，透明的水珠成串滴落，葱郁的杂草上挂着露珠。两行鸭子往河流上游划去，一行在前，一行在后，再定睛一看，原来有一行是平静的水面映出的倒影。鸭子走过冰面，倒影陡然消失，仿佛后面的一行鸭子潜入到了冰下。一列火车通过——没入层层浓雾之中，轻烟和蒸汽在上方弥漫，又在远处渐渐消散。这是一个湿润的早晨，仔细听，草皮发出嗡嗡声。

　　22 日，星期六，臭菘可能开花好几天了。这种植物总能赶到我前面，似乎在一夜之间就像蘑菇一样冒了出来。蝾螈露面了，比呱呱叫的青蛙还要早一点，但我并不是很确定。

　　3 月 25 日。暴风雨前的罕见天气。连续几天来，百花争相斗艳。也许明天，花朵就会凋谢，阴冷潮湿的雨天后，是新一轮风平浪静的好天气。气压很高。鸟儿在高空翱翔。我在一块岩石上喂养蜜蜂，坐了很久，它们聚集在蜂巢周围，发出嗡嗡的叫声。河流如同一面巨大的镜子，小片的冰块浮在镜面上。第一艘帆船懒洋洋地迎着潮流航行，宛如春天里第一只飞舞的蝴蝶；小蒸汽船——河面上的公交车——首次起航，空气中回响着汽笛声，鲜艳的旗帜在阳光下摇曳舞动。

4月1日。欢迎来到4月，我出生的月份。4月里，青草吐芽，鸟儿筑起第一个巢，第一株植物冲出土壤，第一支花儿开放，更重要的是，第一条鲱鱼出现了！4月，季节的大门虚掩，让人有机会窥视其中的奥秘。4月，万物重生，开始堆砖砌瓦，修筑新家，甜蜜的爱情在温暖的空气中酝酿，一切迎来新开始。4月，蜜蜂采集第一捧花粉，酿出第一滴蜂蜜，冬眠的动物们从睡梦中苏醒。浣熊、花栗鼠、熊、乌龟、青蛙、蛇都出现在4月的天空下。

4月8日。明亮晴朗的4月天，是下雪的前兆。凛冽的空气凝结成飘落的雪花。温暖的南风吹来，几乎可以嗅到空气中甜腻的花香，在这个季节里从另一个方向吹来的风往往预示着雪的到来。我在糖枫林（这条路在卡茨基尔中）中行走，在老树下徘徊一小时。这里的空气是静止，正如农民所说，这里空气沉重，不流动，可以很好的传递声音。蓝知更鸟或知更鸟的歌唱，乌鸦的鸣叫，狗的嚎吠，绵羊的咩咩声，鹅的咯咯声，或是人的叫喊声，都会清晰地传到耳朵里。烟囱的炊烟袅袅升起。

我走过荒芜的土地。角百灵在我面前轻快地掠过，我听到它们慢吞吞地走动声，还口齿不清地唱着歌。近几年我才注意到这个区域的角百灵。现在，它们繁衍生息，在小山上度过酷暑。有人说，它们已逐渐成为这个州的永久居民。角百灵与英国麻雀差不多大小，头部和喉部有明显的黑色斑纹。害羞的鸟儿蜷伏在枯萎的草丛中，可能被大多数的乡下人当作麻雀了。

它们的飞行和歌唱方式与云雀相似。它欢快地挥动翅膀，越飞越高，直到变成天空中的一个小斑点，然后飘来飘去，不时唱着粗糙的曲调，仅仅只是云雀歌声的基本调子，几声尖锐模糊，毫无韵律的音调，仿佛患上重感冒，不时发出的暗哑声音——距离遥远，声音模糊，与真正云雀的歌声相比，只能称得上是萌芽阶段，但却是自然的粗略尝试。经过重重考验和苦苦等待后，自然完善了云雀的歌声。但是，若进化的法则也适用于鸟儿的歌声，假以时日，角百灵也能成为优秀的歌手。据我所知，没有鸟儿的歌声如此明晰地表达争取自由的渴望。鸟儿们似乎越来越倾向于永久守候耕地，放弃北方野生原始的土地，希望角百灵的歌声也能顺应这种改变。

　　乌鸦在棕色的大地上，或是尚未完全融化的雪堆，或是明净澄澈的天空，格外显眼。空气静止了。人们随身携带点亮的蜡烛登上小山，烛光明亮，山峰石壁纯白晶莹，周围群峦起伏，眩人眼目，蔚蓝的天空宛如一面圆墙倒扣下来，实在是奇特！

　　4月14日。这是美好一天，温暖如5月。于我而言，这是一年中最迷人的时光。田野里的冬黑麦已经长出来了，让人想起英格兰的景象。4月的日子远比7月的日子美好，4月一切都来的刚刚好，而7月过犹不及，不留余地。这样的日子有夏天的宁静和舒适，却没有夏天的燥热和萎靡。

　　4月15日。今天早晨没有几朵云，但水汽很足。凉爽的南风夹带着刺激的蔬菜气味，可能是柳树的气味，扑鼻而来。当我凝神分辨时，这种味道却消失了。可当我放松下来，自由呼吸的时候，却仿佛闻到了一万个饱满的蓓蕾的气息。扑动鹨出现在田地里，并发出悠扬的叫声，然后是树丛雀或山麻雀急速的啭鸣，还有草地鹨尖锐刺耳的声音，飘忽不定。

　　4月21日。持续不断的好天气。人的感官不足以感受一切。枫树抽出嫩芽，苹果树长出嫩叶，杨树和柳树格外醒目。一阵湿润温暖、徘徊缭绕的薄雾弥漫整片土地。小山雀一整天都在歌唱，颤动的音符不绝于耳。但4月最动听的音乐来自麻雀。

此时，金翅雀刚换上黄色外套。昨天它们还是一副从未清洗过的脏兮兮的模样，今天新生的黄色就透过老旧的褐色羽毛显现出来。这些鸟儿并不像粗心的观察者们猜想的那样，在春天褪毛，它们只是褪去最外层和大翎毛，如同人类脱下手上的手套一样。

所有的树林都披上一层新绿的嫩叶，如同温暖的5月；紫罗兰和蒲公英盛开着。麻雀的巢里静卧着两枚鸟蛋。枫树精致的花挂在枝头。4月20日后，也许能看到第一只家燕的身影。

这段时期被称为春之平衡，而与之对应的平静的10月，被称为印第安之夏。

1890年4月2日。4月的第二天，清澈如水。天空终于睁大了眼睛。麻雀欢快地吟唱整整一天！知更鸟也是，还没起床就听到它们欢快的歌声，不时传来梆梆梆的敲击声。多少次，我放下手中的工作，沉浸在这美妙的时光！

我喜欢在晚饭后到外面走一走。漫步在草地上，站在高高的山峰边缘，夕阳落下，薄暮中的知更鸟成群地喧闹着，忘情地高声尖叫，是真的生气，还是开开玩笑，我不知道。远方的小路上，青蛙们也开始发出声响。这是一个与众不同的4月黄昏。

4月12日。天气宜人，阳光明媚。我们将山脚下的那块地犁了，准备开辟出一个新的葡萄园。我走在前面引导着大家，为新种下的葡萄藤犁出一排犁沟。我在温暖的阳光里泡了一天！即便是到了晚上，全身上下也闪着光，整个人彻底洗了回泥土浴，大脑的每一个细胞里都是犁过的土地的清新味道。犁沟和阳光已经印在了我的灵魂上。

4月13日。今天很暖和，甚至有些热。空中弥漫着雾气，阳光金闪闪的。下午，J和我漫步穿过小镇北面的村庄。每个人都来到户外，小路上全是男孩和年轻人。我们坐在靠近草地和果园的墙壁上，观赏春日美景。4月，处处洋溢着春天的气息。天空有些阴沉，空气湿润，味道刚好能透出来——植物绽放，生长的香甜气息。人几乎要像马一样吃草了。周围是知更鸟欢快的音符，还有树上的黑羽椋鸟叽叽喳喳地欢叫。每隔半分钟，就会响起草地鹨与周围环境极不协调的清脆有力的叫声。云雀数量众多，都在忙着求偶、示爱，扑动鸧也加入进来，灌木丛里的麻雀发着颤音。杨梅日来了，人们都在这个采摘杨梅的好时节涌向树林。土地召唤耕犁，花园召唤铁锹，葡萄园也在召唤锄头。农场里所有的声音齐声高喊，快来吧，赶紧行动吧！夜晚，青蛙的叫声此起彼伏！

在这样的早晨，看到田地里劳作的人们，我是多么的高兴。土地需要这样的准备，也会因此变得肥沃，新翻的土壤秀色可餐，似乎也想吃上一口。今早，我摘下第一朵血根草花——绽放的花朵由一片稚嫩交叠的叶子小心托起，叶子还是嫩芽，宛如一个小小的婴儿从母亲包裹严实的小毯子里探出头来——多么美好。血根草的叶子总是小心庇护着花朵，一如人们在户外，用半开的双手护住时明时灭的蜡烛火焰。

这些天总能听到田地里蟾蜍呱呱呱的叫声。几乎每时每刻我都能听到，对我来说，它的叫声和任何一种鸟儿的歌唱一样受到欢迎，宛如一层薄纱在空中轻轻飘荡。母蟾蜍在池塘或水坑里产下连串蟾蜍卵，体型小一些的配偶正趴在她的背上，使卵受精。我举目望向田野，第一只鸫鸟正动情歌唱，黑麦田宛如嵌在大地上的绿宝石。鸟儿们圆润的歌喉也在催促着田地里的庄稼快快变绿。

5月4日。5月初的完美天气。青翠的草地，欢快的鸟儿，缓缓流淌的河流多么平静，蜜蜂多么忙碌，空气多么温柔！——似乎一整天空气中都漂浮着露水——仿佛一个漫长的早晨——如此清新，如此可爱，如此亲切！苹果树的新叶一夜之间多出一倍。

1891年3月12日。明确的证据表明，至少有一只歌雀回到一年前出没的栖息地。一年前的今天，我散步经过邮局时，被一只陌生鸟儿的歌声所吸引。我在很远的地方就听到了。我追寻而去，发现一只吟唱的歌雀，这歌声悠长、清晰、激昂有力而又甜美凄婉，宛若一条长长的弧线或是声音的抛物线。在我的想象中，它的声音高高升起，直到蔚蓝的天际，又急剧下落，以更多的颤音结尾，之前闻所未闻。这种音调是由云雀基本的长调发展而来。这一首曲子用尽了鸟儿全部的呼吸和力量，所以在银铃般环绕的歌声中你听不到任何杂质。鸟儿潜藏在地里草木丛生的角落，待上整整一个春季。他也会沉溺于吟唱普通的麻雀歌曲，当他由一曲切换另一曲时，我总是目不转睛地盯着他。

现在，他再次现身，正如一年前，同样的地点，同样的歌，同样精致的声音俘获了我的耳朵。我不知道，他在哪里度过冷风凌冽的寒冬，又在洪水和田野中经历了怎样的冒险！

（我补充一下，整个季节这只鸟都在歌唱，很明显它把自己的活动范围局限在几英亩之内的土地上了。但是第二年的春天它没再回来，我也再没听过它的歌声，也没听到它的哪个后裔继承了这样独特的嗓音。）

Part 8

野生动物生活掠影

狐狸

I

　　匆匆瞥一眼野性粗蛮的大自然，尤其是对于长期禁锢在室内或是城镇的人，即便是一眼，也能振奋人心。于是，某一天，我从城市走出来，在浓密的灌木丛和沼泽地中有一座低矮的山丘，山顶长着一丛红色的杉树林，我在此驻足停留了半个小时，这里是鹰的宴会厅，我打算过去一探究竟。

　　这里没有看到鹰，但它夜间出没的痕迹十分明显。它栖息的雪松树枝距离地面大约 15 英尺，光洁的树枝上挂着一两片羽毛。树枝下的地面散落着一团团的老鼠毛，白色的树叶沾满它的排泄物，而受害者干燥的内脏粘附在灌木丛中。显然，鹰夜间来这里吞食和消化猎物。这里是它的巢穴和容身之所，地上随处可见食物的碎片。这让我了解到鹰的一个新特征——它的属地和习惯，也就是说，它也有一个家，并非是居无定所的流浪汉。它有自己的领地，无疑也会倾注心血来维护。它会选择一处最醒目迷人的地点——雪松之间的柱状洞穴——作为用餐和思考的地方。在这样的地方，好似任何行人都会停下脚步，在此停留休憩，吃顿午饭。

　　长翅膀的生物也许和四足动物一样都是土生土长的。在宽阔而又地势稍高的小山上静坐一晚，眼见夜幕将要包裹整个大地，我被田野里辛勤劳动的泽鹰吸引了。它一次又一次循环往复，每次只在同样的路线上稍作变动，降落在草地中，拍打着翅膀飞过低矮的沼泽地和灌木丛，又消失在远方。这里是它的领地，它最爱的栖息地就在不远处。

鸟类中的永久居民，无论体型大小，都有各自的活动范围。乌鸦和土拨鼠一样，偏安一隅。它离家远走寻觅食物，无论冬夏时节，领地范围清晰明确，栖息地几乎年年不变。我曾在深林环绕的高山湖泊附近度过几日，夜晚，在太阳刚刚落山的时候，我都被一只鱼鹰吸引。它从同一个方向飞来，掠过湖面，汲取一口纯净的湖水，然后消失在树林深处，和人类一样每天的日程都有规律可循。它整天在特拉华州的水域捕鱼，从未超出某一特定的界限，仍旧是在每晚日落时返回森林里的栖息地，如同人们做工一般准时，还每晚准时从湖里喝一口湖水，从未省下这一步。

我们从关于鸣禽这一方面的习性所掌握的事实，得出一个结论，同一只鸟每年都会回到同样的居住地，筑巢以及哺育后代。我确信，同一只啄木鸟每年冬天都会占据同一棵树里的同一个树洞，每年春天都会在同一根干枯的树枝上敲锣打鼓。我倾向于认为所有的生物依赖于一处固定的场所，而不是对家的情感无动于衷。

我开始着手观察农场附近的野生动物。虽然他们并不令人吃惊，但也十分受欢迎。家养动物每周都需要摄取盐分，我想农民们也乐于时不时地去野外感受一番，在一些古老的人口密集的地区野生动物几乎已经难觅踪影。

去年冬天，一大一小两只熊从附近经过，森林的雪地里留下了它们的脚印。这个消息在猎人中间炸开了锅，如同一辆蒸汽船从河面驶过时，岸边一阵骚动。猎人们跃跃欲试，已经备好猎犬和枪支，这对熊很可能就藏在卡茨基尔山。乡下人相信森林中存在可怕的奇怪生物，他们热衷于此类谣言，就像相信鬼故事一样。他们希望这是真的，这为他们提供了想象的空间和谈资，宛如一杯烈酒刺激着他们的味蕾。森林里瞬间增添了神秘的气息，吸引人们探索，就像一个鬼故事总能为老旧宅子蒙上一层诡异的面纱。

　　几年前，一种关于有危险野兽潜伏在树林各处的说法在邻居中流传开来。有人在黄昏时分见过。几只大型猎犬在晚上与之相遇，其中一只险些丧命。据报道，后来又有一头牛和一头羊被杀，尸体部分被吞食。女人和孩子不敢穿过那片树林，男人们也尽量避免日落后在树林出没。一天，我路过林中空地上一个爱尔兰人的小屋，他的妻子提着桶出来，央求我同她一起去泉边打水，而泉水就在树林不远处的一条小路边。由于野兽出没，她不敢独自取水。然后似乎是为了印证这则谣言，一匹马被杀了。我的一位很有经验的邻居前去查看了那匹马。通过观察，他发现马的颈部伤口很深，背部除了被咬的伤口还有抓痕，据此他确信这是某种野生动物所为，可能是类似美洲豹的野兽跃到马背上，将其活活咬死的。马在田里上蹿下跳试图逃脱，最终，绝望之中一头撞死在谷仓旁的石墙上。我被迫接受这种说法，但这个结论并不能让我信服。说森林中有一头美洲豹，这根本不可能，如果真有，他也不会袭击并杀死一匹马。但人们却迫不及待接受了这个故事，因为它别有趣味。虽然我也听的津津有味，但并不相信。很快人们发现这匹马是被另一匹马所杀，一头连同类也不放过的凶恶野兽。也许牛和羊根本不是死于他手，而猎狗也只是内部争斗。至此关于美洲豹的传说渐渐消退，树林也恢复了之前的平静和单调。此后也再没出现令人兴奋的传言。森林中只有小梅花鹿、浣熊、狐狸和旱獭这一类小动物，所以我只好给大家说说关于它们和鸟类的见闻了。

II

　　我与野生动物相遇的一天，无论多么微不足道，也总是与其他日子有所不同。初夏的一天早晨，我把头伸出后窗，看见 100 码开外的篱笆栏处有一只鹌鹑在叫，我心血来潮也学着叫了一声。它立刻从覆盆子地里起身，迈着大步，直直地向我奔来。在离我不到 15 码的地方，它躲进遮掩物里，又朝我叫了几声。等到它马上就要冲到我面前了，我才回过神来。它落在窗户下，迅速打量了一下对手，敏锐的眼神闪着光，毛蓬松起来，看起来真是既精干又光亮，还很敏捷呢！它转了转眼珠，面向我，似乎在质问："是不是你在嘲笑我？"接着，迅速跑到屋子的拐角处，快速环绕几圈，在一片蔷薇花中逗留了片刻，误以为我模仿的叫声是他的敌人，其他的雄性鹌鹑发出来的。啊，我心想，不知道它会不会带着伴侣和孩子在我这片地里安家落户呢。现在，鹌鹑的呼唤即使在乡村也日益稀少了。

　　我是多么喜欢亲近野外的动物啊，就算是丢了几只鸡作为代价，好像也得到了某种补偿。在那个明亮的 11 月的夜晚，某种野生动物，如浣熊或狐狸，卷走常青树边的两只鸡，鸡被拖过草坪时发出的反抗声吵醒了我，我爬起来在它们身后嚷嚷了几句，只能作罢。这次入侵事件使得普通鸡窝也变得有趣了。我觉得有必要警告一下那些男孩子不要去打扰野兔，夏天它们在我的红醋栗的地里繁衍后代，秋天它们在我书房的地板下寻求庇护。黄昏时，我偶而会看到他们在草坪上，毛茸茸的尾巴在昏暗的光线中一闪一闪，甚是有趣。有时我会走很长一段路去射杀鹧鸪，但一个秋日的早晨当我靠近房子的另一侧，从爬满门廊的葡萄藤里钻出来的一只鹧鸪，我本可以轻易的杀死它，但是我没有这样做。这个大自然的生灵，将野性的，森林的气息带到了我的家门口！看着它一溜烟儿进了葡萄园，我不由精神振奋。我还要感谢灰松鼠带给我的欢乐时光，一个夏日，它碰巧经过我的凉亭，我当时正悠闲地看着书，它几乎擦着我的脚面跑了过去。

　　那个冬季的早晨，我的消化能力因为一只狐狸的出现而明显改善。日出时分，我们正在吃早餐，一只红狐狸从窗前大步跑过，目不斜视，径直向前，直到消失在栗子树丛中。他真是又胆大又狡猾啊！一整天我脑海里都是它优美的身姿和敏捷的动作。当你看到一只狐狸那样跳跃着走过，如同看到犬类中的诗歌一般。眼前的景象拨动人的心弦，如此轻而易举，又如此轻快活泼。这毛茸茸的生物宛如一朵硕大的红色蓟花，一闪而过，又如被风吹起的羽毛。还有一次值得铭记的愉悦回忆。那是一个 12 月的夜晚，寒流来袭，一只麝鼠来到我家门口，他是在寻求庇护吗，还是迷失了方向？猎狗在门口将他堵住，一阵吠叫。黑暗中，我以为那是只小猫，便伸出手去触摸。这只小东西一下子跳到门边的另一个角落，它冰冷，如绳子般的尾巴掠过我的手。我划亮一根火柴，看到他像土拨鼠一样，坐在地上，与敌人对峙。于是，我冲进屋提了盏灯，希望活捉了它，可猎犬却先我一步，在我返回前，终结了他的生命。

　　我只听到过一次浣熊的叫声，我注意到了，担心自己没有表现出应有的热情。它在一株挪威云杉上住了下来，而那云杉树枝几乎扫到了我的屋子。整个上午，我的狗对那棵树表现出了极大的兴趣，午饭过后，它的好奇心已经变成持续不断地高声吠叫。于是，我开始调查，以为会找到一只陌生的猫，或是一只红松鼠。不到片刻功夫，它的身份就暴露了，原来是只浣熊。可是一个棘手的问题摆在面前，要怎么抓住它。我找来一根棍子，试图把它从树上弄下来。它将自己固定在树枝之间的功夫还真是令人敬佩。但是不一会儿，它就轻轻巧巧地落到地面，没有丝毫不安，立即对人和狗警惕起来。狗是个胆小鬼，甚至不敢面对它。当浣熊转移了注意力，狗才冲上去。我们想要趁机抓住浣熊的尾巴，但它反应灵敏，迅速地转过身，黑色的眼睛闪闪发光，伸出去的手不由自主地缩回来。最终，趁着它与狗的混战，我一把抓住它的尾巴，把它塞进一个敞口的面粉桶里，它就这样成了俘虏。我的小儿子乐得手舞足蹈，我也满心期待。当天，它就毫不胆怯地享用食物，第二天，当着我们的面啃咬栗子。它从未表现出丝毫的恐惧或其他情感，却不遗余力地想要重获自由。几天后，我们在它的脖颈处绑上一根皮带，用链子拴住，固定它的活动范围。可是到了晚上，它仿佛变戏法似的解开了链子，成功逃跑。我相信，直到现在，它的脖子上一定还带着那根皮带。

　　臭鼬早晚会拜访每一座农场。一天晚上，我想要与门槛石上的不速之客握个手打招呼。本以为那是只猫，刚要伸出手去抚摸，这只小东西似乎想要指出我的错误，赶忙闪到一边，露出它身上的白色条纹。这和我喜爱的那种猫极为相似。臭鼬不会轻易发怒，似乎还要判断当下的情况，是否值得使用它那可怕的武器。

　　有好几次，我听到土拨鼠的叫声。一天，有一只土拨鼠从书房敞开的门口向里面张望，又嗅了一会儿，似乎和我一样，并不喜欢这种被迫吸入鼻孔的三叶草的味道，去找更好的草场去了。另一位趁我们正在吃晚饭的档口，入侵了我们的厨房，狗迅速冲上前，门前的石阶上上演了一场惊心动魄的混战。我以为是狗在打架，急忙上去拉开它们。在昏昏欲睡的夏日正午发生的这起事件，就如同12月寒冷的夜晚，麝鼠的意外出现。土拨鼠的这一段趣事为我们的夏天增添了不少乐趣。我们正在新开辟的葡萄园里劳作，一个开着农耕机的人看到，在他前面几码远的地方，有一团硕大的灰色不明物体。他靠近一些，发现是一只土拨鼠妈妈嘴里叼着一只幼崽，就像老猫叼着小猫那样衔住小土拨鼠颈部后面的皮毛。显然，她在搬家。但是她的行动被人打断了，于是她停下脚步，思考下一步计划。我也慢慢地靠上前去。土拨鼠妈妈看到我从侧面接近，突然惊恐地窜入10到12杖外的葡萄藤下，仓促逃离，连小土拨鼠掉到地上也顾不得了。我们穷追不舍，在她一个跃步跳入屋子里时，大步赶超上，一把抓住她的尾巴，提起她的后颈，放回到小土拨鼠旁边，但她并不在意，她更关心自己的安危。幼小的土拨鼠还待在原地，它孤独无助，却一直发出勇敢的呼唤。这是我见过的最小的土拨鼠，可能没比老鼠大多少，头部和肩部占据整个身体的大部分，这让它的外观看上去很是滑稽。它还不会走，也许之前从来没下过地。每隔一会儿，它就欢快地叫唤几声，大土拨鼠安全地待在洞里时也会这样肆无忌惮地叫唤，挑衅洞外狂吠的猎狗。我们将小家伙带回家里，我儿子看到这只温顺的土拨鼠非常高兴。第二天，它才肯吃东西，我们给小土拨鼠喂了一点牛奶，它急切地伸出爪子抓住勺子，像小猪一样吮吸，我们都被它可爱的模样逗笑了。它食量大，长得也快，没过多久，就能四处乱跑了。由于土拨鼠妈妈遭遇不测，我对土拨鼠家族的命运感到好奇，毫无疑问，她还有别的孩子。她已经把它们顺利转移了吗？还是在转移第一只的时候就被我们打断了？我知道它们原来的家在哪，但不知道新家的位置。所以我们要留心观察。临近周末时，我们经过土拨鼠的旧窝，看到 3 只小土拨鼠爬到洞口几英尺处。它们饥饿难耐，便爬出洞穴寻觅食物。我们将它们全部都逮回来，小土拨鼠们终于团聚了。这些可怜的，饿得够呛的小东西，躺倒在地仅仅抓住勺子喝牛奶的样子让你忍俊不禁。它们闪闪发亮的黑色小爪子又光滑又灵活，仿佛戴着羊皮手套。靠着牛奶它们长得不错，后来喝牛奶的同时也开始吃草了。新鲜感过去之后，我儿子发现自己要承担起作为这个大家庭里养母的职责，沉甸甸的责任压在他的肩头。于是，他只留下了一只小土拨鼠，就是我们第一次抓到的那只，它比其他的小土拨鼠长得更壮实，很快就成了一只非常有趣的宠物，但是拿到手里的时候，它总是反抗，也不愿意被关起来。我得提一下，我家的猫也刚刚产下一只小猫，跟小土拨鼠一样大，母猫奶水充足，我们便把小土拨鼠和小猫一起放在猫窝旁，老猫把它视如己出，悉心照料。于是，小猫和小土拨鼠之间建立起了深厚的友谊，直到小土拨鼠过世。它们像亲兄弟一样一起玩耍：阳光明媚的日子里，一起在草地上打闹翻滚。后来，小土拨鼠占据厨房地板下一块地方作为自己的住所，逐渐恢复到半野生状态。除了小猫之外，它不准任何人靠近它。它们每天都要玩上一两轮抱作一团的老游戏。小土拨鼠已经半大了，开始独立生活。狗一直嫉妒它，有一天在远离庇护的地方它与狗偶遇，当场毙命了。

　　7月时节，土拨鼠已被遗忘在记忆深处，我们的兴趣全部转移到新发现的一只快要饿死的小灰兔身上。它个头很小，几乎能在人的掌心坐下。它的妈妈也许遭遇了意外，可怜的小家伙看起来无精打采又凄凉孤独，于是，我们给它灌下一些牛奶。一两天后它渐渐恢复生气，急切地围着牛奶绕圈圈。很快，它就能吃下青草和苜蓿，还能啃咬香甜的苹果和梨子。它长得很快，是我见过的最柔弱无害的动物。曾有一个多月，这只小兔子是我唯一的同伴，它帮我排遣了大部分寂寞时光。农忙时节很快就要来临，我总是要给它带上一捧红色的苜蓿花，这是它喜欢的植物。有一天它舔我的手，我发现它该是缺盐了。我将手指湿润了，蘸些盐，给兔子吃。它小巧的舌头迅速地舔了舔，又用左右两边的大门牙轻轻咬了咬，小爪子按在我的手上生怕我跑了似的。但事实证明兔子并非那么温顺，野性没有消失。将它关在大笼子里，只能仰望到头顶上方的大树，这时候它是很温顺的，还会跳起来用前爪拍打我的手。但是把它放在屋子里自由活动，或是在它的脖子上系一根绳子放在草地上，它的野性便暴露无遗。在房间里，它会四处躲藏跑跳，一到户外，它就拼尽全力想要逃跑，哪怕有一根细长的绳子拉住。晚上也是如此，它从来不曾放弃尝试逃出禁锢自由的笼子。最终，在它成年时，它成功逃走了，我们再也没有见过它。

III

一只鸟儿终其一生都围绕着鸟巢——它的家打转！说起画眉鸟，它的生活似乎是随着巢穴的兴旺而越来越完整充实。雄鸟是美妙旋律的源泉，一天天，他的快乐与日俱增，在临近的地方盘旋，让所有人感受到他曲调中的自豪和欢愉。他表现得多么甜蜜，多么优雅！但是，一场意外降临到那个珍爱的鸟巢，他一下子沉寂下来。去年夏天，一对画眉鸟在我屋子几杖开外筑了个鸟巢。当一切安置就绪，鸟妈妈坐在鸟窝里安心孵化4枚蓝色鸟蛋，雄鸟欢快得引吭高歌。他将丰富多彩的旋律悉数唱出，但从不在鸟巢附近鸣唱，美妙的歌声却总从远方飘来。每天早晨，天空微明，大约5到6点的样子，他就站在遮住我家屋顶的槐树上鸣唱半小时。我像一早起来期待美味的早餐一般万分期待他的歌声，直到一天早晨，似乎少了点什么，心里隐约涌起一阵难过和失落。我到底错过了什么呢？哦，那天早晨没有听到画眉鸟的歌声，一定发生了什么事情！回想一下昨天，我看到树上离鸟巢不远处有只红色松鼠，立即判定鸟巢一定遭到侵袭。我赶赴现场，发现担心和恐惧都变成了现实，窝里的蛋全都不见了！画眉鸟情绪低落，树梢上再也没有美妙的歌声传来，其他地方也没有，直到过去近一周，我又听到他在小山脚下歌唱，这对夫妇已经筑好新家，小心地调整音调，显然，悲痛的情绪还没有完全消散。

在春季，一对鸟儿若是遭到一两次打击，极有可能会陷入绝望，并会不遗余力地打击敌人。春天，一对棕色鸫鸟吸引了我的注意力。起初，它们把鸟巢筑在一棵低矮的苹果树下。牛群总在附近吃草，直到在离地面几英尺的地方吃了一大口带刺的树枝。这里长着带刺的黑莓，这层屏障对鸟巢十分有利。我经过这里时，首先是狗发现了鸟的踪迹。我弯下腰来，仔细观察，才发现藏在里面的鸟巢和鸟蛋。一周两三次，每次我路过，都会停下脚步看一看鸟巢的变化，鸟妈妈坐在窝里一动不动，黄色的小眼睛一眨不眨。一天早晨，我去查看，发现鸟巢空了。也许是夜间的盗贼，比如臭鼬或狐狸，也可能是白天出没的黑蛇或红松鼠，将鸟巢洗劫一空。鸟巢隐蔽的太好，坐落在这样的位置，任何一个捕食者都会想去探索一番。"当然，"它会说，"这里可能有个鸟巢！"这对鸟儿飞过几百码的距离，越过一座小山，在我家附近的一处较为开阔的灌木丛再次尝试。但它们又一次陷入悲伤。几天后，鸟妈妈做出了一个大胆的举动，她似乎在对自己说："既然在隐蔽处建巢总是惨遭不测，那不如反其道而行之，就在露天建巢，能藏住我的地方也能藏住敌人，不如就摆在明面上！"于是她把鸟巢建在小路两旁的嫩树枝上，小路是两个葡萄园的分界线，我们每天都要来来回回地经过好几次。一天清晨，我正准备开工，偶然间发现了她。她从我脚边飞起，迅速飞过犁过的土地，羽毛是红壤一样的红色。我敬佩她的勇气。无论是白天还是夜间出没的小偷，都不会猜到在这样公开暴露的地方会有一个鸟巢。它们的小家没有任何遮盖物，也没有任何隐藏措施。这个鸟巢建得有些草率，似乎鸟儿们已经耗尽了耐心。不久，鸟巢里出现一枚鸟蛋，第二天，又出现一枚，第四天出现第三枚。无疑，这一次若是没有干扰鸟儿就成功了。为了打理葡萄园，马匹和耕耘机每天都从这里经过，这是鸟儿没有预料到的，而我决定帮帮她。我叫来同伴，告诉他葡萄园里有个地方，不及手掌大小，不要让马蹄踏到，也不要让耕耘机的钉齿碰到。然后我指出巢的具体位置，并叮嘱他们一定要避开。也许我自己保守者这个秘密，让鸟儿独自应对危险，它的巢就能幸免于难。然而，结果却是，同伴费尽心思避开鸟巢，却小心过头，马跌了一跤，马蹄不偏不倚正好踩在鸟巢上。这么小的一点地方，被马踩到的几率微乎其微，然而却真的发生了，鸟儿的希望再一次落空。后来这对鸟儿便从我家附近消失了，再也不见踪影。

我在北卡茨基尔山边的农场中度过了整个夏天。所有人中只有一个人注意到一只小短尾歌雀要在厨房附近的干枯的矮树丛上筑巢，我该怎么帮助它呢？那时是 7 月末，肯定在早些时候她已经哺育了一窝雏鸟，她的打扮糟糕。我注意到，她每天都叼着粗糙的麦秆和干草往返于农舍和牛奶场之间的篱笆和温柏丛。一般人看到后，会以为她只是漫无目的地乱飞，不停地搬运干草仅仅是为了找乐子。我观察了一段时间后，发现了她的巢，她似乎一早就猜到了我的意图，于是用各种假象来迷惑我。但我不会被误导，很快就发现了她的秘密。原来，雄鸟根本不帮忙，多数时间都在苹果树或篱笆上，或是屋子的另一面自顾自地唱歌。艺术家的笔下，雄鸟总是在筑巢的树枝上或是附近的枝桠上忘情歌唱，很显然是低估了鸟儿的智慧。鸟儿们不会用这样的方式大肆宣扬他们的宝藏所在。看看远处的蓝鸦在枫树或橡树的顶端唱着欢快的歌，但它的巢其实是在远处的一个离地面不到 3 英尺的矮树丛里。几乎所有鸟类都是如此。它们倾尽智慧隐藏自己的鸟巢。当你看到一只孵蛋的鸟，她宁愿被你抚摸也不会贸然跑开，暴露她的秘密。只要你一进入鸟巢所在的草地，食米鸟就开始高声责骂，在你周围绕圈。还没等你真正接近它的巢，它就已经忧心忡忡了，但是它的动作和行为绝不会泄露巢穴的确切位置。

歌雀总将鸟巢筑在地面，但是，去年 7 月，我的小邻居在距离地面 1 英尺高的地方安家落户了。她收集了一大堆乱糟糟的干草和树枝。起初看起来粗糙，无序，毫无章法可言，就像是在干树枝上的一堆垃圾，但很快巢穴中心的杯状轮廓便显现出来，多么神奇的进程！从最初的几根坚硬的稻草，到现在精美绝伦的巢穴，好像只是一眨眼的功夫。小窝里已经出现了几枚点缀着斑点的鸟蛋。巢建在这里，是为了利用酸模宽大下垂的树叶作为遮挡，免受日晒雨淋，同时还躲开了从上面投下的好奇目光——比如总在墙上游荡的猫。在鸟蛋孵化之前，那片树叶就渐渐枯萎，掉落在鸟巢中。但是鸟妈妈会把自己隐藏在树叶下，继续孵化鸟蛋。

我找了片叶子和树枝做了个遮篷，为他们遮风挡雨，直到他们飞离这里。那只短尾小鸟的伪装和秘密，雄鸟的歌声，还有这对鸟儿都是在那些日子里我不愿错过的事情。

自然就是一个上演各种戏剧的大舞台，多多少少会被一些小插曲打断或干扰，之后继续进行。依我所见，雄知更鸟是舞台上一位有趣的演员。于观众而言，这是一场喜剧，但对演员自身而言，这是一次严肃的事件。鸟儿和伴侣在外屋的一个箱子里筑巢。这间屋子有一扇窗户坏了。从春天到初夏，几乎一天里的任何时候，都能看到雄鸟在外面扑棱翅膀啄着窗户。他是想进去？显然是这样，而且，他时不时地停下来，在破窗框上落脚，仔细观察里面，片刻之后又重新对窗户发起攻击。人们不知道该如何解释鸟儿的这种行为。但我立刻明白了是怎么回事。鸟儿在玻璃上看到了自己的影像（屋里漆黑，有助于反光），于是发动了与假想敌的战斗。要不是这层坚硬的玻璃，它要把对手的蓝羽毛揪的一根不剩！接着，他站在窗户的破损处仔细查看，满腹狐疑，不明白他的对手怎么突然就消失不见了。但是他并未吸取经验。它对窗户发动了数百次攻击，犀利的眼神扫视屋内的一切。两个月以来，没有一个小时的清净。它对里面那只鸟的真实性深信不疑，对它的敌意也丝毫未减。如果玻璃表面粗糙一点的话，它的嘴，爪子和翅膀可能早就被磨没了。这件小事充分显示出蓝知更鸟好斗的个性，也说明在面对新问题或是新状况时，鸟儿的智商是多么堪忧。我还知道一只知更鸟以同样的方式攻击阁楼小窗中的假想敌，战争持续了好几周。

还有一次，一只雄性蓝知更鸟类似的滑稽行为，一大清早就把我雇佣的工人吵醒了。这只鸟儿和伴侣在屋子附近的箱子里筑了个鸟巢，知更鸟对屋子的窗户充满好奇。一天早晨，他偶然发现工人住的房间窗户上有自己的影子，里面堆放的深色物品映衬得窗户像镜子一般。蓝知更鸟立即发动了袭击，声音太大以至于里面的人根本睡不着。鸟儿每天早晨都这么干，不堪其扰的工人痛苦地抱怨，说要杀掉这只鸟。不巧的是，那天早上我刚好有事无法赶过去。于是，我建议他把东西搬走试试看。他照做了，从此以后再也没有鸟来打扰他的睡眠了。

一位西部的通讯记者给我写信说，她曾经把一面镜子摆放在金丝雀笼子前。这只可怜的金丝雀已经数年没有与同类打过交道。"过去，他经常在它那贵族般的华美宫殿里观察那些丑陋的麻雀——粗俗的平民。我打开笼子，他走到镜子前，没过多久，他就打定主意。他收集了许多干枯的树叶、树枝、一些纸片以及各种杂乱物品，立刻开始筑巢。几天后，他又待回孤独的笼子里，这时，如果给他一些干草、树枝，他会欣然接受。"

Part 9

恐惧的生活

臭鼬

某天早晨我透过窗户看到一只红松鼠，正在从一棵山核桃树上采摘山核桃，并将其储藏在岸边的洞穴里。这让我想到野生动物们总是活在恐惧和不安之中的生存状态。我尝试去勾画我自己，或任何人，身处它们的世界，被真实的或是假想的危险包围的生活。

松鼠飞快地爬上树顶，只看到一条棕色条纹从眼前一闪而过，然后抓着坚果，猛然落地。在返回洞穴的半路中，不超过3杖远的距离，它冲向几码开外的另一棵树的树干上，侦查一番。确定附近没有危险，它这才潜进洞穴，转眼间又再次出现。

它再次返回取坚果，又攀到另一棵树上再次观察。看到领地上没有别的东西才放下心来，从地面旋转攀上长满坚果的树，高高耸立一会儿，抓住一颗坚果，快速跑回巢穴里。

在我观察的半个多小时内它从未失手，我看着它往返于核桃树和洞穴，整个过程就是"拿着就跑"。似乎有个声音一直在对它说："当心！当心！""小心猫！""小心鹰！""小心猫头鹰！""小心拿枪的男孩子！"

这是个寒冷的12月清晨，第一片飘落的雪花预示着寒冷的暴风雪即将来临。松鼠急于完成收集坚果的任务。看到它急切焦虑又紧张兮兮的模样，实在让人心疼。我都想出去帮它的忙了。坚果个头很小，是山胡桃果，它要费好大力气才能吃到坚果里那一片小小的果肉。我的小儿子曾因同情住在大门附近的墙中的小松鼠，为它砸开坚果，摆置在一块小小的木架子上，放在树上，这样松鼠就能安心坐下悠然地享用了。

红松鼠不像花栗鼠那样有先见之明。它不定期储存食物，全靠心情。冬天时，它没有足够的储备粮食支撑度过严寒，因此，它整个冬天都不时忙活着。12月落雪前很久一段日子，花栗鼠已经连续数天，来来往往地往洞里运送坚果、玉米或是荞麦，直到储藏室里的粮食能让它安安稳稳过到4月。我想它不需要，也完全没必要，在冬天迈出家门一步。但是红松鼠更相信运气。

机警如红松鼠，却也总是被猫逮住。我的尼格，宛如上好的乌木一样黑亮，对红松鼠的味道了如指掌。我知道黑蛇也曾抓到过红松鼠并将其吞噬。无疑，那只蛇埋伏已久。

这种恐惧，这种无时无刻不在的危险，我们知之甚少。而在文明的国度里，在这方面可以与野生动物相提并论的，恐怕只有俄国沙皇了，它甚至不敢像松鼠一样公开收集坚果。一只比尼格更黑，更凶猛的猫可能在等着它，把它抓住吃掉。这个国度早期的定居者一定也像它们的沙皇一样惧怕过印第安人。许多非洲部落直到现在依然生活在对抓捕奴隶的人或是其它敌对部落的恐惧之中。我们的祖先，追溯到史前时代，或地质时代，也经历过恐惧。与青年和成人相比，婴儿和孩童期的恐惧感更加强烈。婴儿几乎都害怕陌生人的接近。

家养动物也是如此，幼年时期比成年时期更容易感到恐惧。几乎每个农场的男孩子都见过，出生一两天的小牛犊被母牛藏在树林里或是远一点的田地里，一旦被人发现，就会发出激烈的喊叫声。

在这次恐惧迸发之后，它会逐渐安定下来，变得和它年长的同类一样迟钝驯服。

时刻保持警惕是大多数野生动物生活的代价。其中，只有一种动物的野性我无法理解，那就是普通的淡水龟。它为什么如此恐惧？它的天敌是谁？我还不知道有什么动物以它为食。然而，看看这些淡水龟在枯木或岩石上享受阳光时是多么警觉，多么机敏啊！你还没来得及提枪射出一颗子弹，它们就迅速滑入水中，消失不见。

另一方面，陆龟或水龟，鲜少露出恐惧的迹象。当你靠近时，它会停下脚步，但不会缩进坚硬的龟壳里，除非用脚或拐杖戳它。它似乎没有什么天敌，但小斑点水龟却十分腼腆羞怯，似乎是认为所有的动物都在打它的主意。我曾见过一只狐狸在冬天从泥中挖出一只小斑点水龟，叼了几丈远，又扔在雪地上，似乎是突然意识到这只龟没什么用。

人们可以理解臭鼬的无所畏惧。除了农场里的狗，几乎所有动物都会缴械投降，因为大家都畏惧它那可怕的武器。如果你在黎明或黄昏的田地里散步的时偶遇一只臭鼬，大概你得给它让路，而不是它给你让路。它也许会追着你跑，只是为了看你逃跑的样子取乐。它跳着华尔兹向你靠拢，看上去心情不错。

浣熊也许是人们熟知的野生动物中最大胆的生物。谁见过浣熊露出胆怯？无论面临怎样的境况，它都沉着淡定。我曾见过一只浣熊伏在地上，被4个人和两只狗围攻，却一直保持冷静，也没表现出丝毫恐惧，真可谓勇气过人！

狐狸是一种狂野多疑的生物，但奇怪的是，当你突然和它面对面，或是它掉入陷阱，或是被猎狗追捕，它的表情并非惊恐，而是羞耻与愧疚。它似乎极力缩成一团，淹没在无线愧疚中。它知道自己是个惯偷吗？它是因为这个而感到尴尬吗？狐狸的天敌只有人类。当它的把戏被人类识破后，内心一定是羞愧难当的。

在兔子心中，恐惧时刻存在。它的眼睛多么灵活！它能像鸟儿一样眼观八方。狐狸追着它，猫头鹰追着它，猎人也追着它，除了跑的快点，它没有什么防御手段。它总是藏得很隐蔽。北方的野兔藏在厚厚的灌木丛中。如果野兔穿过一片开阔的裸露地，它会快速跑过，就像老鼠过街时一样。老鼠随时都可能被老鹰抓住，而兔子则担心雪鸮或大角鸮的袭击。

一天早晨，我的一位朋友悄悄追踪一只兔子的足迹，穿过一片开阔的田野，突然足迹消失了，仿佛兔子长了翅膀飞走了——飞的不那么心甘情愿。雪地上，在兔子最后的脚印附近，有几列猫头鹰的翅膀留下的痕迹，是猛扑下来的猫头鹰把兔子抓走了。洁白平整的田地上发生了一场悲剧。

兔子不怎么聪明。我还是一个小男孩时，看到一只刚被逮住的兔子，把它放到一片开阔地上，几码外拴着一只狗。兔子立刻就吓得六神无主，还没来得及跑就被行动笨拙的狗抓住了。

一位猎人曾看到一只野兔沿着朗吉利湖沿岸一侧的冰面奔跑，后面一只山猫穷追不舍。野兔一发现自己被追，就开始绕圈跑，这个蠢东西。这反而对山猫很有利，因为它在小圈子里能更快追上猎物。很快野兔便被逮住。

同样的事情发生在红松鼠身上，结果却完全相反。男孩抓住一只松鼠用绳子套住，它有一条性格活泼、行动敏捷的狗，和狐狸差不多大小，只要没有树木挡路，它几乎在任何情况下都能抓住红松鼠。于是男孩拎着松鼠笼子来到开阔的田野中央，狗似乎知道接下来要发生什么，高兴得在男孩周围乱跳。那时正值隆冬，厚厚的雪层覆盖大地，男孩和狗站在雪地上。狗后退几步，男孩把松鼠放了出来，随后我见证了一场最激烈的竞赛。一旁观望的我笑地弯不下腰，要绷住表情根本不可能，尽管狗和松鼠都不认为这是个笑话。松鼠调动所有的智慧，碎石准备突围，并没有表现出一丁点的慌乱。不到 3 秒钟，它就意识到，单纯比速度，它绝不是狗的对手。它必须赢，那就必须依靠策略。到最近的一棵树不能走直线，得走之字形路线；是的，两重或三重曲折路线。狗笃定松鼠是它的囊中之物，可下一秒它就失望了，因为，松鼠灵活地左躲右躲，狗难以置信又困惑不已，一时间看得目瞪口呆。

接着，松鼠从狗的后腿中间窜出来，趁着狗还没反应过来，迅速地跳了三步冲进树林。我们肚子都笑痛了，多么残酷的现实。

眼看着松鼠就要赢了，狗决定加倍努力。它奋起直追，一会儿从左侧冲出，一会儿在右侧攻击。松鼠宛如一架小小的飞机，轻盈地躲过狗的追捕，瞅准时机，松鼠飞身一跃，跳上了一棵大树。狗的内心充满了困惑和愤怒。

它简直不敢相信自己的眼睛。"在这样的田野里，居然抓不到一只松鼠？去吧，再加一把劲！"于是，它跳起一人多高，扑在树上，愤怒又懊恼地啃咬树皮。

男孩说，自从经历这次捕抓红松鼠的事件，狗的自信心明显受到了打击。"要是那只松鼠够不到树该多好啊！"

但如果是长翅膀的生物参与到这样一场关乎生死的竞赛中，或是任何一场竞赛中，松鼠的这套策略就不奏效了。追逐者永远不会丢掉自己的猎物。两者的飞行是同步的，似乎它们是整体中的两个部分。鹰会通过之字形路线追逐松鼠或知更鸟，向左或向右时的偏差也只有一只翅膀或半只翅膀的距离。精确程度关乎性命。不论松鼠或麻雀如何迅速地变换路线，它的敌人都能够同步，好像预先就知道它们的每一步行动。

鸟类求偶中也会发生类似的事，追求者似乎总能猜透被追求者的心思，这种行为在鸟类中十分奇特。两只鸟的动作出奇的一致。当发现危险时，一群麻雀，鸽子，雪松鸟，雪鹀，或是乌鸦，动作整齐划一，不像是成百只鸟，而是像一只鸟一样。每只鸟同一时刻冲出，仿佛同时受到电击一般。

即使是一群鸟在飞翔的时候，也始终保持一体。它们上升，转圈，或猛扑下来，实在令人吃惊。

一群雪鹀将展开精密的空中演习，连最训练有素的士兵也不能与之媲美。难道这些鸟儿拥有人类没有的感官能力？树林里，一群鹧鸪幼鸟像爆炸一样涌出，每一个棕色斑点在同一时刻冲向空中，没有指令和信号，它们是怎样做到的？

Part 10

大自然的爱慕者

大自然

I

人生的不同阶段，我们热爱自然的方式也有所不同。青春时期的爱恋非常感性，不是有意识的爱，而是由于一种不可抗拒的吸引。敏锐新鲜的感觉，渴望有一片土地来播撒热情，缤纷多彩的鲜花，花园果园的芳香，树林湿润清新的气息，让我们神清气爽。我们咀嚼辛辣晦涩的草根和树皮，品尝新鲜的野生水果，追捕灵巧的小鹿。大自然也是一个冒险的乐园，激发人类的扎根野外的动物本能。森林里，有各种猎物，有可以垂钓的小溪，有呼唤着船桨、微风和白帆的河水，还有风景绝佳的山顶——于是便有了鱼竿、猎枪、小船、帐篷以及步行者俱乐部。年轻的时候，我们的口味更原始，处于人类原始的形态，野外的大自然才是适合年轻人的地方。幼鸟的色彩变化彰显远古的血统，年轻时粗鲁的本性更是早期种族生存的本能。

后来，我们亲近自然，是为了逃避现代生活的紧张和不安，或是暂时抛开学习，去休息和放松身心，或是从中寻求抚平悲痛和失落的慰藉，亦或是从轻浮虚伪的社会中解脱寻找一个避难之所。我们躺在树下，漫步在幽静的小巷，或是草地和牧场中，或者在海岸边静静冥想。自然抚平我们沉痛的伤口，治愈我们，修复我们。

我们培养对大自然知识方面的兴趣，由此分支出了自然科学，像植物学，鸟类学，矿物学。

再有就是乡村人对大自然的热爱，这种乐意来源于牛群、马匹、蜜蜂、种植作物、手工劳动、制糖、园艺、收割，以及农村独有的平静和安宁。

最终，我们融入大自然寻求孤独，与自己的灵魂对话。自然让我们改善心境、提升境界。这种爱恋源自我们的宗教需要和本能，这是梭罗、华兹华斯的爱，也成为诸多现代诗歌和艺术的灵感来源。

约翰逊博士说，他在伦敦居住了这么久，已不再注意季节的变化。但约翰逊博士并不是自然的爱慕者。华兹华斯的诗歌所表达的对自然乡村的热爱是如此的丰满真实，约翰逊博士却没有一点类似的感受。想想看，华兹华斯也是经年累月地被困于城市，但他却是牧羊人，山峰，孤独的湖泊、潺潺的瀑布的恋人，

"谁在深深凝望山脉，

又与流水和树林结下友谊。"

约翰逊博士喜欢与人类打交道，也喜欢与人们交谈，而华兹华斯似乎更喜爱大自然，至少他被那些最亲近自然的人吸引，他们是自然的一部分。所以在《山谷中的居住者》中他表达了对牧羊人的喜爱，

"不是为了自己，而是为了广阔的田野和巍峨的山峰

那里是他们的工作和住所。"

自然真正的恋人并不仅仅喜爱她四处精挑细选的美好事物，也喜爱土地，山峰的面貌、岩石、河流、光秃的树木而不止枝繁叶茂的大树——耕犁过的土地而不仅是翠绿草地。他并不知道是什么真正吸引了他。不是因为美貌，就像他并不仅是因为父母的容貌而深

爱他们。那是种"混杂的情感"——与生俱来的血脉相连的事物在召唤他。对美好的大地和土壤似乎有一种特别的眷恋！人们想要捧一把泥土轻轻抚摸，用鼻子细细闻嗅，甚至是放进嘴里尝一尝。实际上，我从未见过一匹马不愿品尝泥土和青草的味道。地球的表皮形成了一个"圆润可口的球"。很久之前，在牛顿的头顶，也有个"圆润可口的球"挂在枝头，它在阳光下成熟，味道一定很甜！

我想起刚来乡村的一个爱尔兰女孩，她为我们工作。当我挖出第一批早熟的土豆带回厨房时，她用温柔的双手轻轻抚摸，又闻了闻气味，不情愿地把它们放下。它们充满泥土和家的气息，让她舍不得放下。这一定是一个愉快的惊喜，让这位远在异乡的女孩发现这泥土与爱尔兰的泥土一样清新，一样湿润，收获一样脆甜的块茎。这个聪敏的女孩总是在地里埋头劳作，心中充满对泥土深沉的爱恋和对家乡浓浓的思念。另一位从国外来的移民，也是来工作的，住在城镇里，在某次生病的时候对我说，如果他能重新走到田地里，准能恢复健康。一位逃离城市来到这里的法国人，摆了一个令人印象深刻的姿势，说道，他想要在一个抬头就能看到蔚蓝天空的地方生活。

我想借由这些细微的琐碎事件指出一点，对自然的爱恋，是对乡村本身的热爱，而不仅仅是对壮美河山的钦佩和爱慕。多数人会对自然有崇敬之情，他们写作抒发情怀，感叹自然的壮美，详细描绘各处的美景；他们登山观日出日落，长途跋涉寻觅飞流瀑布，但真正爱恋自然的人冷静，不盲从，用心去感受。自然无须赞美和光顾。你无法走向她，也无法描绘她，而只能用心灵表达。森林和田野应当融入你的思想，与热爱和倾慕相融。他们没有与华兹华斯的思想融为一体吗？他的思想从此有了色彩，绿色多石的威斯特摩兰留在了华兹华斯每一首诗篇里。他从未告知我们，他发现自然多么美好，他多么享受与她共处的时光，他只是与我们分享他的快乐。

理查德·杰弗里斯也许和华兹华斯一样，是大自然真正的恋人，但他没有能力与我们分享他的快乐。他的诗篇很多时候只是单纯的描述和例举，他很少解释，而关乎自然的情绪和心境，也很少传达给读者。在大自然中我们最终爱的还是我们自己，由人类的灵魂指引着，无须费力地描述，或谨慎地列举，我们便会知晓这一点。

"没有言语能描述上天赐予的天赋，

她的手已触及应答的和弦。"

这恰恰说明，杰弗里斯是一位天才记者，可是他关于自然的作品也是记者一般的如实报道。他的《野生生命》读起来像报纸。他很勤勉、不知疲倦，将一切诉诸纸笔，但其中很大一部分少有人问津。选择重组材料使之趣味盎然，激发读者的好奇心，并将大自然的魅力传递出去，在这一方面，显然他能力不足。

对大自然的激情绝不单单是对她的好奇，或是不痛不痒地描画她的特征；它藏的更深，也许是我们宗教本能的一种形式，或与之密切相关。当你走进自然，能带给我们严谨的科学知识，或是精美的文学，而不仅仅只是见闻的汇总。自然来做展示，解读方式多种多样。

观察需要选择和甄别。真正的观察能带来心灵的温暖和欢乐。仅仅观察事物的细节，再将此一一列举，并不是真正的观察，而观测到重点所在，抓住事物的运动和事态的变化，理清其中的关系，了解联系在一起的事物的来龙去脉，或是从普通的机械化的事物中提炼出规律和重点——那才是真正的观察者。梭罗的《瓦尔登湖》就是一部观察的作品。自他离世后发表的日志，也有耐心细致的观察，但我们却很少留意。20多年来，梭罗每天都要花费半天的时间在户外观察自然的情形和活动，但值得称颂的是，他真正观察的极少。

　　他观察的多么细致，他甚至看到了神奇的波纹，人们偶尔能在流淌的小溪中看到。"这条平滑的小溪有三四英尺宽，我看到从这端延伸至另一端，似乎有一条无形的波纹，就像蜘蛛网，水流在这里轻微堆积。这条线不断前后摇摆，似乎是被微风或气流拂动。我反复地试着用手去抓，去打断这条线，让流水自由淌过，可令人惊讶的是，我的手里只有流水，那条神奇的线始终在那个地方。"

　　细看之下会发现，这摇摆不定的水纹也许是由于两股不同的水流交汇引起的。

　　我现在回想起来最奇特最有趣的观察是牧场野生的苹果树如何战胜吃草的牛。它用一片浓密的荆棘围住自己，把牛隔离在不远的地方，这样，中间的树枝径直向上生长，牛就够不到了。

　　在梭罗的日志里所载的最为敏锐的观察不是关于自然的，而是关于男人和女人"不同的头部装饰"的问题。你曾见过一位女士头戴旧帽子或是皱皱巴巴的帽子出席公众会议吗？一定没有。但是，看一看男士们头上的帽子，其中的旧帽子，饱经风霜的帽子，缩成一团的帽子占到多大的比例。但是我认为，这十分别致有趣。有一位农夫骑自行车从我家门前经过，带着一顶帽子，可以看出，它很有个性，但也很独立，与其农夫朋友感情深厚。我心下怀疑，这帽子里是否长了地衣。男士带帽子是因为实用，女士带帽子是为了装饰。

我曾见过，城镇里最伟大的哲学家带着一顶帽子，商人们称之为"令人震惊的坏帽子"，而带着软帽的女士充其量也就是个卖弄学问的女人。

对自然同样机敏细致的观察在它的日志中很难找到。

观察就是将一切因素区分并记录下来。

有一天，我走在葡萄园里，为昨天的暴风雨带来的损失懊恼着。突然，在混杂的其他声音里听到头顶上方传来一声不熟悉的鸟鸣。渐渐地，我意识到，这不是本地鸟儿的歌声，而是一种陌生鸟类。静静盯着歌声传来的方向，过了一会儿，我发现那鸟儿在高高的空中一圈一圈环绕，发出尖利的鸣叫。这只鸟的大小、形态、飞行方式和声音都很陌生。不久，我猜到那应该是英格兰云雀，它犹疑不决，不知道该选择哪个方向。最终，他似乎下定决心，朝北方飞去，而我一直对他的鸣叫声念念不忘。

有人告诉我，有些鸟儿喜欢洗土浴，有些鸟儿喜欢洗水浴，还有些鸟儿两者都爱，对于这件事他比我观察的要细致。麻雀经常用泥土清洗羽毛，但英国麻雀水土兼用。一个农场里的男孩告诉一位自然学家一个关于乌龟的信息，那就是我们从没在田野里见过小龟，因为最初的两三年小龟都把自己埋入地下，得以从人们的视线中消失。这是一种真正的观察。

正如一位医术高超的医生，诊断病症，找出显著的病症，与其他症状区分开来，因此，真正的观察者，用眼睛和耳朵，捕捉他周围独特新颖的景致，注意力穿透事物表面，抵达隐藏在更深处的罕有的实质。

理查德·杰弗里斯不是严格意义上的观察者，他是逼真描述，并认真感受大自然的观众，若是愿意，你也可以说他是个诗人，但他能带给我们的难忘或有意义的东西很少。他的代表作，如《故乡的猎场看守人》，以及《业余偷猎者》，因为生动的人物刻画，部分掩盖了对大自然的生硬描述。他最有名的作品是弥留之际快速写下的一篇文章，《我的老旧村庄》，感伤优美，这是他唯——篇揭示人类内心和灵魂的佳作。我摘录的这个段落恰好说明他也和我们一样，无法摆脱过去的魔咒——

　　"我似乎听到橡树倒下的声音。他们可能仍然挺立着，也可能真的倒下了，但对我来说，区别不大。我记忆中的最后一片树叶早已飘落，我应该也不会再看到火红的叶子重新挂满春日的枝头。即使我能再撑些时日，我也不愿看上一眼。因为它们已不是旧日的模样。太多回忆在脑海里萦绕，最幸福的日子后来也变成了最痛苦的记忆，我们切不可回头找寻，以免我们也一同消亡。别处也找不到这样的橡树，它高大挺拔，茂盛的树冠，阳光照在上面如同照在地球表面，一半是光明，一半是阴影。之后我也看过其他的橡树，但再也没有过这样的感觉。就像是用另一种排版方式印刷的经典作品，虽是同样的文字，却失了原来的神韵。河水已经干涸。过去我们常常坐在深水边的狭窄围栏上，冒着随时掉下去的危险，聆听河水动听的音乐，像国王一样快乐。大量的条纹梭鱼穿梭其中，还有时而顺着河水漂向下游，时而逆流而上的鲈鱼，阳光长久地洒下来，河水泛起波纹，汩汩作响，我似乎能看到一个世纪前同样潺潺的流水和粼粼波光。人类涉足的地方，河流逝去，自然终结。我敢说那里仍然有水，但河流已经消失，就像消失的约翰·布朗的灵魂（不是我们的约翰·布朗）。广袤的田野上空，棉絮般的白云飘荡在夏日蔚蓝的天空。我靠着云朵挨过了漫长时光，于我而言，云朵就像肉一样，是我的精神食粮，就连树木都无法与之相比。冷酷的地狱允许我多停留一时半刻，我有时会抬头看看天上的云，它们也变了，说着一种我听不懂的语言，我渴望看到那些承载着我的记忆的云。我还记得那时的夜晚，不是死寂的黑暗，是黎明之前的蠢蠢欲动，是闪烁着生命之光的万物蛰伏于暗处，准备迎接第一缕阳光。夜晚依旧会降临，它们无处不在，不会因地域而不同，可是我透过窗户，看到的却是同样陌生的夜晚。"

我从不知自然文学能有这样悲悯的人性情怀。

关于自然的说教或是通过自然进行说教是最为乏味的，除非作品的背景富有情感，否则不能打动人心。换句话说，为了描述而描述，像记者框定体裁一样，无论画面多么唯美动人，都不会有文学的美感。描述对象必须有一定意义，而要做到这一点，就需要创造性的想象空间。就以惠特曼关于夜晚的篇章为例，看看是否只有描述——

"天空的大部分如同泼上一层磷，闪着星星点点的光，你能比平常看得更远更清楚；穹顶就像一大片长满了麦穗的田地，倒不是说这光亮有多么闪耀特别——没有什么能比的上我曾见过的冬夜的光，但这是一种奇异的光，穿透视野、感官和灵魂。这种光芒似乎无穷无尽。我不知道以前是否有过，但是现在，我仿佛置身于天堂，苍穹洒下上帝的荣光；这是《圣经》的天空，阿拉伯的天空，先知的天空，也是古老诗歌的天空。"

或是 1 月的夜晚，在特拉华河流域——

"头顶，是难以名状的光彩；夜色中，有什么东西如此傲慢，目空一切；我从不知道，夜空中无穷无尽的寂静的繁星竟潜藏着这样的情绪，近乎是一种热情。人们能够理解，从法老王或约伯时代开始，天空的穹庐，闪耀的群星，就对人类的自私傲慢和野心给予了最微妙、最深刻的批判。"

马修·阿诺德引用了奥伯曼的这段话，以表达对于大自然这种特殊的感情——

"道路隐没在蒂勒河碧绿的河水边。我陷入沉思，发现夜晚如此温暖，即便在室外待一整夜也不觉寒冷，沿着小路走到圣布莱斯，从陡峭的河岸边往下行走，湖边的地势陡然上升，湖面波纹皱起。空气清冷，大家都在歇息，而我徘徊数小时。直到清晨，月亮滑到地面以下，水面闪耀着最后的一丝光辉，无以言喻的忧伤。跌入遐想中，大自然的壮观被无限扩大了，水面荡起一层孤独的涟漪，清冷的夜晚仍然遗留着残月的余光和微凉。

"难以言说的情感，我们徒劳的生命中的美好也痛苦，大自然无所不在的意识比人类要伟大的多，能包容一切的情感，成熟的心智，摒弃自我的美妙体验，一颗人类的心脏所能体会的关于生命的厌倦和渴望，在这一刻，我全都感觉到了。我又朝着衰老迈出一大步，似乎一次就跨越了一生中的十年光阴。年轻的心更容易快乐。"

当然，这背后还有精神因素，它是价值和魅力的来源。文学，从来都不仅仅是描绘自然，而是寻求超越一切的灵魂之旅。

II

生命中最值得描述的就是对过去的事实和场景产生的新感觉。

一个人对大自然的热爱也许是不变的，但是对于大自然的魅力和意义却可能不时地有新的理解。有时，不同的心境和情绪，与周围的事物结合，我们能获得一种生动的原始美感和意义。我们多久才会真正看一下这些星星呢？也许很多人压根就没看过星星，我的意思是说，从未带着丝毫的情感抬头看看。如果我一年中能有几次这样的机会，那真是十分幸运。若是特意出去看星星，我肯定会错过它们；但是偶尔地，比如在夜晚独自漫步时仰望夜空，心门突然打开了，或是天堂的门敞开了，谁知道呢？只一眼便领悟到星辰那难以言表的光彩和意义。令人畏惧，也令人无法抗拒！思想宛如一道闪电，劈入沉寂的深渊，然后纱帐重又拉上。你的知识，你的理智会让你明白，你只是浩瀚宇宙中的航行者，脚下的地球不过是众多星球中的一颗，我们不会比当下更接近天堂，更处于宇宙的法律和力量的支配中心。但是，意识到这样震惊的事实，是多么稀奇的事啊，我们从这样的事实中获得全新生动的印象，宇宙的庄严与伟大呈现在众人面前，这也许远远超出我们的承受范围。

这些普遍又熟悉的事物，有多久没有让我们心动了！天才们的伟大之处在于，通过艺术和文学，刺穿我们的无情和冷漠，让我们对事物的本来面貌有一个崭新的印象。以全新的组合形式或是全新的视角去审视，由此衍生出的新的发现和启示才能让我们惊喜和兴奋。因此诗歌、艺术或是科学，为我们创造了一个全新的世界，我们又重新成为天堂里的亚当。

不得不居住在城镇中的大自然的爱慕者得到一个补偿：不会因为熟悉而无动于衷。他每周或每月去乡村亲近自然，都会获得极大的愉悦。对新鲜热切的感官而言，新奇事物的魅力无处不在。乡下人用一种同情的目光看着这些刚刚抵达的欢欣雀跃的城里人，而我们，如果可以的话，难道不愿意与它们短暂地交换一下眼睛吗？

我们这些描写大自然的人，也仅仅只是有幸捕捉到了大自然罕见的惊鸿一瞥，然后尽可能地赋予它更深刻的理解和阐释。生活枯燥乏味，我们的思想也如同许多其他人一样，被一层厚厚的垃圾包裹。我们描写大自然，就像描写其他事物一样，是思想在延伸，在舒展筋骨。我们的创作同样遵循进化法则，我们将一棵幼苗浇灌成参天大树，最初的细微观察可以带领我们走向更广阔的天地。生命是纲要，头脑和心里的记忆都是速记。当我们真要写出来的时候，我们会惊讶于它的长度和意义。瞬间的感觉，需要耗费不少时间才能让别人体会到。

我6月走过一片牧场时，食米鸟正在高声歌唱，雏菊在风中舞蹈，空气中弥漫着三叶草的芳香，男孩女孩们在草地里寻觅野草莓，只需一瞥景色便尽收眼底，迅速触动我的所有感官，但是，如果我动笔为读者描述我的经历，这个过程该是多么漫长乏味啊，我不得不拐弯抹角，旁敲侧击！若是我让读者身临其境、感受到自然的气息，就必需要避免直截了当的描述，而是用一种间接的方式将自然引向读者，或是将读者领入自然。给予读者的内容，要远远超出我先前的承诺。

对像我这样的乡下人而言，自然界的事物，乡村的面貌，时时刻刻都有一种振奋和抚慰人心的作用，但只是偶尔才能体会到耳目一新的快感。我发现，人们当下专注的事情在任何情况下都不会被忽略，比如农民的劳作，垂钓者的鱼竿，猎人的枪支，徒步者的同伴，闲人和他的书。眼角的余光能偷偷记录下这诸多景象，当大脑处于被动的接受状态时，不经意地一瞥，往往能够直击灵魂。这条河流给垂钓者留下的印象会比别人深刻吗？他太了解河流的个性！他了解研究过河流的每个阶段！他借由自己身体的一部分——鱼竿和鱼线去了解河流！

　　我为那些在春天连一两次都没有领略过大自然的魅力和甜美的人感到惋惜。晚些时候，它就会变成一个不再新鲜的故事。但在 3 月的早春时节，或是 4 月春天的末尾，偶尔会有充满乐趣的日子唤醒沉睡的心灵。每一次春天的到来都让人心情愉悦。大自然的面貌还没有改变，但是空气中新鲜的气息，光线的细微差别，万物的改变，关于生命复苏和重生的预言，都令人为之一颤。第一只麻雀的歌声，第一只知更鸟的呼唤，第一只蓝知更鸟的啼鸣，第一只菲比鸟的音调——谁会无情淡漠地聆听呢？或是第一群迁徙的鹅和野鸭——它们带来了北方多少的春意啊！当红背惊鸟沿着沼泽和河道边的榆树林或柳树林叽叽喳喳时，你能感受到春天的脚步；若是凑近观察脚下的土地，便会发现，脚下的地面已然全副武装，臭菘的矛头刺穿松软的泥土，浓浓的春意再次让你怦然心动。

　　初春时节，人们似乎更加亲近自然：所有屏障都被移除，地面的泥土直接与你对话，自然不再隐藏在一片翠绿之后，漫步在覆满棕色草皮的田野里，心里是满满的喜悦。自然的气息沁人心脾，带着些许阳光的温暖，呼吸一口复苏的泥土芬芳，通身舒畅。丰满的河道上泛起粼粼波光，一切让人移不开眼，慢慢地它们会被一层翠绿的面纱遮掩，也会因为炙热的阳光而日渐萎缩。3 月温暖友善，那么多细微的欢欣和美好。一天夜晚，我站在被暮色笼罩的小山坡上，听到由远及近翅膀扇动的声音，不久，一只丘鹬在附近的低空掠过。

我看到他的身形和修长的翅膀映衬在昏暗的地平线上，慢慢消失在夜色中，但他的到来搅动了我的心绪。3月有一对翅膀，她在温柔缱绻的薄暮中，降临人间，她从南部一路沿着山谷走来，搜寻着湿润弹性的地方，那里虫子来到地面，青草开始萌芽。一两天后，我坐在树林的小山坡上，松树和铁杉在周围环绕，听到小猫头鹰春天的深情呼唤——一阵奇特的音乐打破森林的宁静，仿佛被羽毛包裹住的铃声在森林的暮色中泠泠作响，只有最警觉的耳朵才能听得见。但这是春天的声音，也是同样的声音召唤着丘鹬在薄暮中飞过，让褪色柳萌芽，让青草在春日里茁壮成长。

偶尔，3月也会有明亮温暖祥和的时光，就像现在这个时候。到处都是小飞蛛的身影，它是3月天里最精致的象征，但意义深远。细长舞动的蛛丝，只有在阳光照耀下，从特殊的角度，才能以肉眼看见。它流入空气中，像生命的细丝，不断延伸着、延伸着，似乎要抓住，留住蔚蓝苍穹最微妙的变幻。

春日的大自然万象更新，幸运的是，我们也焕然一新。

Part 11

肯塔基蓝草的味道

肯塔基

肥沃的土地多么美丽！田地是一幅丰饶多产、精心耕耘的图画，连绵不绝的草地，浓密地一望无垠的庄稼，这一切令我们大饱眼福。不仅是因为这片土地将带给我们香甜的面包和肥腻的牛肉，而是因为我们感受到了大地的恩惠和好意。我们希望看到人类与自然和谐相处，我们热爱和平，厌恶战争，我们也热爱丰裕和完整。看到草地和庄稼的生长，令人欣慰满足，因为这代表了成功，其中蕴含了事物完结的美好，健康和均衡的美感。大自然的贫瘠丑陋不堪，常不让我们看到，除非它拥有磅礴的气势，能够唤醒人类内在庄严的情感。有什么比被人遗忘的消耗殆尽的弗吉尼亚农场更缺少魅力，在稀疏草地上随处可见贫瘠的红色土壤？另一方面，有什么比完整肥沃的肯塔基蓝草农场更让人眼前一亮呢？我发现，我更愿意从农民的角度看待乡村。我身后这一长排勤劳而节俭的农民似乎赐予了我某样东西，融入我的血液中，让我能够快速对这片肥沃美丽的土地做出反应，而贫瘠荒芜的农场也让我感到不满。从华盛顿一路走到肯塔基州中心，我内心深处的农民并不怎么高兴，因为他几乎没看到他所寻找的那种肥沃的土地。但是我心中的森林野人（大部分人仍保留这一特质），很是高兴，尤其是走到新河下游，那里的岩石、水域和被森林覆盖的陡峭山峰还保留着达尔文时代的样子。但当我们出现在大卡纳华河沿岸时，森林野人丧失了兴趣，农民却看到了稍微令他满意的事物。

当我们进入肯塔基州时，我说，我们将要看到一个转变。但是没有，我们没看到。农民不住地抱怨，这里没有朴素简单的农场，没有坚固的房屋，没有整洁的村庄，也没有四通八达的小路，只有贫穷和肮脏无孔不入。几乎整个下午，我们经过的乡村都像新英格兰最贫穷落后的地区，新英格兰的繁荣并没有渗透到这里。这是一个新建乡村，从地质学角度来讲，盛产煤矿，上层土壤并没有足够的时间沉淀为适合种植蔬菜的肥沃土地。临近日落时分，我朝窗外望了一眼，我想我开始看到了变化。不用多久，我就确信了这一点。森林开始展现绿油油的景色，我看到郊外铺满柔软的青草。不久之后，在列车的呼啸声中，我们抵达了蓝草地区的边缘，我体内的农民立刻打起了精神。一瞬间，我们从属于昨天的新生的土地，进入到最古老的，大概是从石炭纪到低志留纪时代的土地。这片土地见证了巨型猛兽和恐龙的存在，现在生长着美丽的蓝草。这种植物的生长繁荣耗费了数百年时间的沉淀积累。我想，我从没在暮色中见过这么柔美的土地和低矮的小山，似乎包裹在灰绿色的皮毛中。当我们靠近斯特灵山时，土地看起来既肥沃又平整。细长平滑的线条与西方的天空相接，只在偶尔的几个地方被吃草，或是休憩，或是反刍的牛群打断，这是多么平和富足的景色。从原始粗糙，如同未成熟的果实一般青涩的土地，我们一下子被传送到满是收获的成熟和甘美的世界，光是看看就心满意足了。我突然有一种强烈的愿望，想要在暮色中徐徐漫步，品一品这难以言说的美好。

在接下来的十天，5月的最后十天，我终于有机会好好品尝。自那以后，芳草的味道一直久久萦绕在我脑海。我有机会以一种比之前任何时候更平和自然的心态去俯瞰我们这片躁动不安、断断续续的美国大自然，所有的残忍和刻薄消逝远去，（此刻）我心无所想，只想用双手去拥抱这片土地。后来，我领略了伊利诺伊州的草原风光，俄亥俄州北部和印第安纳州连绵不绝的农场，但没有一个地方能像蓝草那样富有人性，那么美丽丰饶。人类喜欢看到地球表面此起彼伏，仿佛汹涌澎湃、变化多端的人类情感；它象征着生命，同时也象征着一种更为宏观的静止。草原上没有静止，只是停滞，是一道单调的平面。这些无边无际的平坦土地刺痛着人们的双眼，仿佛所有的生命和表情已从地球表面抹去。只有蓝草，为大地带来了变化和流动。从任意一个特定的视角观望，这样一片广阔景象都会出现在人们视野中——种植着小麦或大麦、玉米或麻，草或三叶草，树木或青草的一望无垠的田野。

我和普罗克特教授一起，驾着双轮马车行驶 100 多英里，先从法兰克福市到伍德福德县的首府凡尔赛，然后到了列克星敦市，在那里，我们和麦克道尔少校在阿什兰老亨利·克莱的住所度过了几天；接着，去了斯科特县的乔治城，又再次返回法兰克福。接下来的一周，我在亚历山大上校的大农场里待了 3 天时间，我在那里看到了许多之前从未见过的血统优良的马匹、牛群和羊群。我们从那里出发，前往位于南部的谢尔比上校的农场，在博伊尔县蓝草地区的边缘度过了几天时光。现在我们来到了低矮山丘的边缘处，这些小山丘静静地环绕着肯塔基，从俄亥俄河西面一直绵延到俄亥俄州的北面和东面。肯塔基很多河流和山泉的名字都和"舔"这个词有关。也许，再也没有哪个州的土壤能像肯塔基的土壤这般饶有风味。谢尔比上校的农场靠近一条叫作"旋钮舔"（诺布利克）的小河，几英里之内，还有一个地方叫"蓝舔"（布鲁利克）。我们希望能发现水牛和鹿常来舔食的盐泉，但是我们没有看到盐泉，反而看到了一片粗糙裸露的土地，大约有一两英亩，很明显，这里被舔食成了科罗拉多州或洛基山脉某处景观的黏土模型，呈现出山壑、峡谷和尖锐的山峰，但没有山泉和流水。牛舔食泥土是为了获得其中的盐分，而且对这种特殊味道的记忆可以保持很久。

从谢尔比市往西 60 多英里，我们绕过蓝草地区，来到莱巴嫩章克申市坐火车去凯夫城。蓝草区域和马萨诸塞州差不多大，总的来说，是除了英格兰的大草原之外，我见过的最优美的地表。从某种程度上看来，它的自由和开阔，比起英格兰草原，更令人赏心悦目。一切都宏伟壮丽，土地未经修饰，小路平坦宽阔，松散的篱笆没有划定明显的边界。这个村庄最突出的特点是它的"宽度"：每一片玉米地、小麦地或是苜蓿地都有 50~100 英亩那么大。在亚历山大上校的农场，我看到 3 块苜蓿地紧紧相连，大约 300 英亩，苜蓿花绽放，景色美极了。农场就更大了，几百到几千英亩不等。农舍十分宽敞，大门很宽，厅也很大，天花板高高吊起，土地宽广，主人也热情好客。这里的人们身材高大，胸襟宽广，没有纽约人和新英格兰人的拘谨和规整，却有着南方随性灵活的生活方式。牛马在屋子周围的草原自由享用青草是十分常见的画面，只有高大的森林树木不会受到它们的茶毒。农舍一般不会建在公路边上，而是效仿英式做法，在距离公路 0.3 英里到半英里远的一片原始林木中修建，农舍的后面或侧面通常还建有附属的小房子，这是从奴隶时代沿袭下来的建筑方式。相比于北方，这里的农民大多受过良好的教育。也没有那么多小型农场和租用农场，农场的经营者都是有钱人，他们可能来自美国各个阶层。他们不是一时兴起的城里人，而是真正热爱土地并且努力耕耘的乡下人。我记得一位红脸庞的年轻农民，我们曾去林肯县拜访过他的农场。他毕业于哈佛大学法学院，但他却将裤脚掖进靴子里，种起了玉米，或是照看那宽阔土地上的牛群。他是一个典型的南方农民，一个简单、热心并且受过良好教育的农民和绅士。

但肯塔基最动人心魂、最独特的是无边无际的森林或草原。森林里大片枫树、橡树或其他树木林立，牛群在那里吃草和休憩，每一处土地都像一片皇家园林。它们像草地一样干净整洁，像远处绿色的景色和一圈凉爽的阴凉一样吸引人。常见的幼苗和低矮的灌木已被清除，只留下一些大树散落各处，似乎是保护这片土地。小森林让这片土地看起来如此悠闲、自由、广阔！

明媚的阳光和凉爽的阴影漫过狭长的通道、走廊、洞穴甚至森林深处！草地宛如地毯一般匀称，齐齐没过大树树干。蓝草的一个特性便是它完全占据土壤，它没有竞争对手，像大地上的落雪一样覆盖每个角落。似乎只有一种草能与之抗衡，那就是风滚草，它有五六英尺高，看起来很像紫苑。至今为止，我只在肯塔基见过这种野草。我在那里的时候它还十分矮小，很不起眼，但在夏季时却能生长得高大繁盛，一大片紫色的花朵真是十分壮观的景象。牛群在林中悠闲地漫步，一群血统优良的母马带着小马驹缓缓地穿过寂静的林中通道，有的沐浴在阳光中，有的隐没在阴影里。走在公路上，视野中到处都是这样的风景。农舍坐落在一片开阔的树林中，靠近一条蜿蜒的碎石小路，不时有风从树林里吹来。亚历山大上校的农舍和许多其他农场建筑和马厩一样，处于碧绿森林的掩映之中。母马领着小马驹在附近闲逛，当它们去寻觅水源，或是在傍晚被赶回畜栏时，就像一阵狂奔而过的风，他们身披光滑的外套闯过阳光斑驳的林间小道，是多么的赏心悦目啊！开阔的林地会被开垦，种上优质的麻类作物，有时也会种上玉米。但那些从未被开垦的土地却十分平坦，人们可以驾着双轮马车轻松自由地到达树林中的任何地方，地面就像被碾压过一样平整。肯塔基越过了冰川漂移带的南部界限，这里没有巨大卵石，也没有突兀的山丘和砾石堆。塑造这片土地的力量始终如一的温和。蓝草地区的另一个特色，便是"下沉洞"，虽然名字并不好听，但他们展现出来的景观却让人印象深刻。这些碗状的、被草皮覆盖的坑洞，随处可见，光滑又对称，仿佛它们是被车床加工出来的。亚历山大上校农场里的这些坑洞直径约一两百英尺，深 15~20 英尺。翠绿的草皮也随之下陷，没有一处断裂，大树在洞旁或洞底长出。洞坑看似是由于漩涡的作用而形成，但也可能是地表水顺着一处地下岩石中隐藏的通道逐渐将土壤冲走形成的。现在仍然在底部有地下排水渠道。因为形状酷似巨鹅的巢，因此这些凹陷的部分也被称为"鹅巢之地"。在南下去往猛犸洞穴的途中，在亚石炭系地形构造之上，"下沉洞"形成了这片地区最显著的景观。一大群鹅在这里筑巢，因此在有些地方，巢穴的边缘已经彼此相连。当靠近猛犸洞穴时，巨大的洼地映入视野，一个广阔、椭圆形的山谷将整个农场揽进怀中，山谷底部没有出口。在英格兰，这些低洼的大坑被称作（盛潘趣酒的）大酒杯，尽管在肯塔基，人们知道潘趣酒是如何制作的，也能提供制作上等酒的主要原料，数量也不会少，但是我还是不知道为何以此命名。在那些逝去的战前的美好时代，政治浪潮高涨，在这些潘趣酒杯和森林里，经常会有欢乐的场景和盛宴。在参天大树下，政治演说家们发表长篇大论，烤熟的牛被饥饿的人们分食，有种东西比自由流淌的潘趣酒还要强烈。我们闲逛时遇到了一位农民，他向我们指出克里腾登和布雷肯里奇频繁演说的地方，但曾经烤牛的灰烬上，已长满荒草。

此处真是野餐和户外会议的绝佳场所！它代表了与我们匆忙、充满压力的美国生活方式不同的生活态度，更宽广，更从容。是什么让我想起沃尔特·斯科特和浪漫的骑士精神的时代，以及格林伍德树下的罗宾汉以及他的冒险团队？也许，是那些庄严、开阔的森林，清澈碧绿、长满野草的土地上正适合举行一些比赛，那些血统优良的马匹也驰骋其间的场景，很容易让人联想到骑士与美女同骑的场面。这片土地没有英格兰经过时间锤炼后的成熟与醇厚，因为那在更为恶劣的气候条件下不可能形成，但它的广阔无垠，除了皇家园林之外，再也不可能在英格兰的其他地方看到。

围栏主要是木质栅栏，看起来不如树篱、高墙和堤坝结实持久。

当肯塔基人想要摆脱森林时，他们会用极其残忍的方式对待它。他们用带子捆绑住大树，让它们渐渐枯死，而不是立马将其砍掉。被缠住的大树慢慢地被折磨致死，它们痛苦地挣扎，让人不忍直视，树叶一片片凋零，树枝一寸寸枯萎，它屈服了，几乎整个季节它都要承受这样的痛苦。当高贵的树木濒临死亡或是已然死亡，这片土地如同被诅咒一般，就像被瘟疫重创过一般，萧条而悲凉。人们很难看到野草或谷物在这片土地上生长。这些被捆绑的大树经年累月伫立在土地上，憔悴的骨架浸浴在烈日下或在雨中，渐渐变黑。在印第安纳州和伊利诺伊州南部，我同样地看到这种令人厌恶的除掉树木的陋习。

蓝草地区最主要的需求就是水。河流从地下产生，轻易通过地下的石灰石，而鲜少浮出地表。如果这里有像英格兰那么多的闪闪发光的河流，这里就会成为一片引人入胜的乐土。这座乡村最不雅观之处便是数量众多的浅水盆地，盆地一旁堆满挖出的泥土，盆地内部积水充盈，常有牛羊在此饮用，再加上被缠起来的树，大概是这片土地上唯一煞风景的事物。然而，当盆地偶然与一泓清泉邂逅，却也是一道靓丽的风景。暗淡的苔藓布满石灰岩的表面，岩石张开洞穴似的大口，清泉从这里涌出。我见过三四个这样的泉眼，让人忍不住要在旁边多待一会儿。最大的一泓清泉在乔治城，有 10~12 英尺宽，3~4 英尺深，从一座凹陷的悬崖处滑出，不泛起一丝涟漪。它坐落在乔治城最边缘，妩媚动人。我们来到泉水源头，一位黑人小女孩正用一只桶从泉边取水。我轻声询问她的名字。"维纳斯，先生，我叫维纳斯。"这时，我看到维纳斯女神从泡沫中袅袅升起。

在肯塔基州，有 3 样坚硬的东西，其中只有一样对我的胃口。那 3 样东西分别是，硬面包、硬床和硬路。小路幽静，像英格兰小路一样，铺以碎石，几近完好，但是，"拍打饼干"，却是一种当地的硬面包，在烹制过程中，面粉或面团用擀面杖长时间拍打，依我之见，这是美国面包最糟糕的替代品。还有难以忍受的硬床——似乎是用来铺路的碎石铺到了床上，用错了地方。肯塔基的黄油还不能说是劣质，但是对比这里细腻柔软的草地和美丽的森林，当地的食品加工业并不发达。可是肯塔基的威士忌，口感轻柔，具有诱惑力，我要提醒所有的旅行者，要小心他们在大热天用麦秆吸进去的冰镇威士忌，因为它可不像尝起来那么柔和。

一直以来，蓝草地区向外输送马匹，这里盛产世界上最有名的马。过去 10 年里，在直径不到 6 英里的小圈子里几乎出产所有良驹，但却没有培养出同样卓越的人才。我问自己为什么这种成熟醇厚的地质情况，这样雄伟宽广的景观，这样宏大而实在的田野，没有培养出一批与之匹配的杰出人才，而寒冷贫瘠的马萨诸塞州却在人才培养方面遥遥领先。花岗岩似乎比石灰岩更适合培育人才。肯塔基州诞生了一位伟人——亚伯拉罕·林肯，但他不是这片富饶的土地培养出来的。亨利·克莱则是弗吉尼亚人。蓝草地区两位最杰出的人物当属约翰·C·布雷肯里奇和约翰·J.克里滕登。由此可见，深刻而丰富的人文土壤比肥沃的土地更为重要。肯塔基州偏安一隅，远离国家的主流生活，只受到少量新英格兰文化生活的影响，大西部的崛起也没能在这里激起浪花。她的校舍相距甚远，甚至在富人区，人们也会认为，在比赛中获胜的马匹比一个杰出的学者更有价值。

　　古老的石灰岩给蓝草地区带来了富饶的物产，石灰岩沉积于古老的志留纪海洋中，逐渐上升至地表，然后分解形成土壤。地表以前有像包一样隆起的部分，后来因为各种因素的作用最终成为平地。这种过程几乎消磨了所有形成层，煤层、砾岩以及其下方的其他岩层，只留下古老的石灰岩裸露在外。石灰岩的不断分解保持了土壤的肥力，因此，小麦、玉米和苜蓿在这片土地上轮种 50 年，无须施肥，产量也不受影响。若是将土壤移除，粗糙的蜂窝状岩石就展现出来，其表面被虫蚀得千疮百孔，而非磨损造成，而啃咬岩石的牙印是雨水带入泥土的碳酸造成的，这个腐蚀的过程现在依然在延续。因此，不同于西部的大草原，这种土壤的肥力具有自我更新的能力。蓝草似乎是这一地区土生土长的植物，所有没有农作物的土地都被蓝草覆盖。蓝草不会割做干草用，而是仅仅用于放牧。好好保护了一秋天的田野到了冬天也是良好的牧场。肯塔基州的冬天十分辛苦难捱，温度常会降到零下 15~20 度。

　　在肯塔基州，我见到一种鸟类新品种，即雀百灵，但只看过那么一对儿。这种西部的鸟是麻雀的一种。这种鸟儿的栖息地一直向东部延伸，就连最东面的长岛地区也能发现它的身影。我每天都在寻找，但直到我准备离开肯塔基州时才发现一只。在博伊尔县老谢尔比县长的住所附近，我们沿着小路行驶，我突然看到一种像云雀一样的灰褐色鸟类，但他有异常宽阔美丽的尾巴，似乎既是云雀又是麻雀，我立刻明白，那是我寻觅已久的雀百灵。它栖息在耕地里一个低矮的物体卜，我戴上眼镜仔细观察——它穿着麻雀的外衣，却姿态优雅、气质尊贵，深色大尾巴，羽茎的尖端呈白色。我多想听听他美妙的歌声啊，但它却没有开口，直到我抵达伊利诺伊州的亚当斯县，才听到另一只雀百灵一展歌喉。驰骋在这乡村，我忆起肯塔基州的蓝草地区。我依旧寻觅鸟类新品种，但在路边的围栏上无意发现一只雀百灵时，我猜想，也许他并不是这儿的居民，他没有鸣叫，但没多久，我们就看到另一只雀百灵停栖在附近的一棵水果树上。我们停下马车观望聆听，这时，他立刻向我们展示了惊人的音乐天赋，这是云雀和麻雀曲调的结合，或者说，是麻雀的曲调用云雀悠长急促的方式发出——真是让人身心愉悦的表演啊，我们对它赞不绝口。

　　在肯塔基州和伊利诺伊州，甚至很可能在整个西部和西南部地区，有一些鸟类是东部地区鲜少见到的。冠蓝鸦似乎是生活在花园和果园的鸟类，它建的巢穴与我们这里知更鸟的巢穴十分类似，让人倍感亲切。在这些地区，冠蓝鸦数量众多，但在新英格兰却鲜少见其踪影。常在伊利诺伊州的高速公路附近吟唱的棕鸫，就如同我们身边的麻雀那样平常，还有斑鸠和草地鹨也是如此。西部的鸟类比东部同品种的鸟类更驯服、更常见，这很是让人不解。而英国的鸟类与美国的鸟类相比，多为半驯化状态，由此推断，国家历史越悠久，鸟类的驯化程度就越高。密西西比山谷的鸟类就不如哈得逊峡谷或康涅狄格州的鸟儿那么怕人。难道是因为草木繁茂，建筑林立的田园为他们在广袤无垠的大草原上提供了第一个也是唯一一个藏身之所吗？除了围栏和建筑物，鸟儿们还能在哪里栖息呢？出于这些原因，他们得快速在人类附近寻找住所，并同人类熟悉起来。

　　在肯塔基州，随处可见的夏红雀吸引了我的注意力。它的歌声很像它的亲属唐纳雀，生活习性和生活方式也极为相似。

　　金莺在肯塔基、纽约和新英格兰都很常见。有一天，我们看到她用不寻常的材料筑巢。我们坐在农舍前的草坪上，观察开始构建的鸟巢结构。小小的鸟巢悬挂在几步开外的肯塔基咖啡树修长、低矮的树枝上。我建议农场主人，若是他将一些色彩绚丽的丝线散落在灌木、围栏、小路上或是附近，金莺也许会捡起来为自己所用，编织出一个新颖别致的巢穴。这是我听说的，但我从未试过。农场主人立即付诸行动，不久，一捧轻软的精纺毛线，红色的、橘黄色的、绿色的、黄色的还有蓝色的散布在地面各处，接着，我们坐下享用晚餐。不一会儿，我看到那只急切的鸟儿，身后缠绕一根色彩明艳的细线，飞进鸟巢里，她立刻注意到这些毛线，快速飞落地面忙碌起来，没有因为害怕这样斑斓的色彩而畏缩不前，很快，翠绿的叶子中就现出了一个红点。整个下午和第二天上午，她为我们提供了难得的消遣娱乐。她似乎在庆祝这个令人惊喜的发现！金莺将毛线缠绕在树枝上，熟练地打个结，然后一遍遍地将毛线的两端从鸟巢中穿进穿出，急切地猛拉绳子，俨然一位家务缠身的家庭主妇！她是如何凶猛而愤怒地冲向入侵了它的领地的邻居——一只刚刚在几码开外的篱笆围栏上筑好鸟巢的金莺。雄金莺赞许地观望，并不出手相助。在这种情况下，雌鸟的处理方式果断决绝，即便雄鸟完全支持，也不能插手或提供任何建议，因为，这是妻子的事务。显然，她有自己的想法和计划，丈夫只需站在一旁加油助威即可。

毛线不适应肯塔基的气候，金莺似乎也知道这一事实，因为她只将毛线用在鸟巢的上半部分，将鸟巢固定在树枝上，捆绑鸟巢边缘，制成麻质的两侧和底部，使鸟巢轻薄透风。我们的床也是如此，但她的要更好。也许，其他鸟类不会使用这样亮闪闪的材料，因为他们本能地想将自己藏匿起来，而金莺目的在于使鸟巢难以接近，而不是藏匿，因为鸟巢的位置和深度足够安全。

红头啄木鸟大概是这类鸟中我唯一见过的，是种很常见的鸟。任何时候，在树林中走过，都能看到他们从一棵树上飞到另一棵树上，露出显眼的白色斑纹。然而，我听说他们的数量比之前少了许多。诺特州长说，他觉得小时候的红头啄木鸟有现在的 10 倍那么多。但是小时候发现的美好事物不也比长大后多 10 倍吗？年轻是主要原因。如果一个人能够体会年幼时拥有的悠闲、机敏和自由，他就会发现世界也许并不像他想象的那么糟糕。

在肯塔基州和伊利诺伊州，总能听到黑喉鸫啼鸣。这是一种鸟喙厚重，大小和颜色与英国麻雀相似的田野鸟类或草甸鸟类，它叫声尖锐刺耳，却总是自我陶醉。与其他鸟类的歌声相比，它的鸣叫宛如娇艳野花中的一株野草一般卑微。

尽管反舌鸟在蓝草地区繁殖，但是我一直没听到它的歌声。我只在四处闲逛时，见过两只。弗吉尼亚红雀十分常见，有些地方也能听见黄胸大鹪莺的叫声。有一次，我听到了对面的田地里传来十余只食米鸟同时发生的叫声——这群鸟也许是在一路向北的旅途中在此停下歇息。在芝加哥，有人告诉我，伊利诺伊州食米鸟的叫声与新英格兰的不同，但我却没有听出有什么区别。某些鸟类的鸣叫声，特别是食米鸟，会有明显的地域差异，也会在几年的时间里发生变化。我在年幼时听到过食米鸟的歌声，长大后再也没能在同一个地方听到。夏季还未过去，食米鸟歌声已与之前的歌声明显不同了。

Part 12

猛犸洞穴

猛犸洞穴

猛犸洞穴给人的感官印象，并非只有视觉震撼，即使盲人来猛犸洞穴，也会被深深打动。我深信，他们的感受和我们正常人一样深刻。当向导在一处景点前停下时，或是点燃火把和蓝色烟火，指出景观最迷人的特征时，盲人总会发出感慨："好神奇！太漂亮了！"尽管目不能视，但却能亲身感受。话语一出，他们便感受到了空间的宽广。声音像小鸟一般在宽敞的洞穴里飞翔。当一切归于无声，一种前所未有的沉寂弥漫，如此意蕴悠长又深不可测。寂静和黑暗让耳聪目明的人恍如与原始虚无面面相对，客观宇宙已然消失，只有主观意识残存，听觉转化，只能听到来自内心的嘀咕细语。盲人错失许多，也保留许多。宏伟的洞穴不仅是一场视觉盛宴，也是一场听觉奇迹，以及嗅觉和触觉奇观，身体的每一个毛孔都感受到其中的不同寻常。

对于我来说，我感受到了坟墓。我假想自己死去，地球上的一切也都灭亡，自言自语，人们最后的安身之所就是这样黑暗寂静，我们最终将来到这里，没有世事变迁、季节交替，轰鸣的雷声、呼啸的暴雨无法穿透天际。冬天和夏天，白天和黑夜，战争与和平，互为一体，这是一个远离变故，超越生命的世界。多么安静，多么孤独！印第安人的遗迹和文物，在白昼之中迅速消散，在这里不会有任何自然变化。鹿皮鞋上的印记也许能在尘土中保留上千年不变。

　　向导把手放到铺满地面的岩石底下，搜出一些被烧过的藤条，肯定是用过的，也许几世纪前，这藤条被涂上油脂点燃，在当地人进入洞穴时用来照明。

　　这里土质疏松，上面留有 1812 年车轮轧过的痕迹。那时，美国正与英国交战，这里的土壤曾被当作硝石使用。向导踢了一脚，掩埋在尘土中的玉米棒子露了出来，这里是中午喂牛的地方，这些玉米棒子看起来还像当时一样新鲜。在玉米棒子和清晰的车轮中，我们仿佛看到，马车刚刚从这里经过，人们恍惚间回到了世纪前叶，甚至更早。

　　在一条宏伟的街道上，如果停下脚步，细细聆听，能听到一阵缓慢隆重的滴答声，正如废弃厅堂里的大钟，轻微的回声在寂静中来来回回。这是所谓的钟，每一秒会有一滴水落入小池。一座幽灵般的大钟矗立在黑暗中，既不需上发条，永远也不会耗尽，似乎是在嘲讽，时间没有尽头，也不会改变——这是死亡之钟。在这样宏大的洞穴里，产生阴郁悲哀的想法似乎再自然不过，我也能理解那位先我几天参观这里的女士的心情了。起初，她很无奈地向前迈步，巨大陵墓里的沉寂和黑暗激发她的想象，当她来到向导所指的"巨人的棺椁"时，彻底被恐惧侵袭，楚楚可怜地乞求向导带她回去。所谓的"巨人的棺椁"，是一块巨大的坠落岩石，在暗淡的光线中，形状酷似巨型棺材。胆小而又想象丰富的人们，尤其是女士，在这样奇特的地下世界，一定会有恐惧感。向导告诉我，他带的团队中，有一位女士，想单独停留一会儿，他便将她留下，不久就听到一阵刺耳的尖叫。他迅速跑回去，发现她倒在地上，已经昏死过去。原来，她不小心熄灭了灯，在黑暗中惊恐不已，吓得晕了过去。

　　有时，我仿佛置身于史前世界被埋葬的古城的街道上。我提着小灯，跟在向导身后，穿过无尽沉寂的街道，不时看一眼两旁奇特陌生的古建筑，黑暗中竖立着久远斑驳的墙壁。现在，我们转过一个角落，沿着街道直走，街道呈直角从我们面前横过，我们进入了一个大圆圈中，或者说，是一个球场。向导点亮速燃火把，或是彩色荧光棒，可以看到上方和下方都是街道。这是一个没有白昼的城市，这里也不需光明，它一层连接一层，足足有四五层，宛若一个巨大的蚁窝，最低一层街道与最高一层相距数百英尺。从入口处进来的那条主道叫大道，如果纽约的百老汇被黑暗和寂静包围起来，道路被一些泥土和碎石封锁，除了不会这么灰暗广阔之外，可能也会呈现出与这里类似的场景。走进入口 1 英里处，我们经过一些粗糙的石屋，40 多年前，一些肺病患者希望居住在纯净抗菌的环境中，以延长寿命，因而建造了这些石屋。他们居住了 5 个月，有 6 个可怜的人从未见过光明。但长期埋葬在地下，并未抑制疾病，山峰阻止了病菌的扩散，也抽拔了人们的健康和精力。当受害者们重新接触阳光和空气，他们的肤色像粉笔一样苍白，立即屈服在强烈的日光下，几乎还未抵达数百码外的住地，就全部丧生了。

　　也许猛犸洞穴里最美妙的就是星室，艾默生参观时也对这里印象深刻，他在散文《幻影》中曾提及。向导接过我手上的提灯，领着我们坐在路边的长椅上，沉浸在漫无边际的黑暗之中。他退到一旁的小巷边，小巷似乎延伸到底下一层，从某个角度看去，帽子遮住灯光，光线从天花板洒落到头顶。我抬头望去，首先想到的便是头顶有一方开口，可以仰望午夜的天空，昏暗的地平线上，天际与高峰相接。蓝黑色的夜幕，布满璀璨群星，小小的星子却异常真实。

另一方位，一条细长、明亮的条纹正似拖着尾巴的彗星，从天空一划而过。我正出神凝望，导游轻轻移动帽子，一团黑云缓缓爬上天空，笼罩整个天际，接着脚步声渐行渐远，消失在远方。不久，一切归于平静，只有耳边萦绕的泠泠声。没过一会儿，我正坐在一片宁静中，正如坐在寂静的宇宙中一般，突然听到左肩处响起翅膀拍打的声音，紧接着是公鸡的打鸣声。我将头转向左边，一丝曙光突破地平线，天越来越亮。一阵脚步声靠近，我看到朦胧不清的同伴，宛如阿波罗一般，手拎提灯，迎接光明的一天。这相当具有戏剧性，却愉快地消遣了时光。

我还领略到洞里的另一个惊喜。我们在某个地点停下脚步，导游请我大声尖叫或呼喊。我照做，却没有任何不同寻常的效果。他用低沉的嗓音说话，周围和下方的岩石立刻变成风弦琴的琴弦，仿佛瞬间被魔法转化。于是，我也试着这样做，却没有敲击到正确的琴键，岩石悄无声息，我再试，仍旧没有回应，偶有平缓低沉的声音传来，似乎在嘲弄我。于是，我发出更为低沉的声音，琴弦终于被拨动了，坚实的墙壁似乎变得轻薄脆弱，宛如鼓膜，又如同小提琴的框架，奇妙的声音似乎为我们伴奏，却又渐渐飘远。我从未听过岩石发出这样原始、甜美的音乐。啊，正确琴键的魔力！"为什么要跳跃这么大呢，就像一个在山顶一个在山脚？"为什么，但这个问题不是已经用正确的音调解释过吗？用声音敲击正确的音键，这不就是生活的奥秘吗？若是我们这样做，每一块岩石都会做出回应。于是，我不由想起我们诗人的诗句——

"诚然，无论是谁，用正确的声音向我诉说，我都会听从，
流水静静追随明月，踏着流畅的步子，走过每一片土地。"

我们站立在一条悬于上方的街道上，下方的街道与我们行走的路线相交错。回声河里回声袅袅，它们被描述的精妙绝伦，尽管触碰不到，我还觉得惊喜非常。

在洞穴里有 4 个或 5 个水平层，每层又有多条街道贯穿其上，最低一层在入口以下约 250 英尺，这里溪流淌过整个岩洞直至终点，雕琢整个岩洞和隧道，山谷里的格林河也在这一水平层与之交汇。若是格林河将山谷冲刷得更深，那条溪流也顺势流入。在一段连续时期内，河床也许会与岩洞里的街道处于同一水平层，而现在的溪流只是它先前的一部分。事实上，洞穴的每一个特性都证明，在早期的地质时代，有一股力量大范围地频繁活动造就了当前的景象，水流如同冰一般穿过厚厚的岩石。穹顶和凹坑的雕刻和形成就像落下的水滴穿透冰雪一般。早期，降雨丰富、雨水充足，其碳酸气体的腐蚀性一定比现在更强，这就是更为尖利的牙齿，它挖雕出大量垂直的巨型凹坑，深达两三百英尺，我尤其记得戈林圆顶。把头穿过一个不规则形状的窗户（某条街道一侧的墙壁上），可以看到一座巨大的竖井，它从一些高水平层向下延伸到你脚下 200 多英尺，这一定在古老的冰川时代就存在，是潺潺流水慢慢噬咬而成，也许，竖井的直径有 10 英尺，井里仍然潮湿，不时有水滴落下。导游扔下一个燃烧的火把，它一直往下掉，一直往下掉，我伸长脖子仔细观察，最终它落到井底。有些凹坑实在令人心生畏惧，由于横贯的道路太过狭窄，于是，凹坑被盖住，以防意外。

猛犸洞穴最让我印象深刻的是洞穴入口，也许是因为洞口巨大，所以洞内清晰可见。在这奇特而又庞大的尘世，纵观天日，内里恰恰是再熟悉不过的场景和物件。但置身于洞穴之内，却看不见这黑

暗的世界，因为双眼所见，也是一片黑暗。夜晚时分，提灯昏暗的
光芒倾洒在小路上，我们踩着微光步入一块巨大的木头里。向导用
火把和彩色灯光点亮最有趣的部分，诡异的效果产生了，一个陌生
的世界里，恍若梦境一般，几乎难以辨别心里的情绪，是对宏伟气
魄的折服感，还是仅仅只有陌生感。若是要在这儿感受到白昼的光
明，需要调动全部感官，体现感受的真实与否。洞穴入口处光明如昼，
仿佛自己与巨大的怪兽面面相对，正站在他那血盆大口里。这张大
口有 50 多英尺宽，再往深处就抵达怪兽喉部，在这里几乎无法直立，
光线渐渐黯淡，黑暗缓缓降临。从宾馆穿过树林，来到一座小山面前，
看不到任何猛犸洞穴的踪迹，直到出现在一个小小的入口处，那里
青草遍地，阳光洒落，稍稍往右转，脚下裂开一些可怕的小坑，让
人心里腾升起一种感觉，仿佛山峰正大张着嘴，等着将人一口吞下，
正如大鲸鱼吞噬小虾米一般。我在入口处或站或坐，或是静静凝视，
竟是一点也不觉得厌倦。伟大的自然展示巨大的力量，比如暴风雨
和海洋的呼啸，同样让我着迷。两只菲比鸟在小小的石块上筑巢，
微小的蕨类植物和可爱的野花从鸟巢边缘垂下。

　　另一个有趣的特征就是从洞口喷涌而出的冷空气，俨然一个喷
泉。它上升到一定高度，直到填满洞口的洼地，又从一个最低点向
四周流散，奔下小山，流向格林河，淌出一条小小的河道，宛如液
体一般。我像浸入喷泉一般，涉入冷空气中，消遣娱乐。上方的空
气潮湿闷热，温度大约有 86 度，冷空气的温度大约有 52 度。冷空
气上方的热空气沿着地平线，形成小池或是小湖，将冷热空气分离
开来。我缓缓步入，明显感觉到冷空气环绕在我脚上，再是膝盖，
接着整个臀部浸入，再是腰部，脖颈，整个身体觉得一阵寒凉，脸

部和头部沐浴在闷湿压抑的空气中。两种空气触碰之处，一层蒸汽膜凝结，我涉入气流中，头顶是一层蒸汽，宛如一层天花板，就像池塘里的一层薄冰一样平滑清晰。过了一会儿，空中喷泉渐渐转暖。在盆地边缘的洼地，人们可以放下双手，感受如水般的冷空气从手上淌过。手下 50 码处，仍然宛如涉入一条小河，100 码开外，依然可以察觉出来，只是更宽更高了。喷泉的冰冷渐渐消散，混入了一些普通空气，河道边缘的植物摇头晃脑，附近的大树上，低矮枝桠上的树叶也手舞足蹈。渐渐地，这股冷空气消散在白昼的温暖中。

Part 13

草率的观察

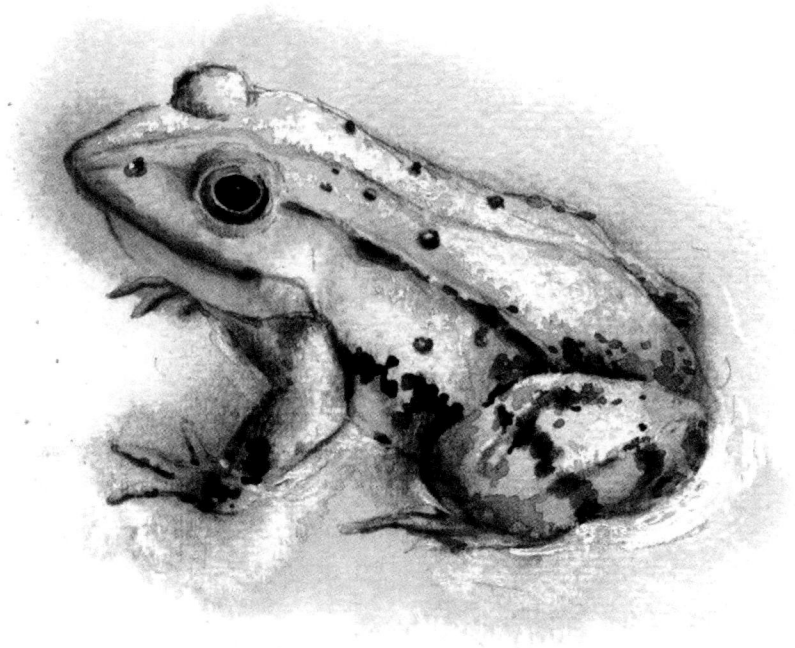

青蛙

鲍斯韦尔告诉约翰逊医生，他在意大利的时候曾好几次目睹过将蝎子放在一圈燃煤中的实验，每一次实验中，被困的蝎子在尝试冲破火圈无果后，都无一例外退回到火圈中央，将毒刺扎入自己脑袋，选择自杀。而这时，约翰逊医生秉持着科学精神，要求鲍斯韦尔提供更多证据证实这一点。在这种情况下单纯依靠眼睛所见作为证据远远不够，因为眼见也不一定为实。医生说，"如果实验中所用的蝎子由著名的解剖专家莫尔加尼仔细解剖过，并证实它的毒刺确实插进了脑袋，那么你说的话就可信多了。"这几乎是这位迷信的医生生平唯一一次表现得像一个真正的科学家，一个拒绝接受表面真相的人。

但他并不是一个惯于拥有这种心态的人，所以下一刻他又立马谈到燕子在冬天会把自己滚成一个球，在河床或者池底冬眠。在这种情况下，一个秉持科学精神的人本应对自己所声称的事实提供更多证据，就像他之前那样。有没有出色的观察者证实过这一点？有没有人在泥土里掏出过燕子或者亲眼看见过燕子直接栽进水里？

艾尔伯图斯·麦格努斯（1193—1280）在一本关于动物的书中提到，鳗鱼晚上会从水里爬出来，蹿进田地里或者菜园里偷吃豌豆和扁豆。这可能仅仅是一个搞科学的人在豌豆地里发现了偷猎者慌忙逃窜时，不小心落下的鳗鱼而做出的论断。如果有人多次在鳗鱼的胃里发现残留的豌豆，这时，再提出鳗鱼吃豌豆就显得更具说服力了。

观察的可贵之处在于看到什么就是什么，不受我们的先入之见所影响，不因我们想之为真而为真，也不受恐惧、希望或其他任何个人因素的干扰。我们不能指望一个深信幽灵鬼怪之说的人能调查出这一类现象的真伪，因为他不会进行足够深入的探究，我们认为需要证据的恰恰就是他认为理所当然的。

眼睛不一定能看到眼前的东西。事实上，几乎可以这么说，我们看到的只是想看到的东西。任何时候只要潜意识里想看到某种特定的东西，那每走一步就会有新的收获。如果我一心想着树蛙，我就会看到树蛙。如果我满门心思都是鸟巢，我就会发现很多鸟巢，而换成平时，我只会跟它们擦肩而过罢了。如果我满脑子都是鸟语，那我就一定会在路途中听到一些新奇的音符。

也许，大家都观察到一个这样的现象，在认识一个新词之后无论读什么都能时不时看到这个词的影子，好像它突然成了一种写作的潮流。如果某样东西住进你心里，那很可能不久之后这样东西就会到达你手上。比如有一天，两位植物学家托里和德拉蒙德，在临近西点军校的树林里散步，德拉蒙德说，"我还没找到那样东西"，他指的是一种罕见的苔藓。而托里说，"到处都是啊"，接着，弯腰在脚边就摘了一棵。梭罗在找慈姑的时候也正是这般从容，似乎唾手可得，就好像很多人可以轻而易举地找到四叶草一样。我也可以毫不夸张地说我对鸟儿亦是如此。我总是不经意间就会发现它们，完全不费力气，好像我的眼睛和耳朵时刻在为我探测，但我自己却丝毫不知。当我去看望朋友时，一路都会看到鸟儿留下的踪迹，就像安菲翁一样，无论他去到哪儿，那美妙的琴声传出的地方，总会出现一片树林。

具有科学头脑的人在观察问题时，会习惯性地考虑到所有可能导致错误的因素。人的感官系统很容易受到欺骗。生性诚实的人也许会告诉你，他们看到一些奇怪的东西从天上掉落下来，或者是看到一些奇怪的鸟和怪兽。但是，如果你仔细盘问，肯定会发现其中的端倪或者缺少一些证据。我们总是急于下结论，刚开始也许会一步一步跟着证据走，过不了多久，就会跳过中间步骤，直接得出我们自认为不言而喻的结论。如果你在牛奶中发现一条鳟鱼，可能马上就会理所当然的认为，送奶工工作失职，但如果你在接雨水的桶子里发现蠕虫，也许不会觉得，它们是在下阵雨时掉落下来，而事实上，大多数人都会这么想。

或者，如果在夏季的一场倾盆暴雨后，你发现地面的小蟾蜍蜂拥而至，却不会认为，是这场阵雨将他们带来。我经常在阵雨后，看到大量小蟾蜍在地面跳跃，但只在某些特定地点。我总是在公路沿线的碎石山坡上散步，有好几个季节都能看到跳跃的小蟾蜍，却没有在小路的其他地方见过。然而，我一直疑惑不解，他们为什么在这样的情况下出现，可能是为了保持皮肤湿润。离那里不远，有一个池塘和一片沼泽地，是他们产卵孵化的地方。因为，冰雪一旦消融，就能听到青蛙在沼泽地里鸣叫，最流行的说法是，他们在那里冬眠。但我确信，有两只最早苏醒的青蛙在树林里过冬，一旦霜冻消散、冰雪消融，他们就寻觅沼泽地。我曾听到雨蛙似是试探性的虚弱无力地鸣叫，那时，地面结满冷霜，附近的沼泽地还被厚厚的冰雪覆盖。春天，我从树林里的叶子下挖出了另一种蛙类。这些物种也许都可以叫作陆地蛙，他们在水中哺育生长，在春末时节返回森林。树蛙的情况也是一样的，在地面或中空的树木中过冬，5月时在沼泽地中产卵。常见的牛蛙和沼泽蛙无疑也是在池塘或河流的河床上过冬。我想，虽然土中冬眠的动物也会被霜冻波及，但它们肯定不会被冻僵。青蛙、蚂蚁和蟋蟀也许是由身体分泌出的某种酸性物质保护，当然，这只是我个人猜测。一个春日，我从树叶堆里挖出一只青蛙，他上方和下方的土地都冻结得坚硬无比，但他却免于冻结，只是关节有些僵硬。我的一位朋友，冬季砍伐树木，砍到蟋蟀的巢穴，巢穴过道附近的土地被冻结，但蟋蟀自己，除了一动不动，却不受霜冻侵害。砍倒一棵干枯松树的粗大黑色树枝，蚂蚁露出来，尽管他们了无生气，但并没有冰冻起来。

也有一些东西背离自然常规，但被大多数人接受，因为我们愿意相信一些不可能的事情发生，愿意从普通的事件中看到奇迹、感受神秘感。比如，我们愿意相信，蛇可以迷惑猎物，可以对相距数英尺的鸟兽施加神奇的影响，使之丧失逃跑能力。但是这种流行的说法并不可信。恐惧常使人虚弱无力，毫无疑问，这就是蛇和猫迷惑猎物的全部奥秘。这就是常说的主观现象，受害者们被敌人的突然出现镇住，回不过神。有一名猎人，我能拍胸脯说，他十分诚实可靠，他告诉我，他的猎狗好几次径直走向丘鹬和鹧鸪，轻易地就捉住了它们，当然，这只猎狗并没有什么神奇的力量迷惑鸟儿。他专心于自己前方的路，直到走近鸟儿才发现它们。鸟儿眼见着狗渐渐靠近，瞬间陷入恐惧或惊慌的状态，逃跑的技能全线崩溃，就被狗一口叼住。同样的情况下，蛇会立即靠近，捕获丧失意识的猎物。我曾在森林里见到，一条小蛇不停追逐并渐渐超越一只竭力逃跑的蜥蜴，根本就没有迷惑一说，迅捷的速度帮助蛇制胜。我还知道，一条黑蛇逮住一只红松鼠并将它吞食的事情，但并不认为，红松鼠是由于被迷惑而丧生，更有可能是因为伏击。

如果不是被突如其来的恐惧麻痹，人们很难理解老鼠是如何被鹰捕获的。暴露在视野中的田鼠心思警惕，行动迅捷，当它在草甸下啃食青草，或清理道路，或是建筑巢穴时，鹰正伸展双翅在它上方的高空翱翔。当鹰发现田鼠，便张开爪子，俯冲至地面，牢牢抓住它。他并不是像闪电一样从空中落下，相反，他降落时非常灵巧，如果田鼠没看到鹰的身影，那么它也肯定会听到翅膀拍打的声音。

在其他的事件中，毫无疑问也不会比在此事件中的"魔力"更多，当鱼鹰划破天空，在清澈见底的河水中捕获一只鱼，是什么阻止鱼发现敌人而无法逃走呢？显然，什么都不是，是它把自己送到了敌人的嘴边。每一个渔民都知道鱼到底有多机警，它们能迅速发现渔民，并飞速逃跑，甚至，只要他一出现在水面上方，鱼儿们就四处逃散。我要证明的是，蛇、猫、鹰，并没有对其猎物施以某种神奇的力量，但猎物多数情况下因为恐惧而丧失逃跑能力。据说，一块鼓鼓囊囊的蛇皮也和活蛇一样让鸟类惊恐不安。

有一天，我几乎匆匆忙忙就对山雀巢下定结论。这鸟巢坐落在我书房附近的梨树枝上的一个小树洞里，我们相处很是友好融洽。几个季度之前，一只老鼠或是松鼠破坏了一对山雀的鸟巢，我很担心这个鸟巢会遭遇同样的命运。一天早晨，鸟儿们失踪了，经过仔细检查勘测，我发现某些动物的毛发附着在通向鸟巢的洞口，便立即断定，鸟儿们再次被扫地出门。不久之后，我用小型显微镜检查毛发，发现那并不是毛发，而是一种植物纤维。我又一次得出结论，鸟儿们并没有被骚扰，而是在装修他们的寓所，因为门口堆满建筑材料。事实证明，这个推断是正确的，山雀在巢穴底部铺上一层毡状垫子或毯子。一两天后，在葡萄园附近，我发现将一棵小葡萄藤栓绑到一个木棍上的麻绳被拽到地面，并被啄开，有一部分已经变成原始的麻的状态。毫无疑问，鸟儿已经在这里找到一些充当地毯的材料。

最近，我读到一篇关于鸟类的文章，文中提到，我们看到的枝繁叶茂的苹果树树干上的一圈圈小洞，是啄木鸟搜寻幼虫和昆虫啄出来的。啄木鸟啄出这些小洞，但他们从洞底获得的食物并不是蠕虫或是昆虫，而是苹果树树肉——柔软多汁的内层树皮。作者还提到，这些小洞对树没有伤害，反而有利健康。然而，我却见过黄腹啄木鸟在高大的苹果树树干上啄出无数又大又深的洞，几乎将苹果树伤害致死。春天，这种鸟类在糖枫树上钻出洞，汲取树液。我知道，他耗费大量明媚的 3 月时光，伏在枫树向阳的一侧，每四五分钟就汲取一次，沉溺在如烈酒般的树液中。汁液一填满树洞，就会迅速被它吸干。

一位女士告诉我，一只啄木鸟在她屋子宽阔的屋檐板上钻出小洞，以啄出木材中的大黄蜂幼虫。在我看来这同样是个草率的结论，因为啄木鸟将洞啄得过大，下一季度，连蓝知更鸟都能在这里筑巢了，它极有可能是在练习筑巢。我家附近的河岸上，有一个大冰库，每个季度，管理人员都不得不猎杀或驱逐扑动鴷，因为它在外层铁杉板上啄了无数的洞，因为里面装满木屑，鸟儿发现这里容易挖掘，是个安全舒适的筑巢地点。

　　我的邻居在他的鲱鱼网里捉到一只小鹰，就判定这只鹰以鱼为食。他把鹰关进笼子里，扔给他一些鲱鱼碎片。小鹰也许是追逐一只在渔网下避难的鸟儿，当时，渔网正挂在晾干柱上，或者，他虚张声势，咆哮着向渔网俯冲，慌乱间引发悲剧。做工精良，材质结实的渔网线让他那杀气腾腾的鸟喙和利爪毫无用武之地，他宛如一只被蜘蛛网吞噬的苍蝇，越是挣扎越是绝望。这是只鸽鹰，这个小掠食者非常漂亮。

　　我邻居说，他知道，在布鲁克林市，极乐鸟像紫崖燕和蓝知更鸟一样，在箱子里筑巢。尽管这有可能属实，但我仍持怀疑态度。极乐鸟的表亲，大凤头鹟在树洞里筑巢，而其亲戚，菲比鸟在桥梁或是干草棚下筑巢，因此，他的观察结果有一定的事实依据。

　　但是，宾夕法尼亚州的一位女士写信给我说，她观察到"早春时节，燕子在泥泞中翻滚嬉闹，胸部沾满泥土，稍微发挥一点想象就知道，他们刚从池塘底部浮出，池塘边是他们玩闹嬉戏的地方。"我对此多持怀疑态度。这位女士并不是亲眼所见，燕子不是在泥泞中翻滚，极有可能不是羽毛上沾满泥，而是鸟喙和腿脚处沾满泥，胸部的红色是身体本来的颜色。他们正在筑巢，但并不是像我的通信者认为的那样，在仔细的混合揉捏泥土，而是直接选择合适的灰浆。

　　细心的观察者并未学到，诗人的话语中暗藏的真理，"事物并不像表面那样。"自然事物的表面看似这样，往往蕴含另一层深意。草率的观察者往往被看到的表面现象误导，而忽视事物的真相。

　　有一天，我在"紫花景天"中发现一条小绿蛇，它那贴近植物的肤色，帮助它躲过敌人的侦查。几天之后，我看到一条小绿蛇无所顾忌地盘踞在弯曲的野草和雏菊上，离我坐下的地方只有几英尺远，我又一次困惑不解。

它很可能潜伏在那里，等待昆虫的落网。不久，它轻柔地滑行到草地上，移动的速度之慢，最敏锐的眼睛也难以发现。在头部和一部分身体着地时，尾巴依旧直立起来，像极了一些新鲜植物的生长状态。小蛇的保护色保障了它的安全，比起其他蛇类，它的行动更为缓慢谨慎。

这种模拟在在自然界中很常见。因为，每一种生物都有天敌，它们往往通过伪装逃避敌人的侦查。雨蛙会将自己伪装成一块树皮，或是树上的一片地衣。树蛙的颜色与它潜伏的枯叶颜色一致，而它春季在黑色池塘和冰斗湖里产卵时，会变成与周围颜色一致的深黑色。

一天，我在树林里散步，打搅了一只正在地上孵蛋的夜鹰。几小时后，我返回这个地点，试图找到刚才那只坐在鸟巢里的夜鹰，却眼花缭乱了一会儿，因为她成功把自己伪装成一根斑驳的木棍，或者说是一片掉落的树皮。

当一只鹧鸪（披肩鸡）坐在或是站在森林里开阔的地面时，只有经验丰富的眼睛能辨别出来。她的表现如此绝妙，鲜少移动，直到你突然出现在她面前，她才以闪电般的速度逃离。她的幼鸟多么训练有素、纪律严明！只有她发出信号，他们才会有所行动。

有一天，我外出漫步，在森林边缘一座陡峭的小山坡上停下了脚步，目光偶然落在一只鹧鸪身上，她就在不到三步外的树桩旁的树叶堆里端坐着。我的第一想法就是，"她是在那里筑了一个巢吗？"我记得，那是夏末时期，她不可能还在孵蛋，那她为什么就这样在众目睽睽之下坐在那儿呢？我一直注视着她，朝前走了一步，这时，她如一道闪电一般，迅速弹跳起来，窜到空中，鸣叫着消失不见了。与此同时，那些羽翼丰满的幼鸟也从我脚下窜起，跟随她的身影，沸沸扬扬地钻进森林里。在母鸟发出指令之前，没有一只幼鸟有细微的动作或是表露出恐惧。

想要观察自然，探索其中的奥秘，人们不仅要有敏锐的眼睛，还要有稳定耐心的眼神。你必须一遍一遍地观看，不被事物的表象误导。一切关于自然事物和现象的错误信息，在乡村人们中流传，主要是由于草率的定论和不充分的观察。

在部分种植小麦的农村地区，农民们普遍认为，土地贫瘠或照料不周，麦子会变成雀麦或雀麦草。难道他们从没见过雀麦，难道他们不知道，麦子全部消失后，雀麦才会取而代之吗？

这些奇怪的说法在农村地区广为流传，主要是由于观察不够充分。雀麦草一直在那片土地上生长，只是生长缓慢又不甚明显，它们在等待时机；当麦子败落，不再占据这片土地，雀麦草就迅速崛起，占据麦子的领地。

大自然总是用那样的方式出牌。如果我们能够了解事实，就会明白森林树木奇怪的更替——橡树接替松树，或白杨接替桦树或枫树——并不神奇，不过是自然现象。被风，鸟或其他动物搬运而来的种子已在这里停留许久，等待机会，而大自然只是放开了这些种子。许多人确信，有腹纹蛇蜥这样的生物存在，这种蛇可以断裂成几截以迷惑敌人，危险过后，它又能重新恢复成为整体，缓缓离去。

有人在一份科学期刊上发表了描述腹纹蛇蜥的文章。不久之前，他在干草地里遇到一条腹纹蛇蜥，试图敲击它的头部，它立即碎成了五六截。他仔细检查后发现每一段的长度都是三四英寸，断裂的边缘处相互吻合。他将这些碎片留在草地上，等他吃过晚餐返回时，碎片早就不知所踪。于是他推断这条蛇重新拼凑起自己的身体爬走了。如果他能够等在那里看完整个过程，他的观察就完整了。还有一次，当腹纹蛇蜥再次发生细微变化时，他用镰刀将其一分为二，接着，他又在关键时刻离开了。等他再返回原地时，这只爬行动物的碎片也不翼而飞了。

这样是不行的。我们必须明了整个过程，才能得出最后的结论。

当然，关于腹纹蛇蜥的迷信说法也有一定的事实基础。这种生物根本就不是蛇类，而是西部十分常见的一种无肢蜥蜴。它有种奇特的能力，能在受到惊扰时自动将身体断成规则的几段，但断掉的只是尾部，身体部分保持不变。若是将身体部分破坏掉，它就必死无疑。它的尾巴很长，与身体不成比例，在特定点上有断节，明显是为了迷惑敌人，跟把桶扔向鲸鱼的老把戏是一个道理，它牺牲尾巴保障身体安全。这些碎片没有重新组合的能力，但蜥蜴断尾的地方会重新长出尾巴。真正的观察者偶遇腹纹蛇蜥时，会记录下这些事实依据。

关于发形蛇的迷信说法也是基于不充分观察。随处都有聪明人告诉你，他们知道发形蛇是一根马鬃，若是将其放进泉水里，就会变成蛇，所有发形蛇都有此特性。但一根毛发不会变成一条蛇，正如麦子不会变成雀麦一样。所谓的发形蛇是一种寄生蠕虫，寄居在多种昆虫的身体里，一旦成熟时，会游到水里产卵。

在 7、8 月钓鳟鱼时，一名男孩用蚱蜢当诱饵，他发现鳟鱼撕咬昆虫的身体时，出现一条细长的白色细线，缠住了鱼钩，减轻了鱼饵的诱惑力，这是什么东西呢？这根细线就是线形虫，我不知道，它的胚胎如何进入蚱蜢的身体。这种生物脱离昆虫后，颜色变深，质感变硬，也更结实，更接近一根发丝的样子。

捕猎者要付出多大的辛苦才能抓住狐狸，垂钓者要运用怎样的技术才能骗过狡猾的鳟鱼。人们必须依靠耐心和勤奋才能寻得真理。

农民们普遍认为，或曾经认为，鸡鹰是他们的敌人，但有一年春天，农业部捕获 300 只鸡鹰，并逐一检查它们的嗉囊，发现这种鹰几乎完全以草甸鼠为食，由此证明鸡鹰是农民们最友好的朋友之一。另外，当我们对乌鸦的饮食习性充分观察时，就会发现，它是我们的朋友，而不是敌人。稍小的鹰以鸟类和小鸡为食，而美丽的小雀鹰主要以昆虫为食。

吉尔伯特·怀特引用伟大的林奈的话语，"只要布谷鸟的歌声响起，鹰就会与其他鸟类休战。"这也是一种迷信。只要细细观察，就会发现小鹰一年四季都在追逐鸟类。当一只鹰追逐一只鸟儿，或是一只鸟儿追逐另一只鸟儿时，他们能够根据猎物的动作即时地调整自己的飞行路线，这相当了不起。与其说麻雀在躲避条纹鹰，不如说它们躲避的是自己的影子。若是它冲进灌木丛或是树林，对手的行动会受到枝叶的阻拦。

说到鹰，我想起某一天在杂志上读到的一首优美的诗歌，诗中提到，平静的仲夏，鹰在半空中翱翔，伸展的双翅一动不动。可是，想在寂静无风的日子里看到鹰或任何其他鸟儿，都是不可能的事。诗人的观察不够细致，她注意到（谁没有注意到？）鹰在空中固定不动的双翅，但她没有留意到，或者说，她忘记了，那是因为有风在流动。他不可能在平静无风的日子，翱翔在半空中，拂动的清风提供他浮动的必要力量。他调整翅膀，适应运动的气流，却保持一种静止的状态悬浮在气流之上。在平静无风的日子，鹰要在空中盘旋，就必须要迅速地拍打翅膀，与前一种情况相反的是，这一次它需要对空气施加力量。因此，仓促定论和不充分的观察会带来误导。

4月初的一天，我沿着小路骑着自行车，突然听到一只棕鸫的歌声。此时并不是棕鸫出没的时期啊，我自言自语，但一点没错，这确确实实是它的歌声。它特有的妙语、啁啾、停顿，从我面前几码远的树顶上传来。让我们看看这只鸟儿吧，我猜想它就栖息在那棵树上。正当我缓缓靠近时，歌声戛然而止，不见棕鸫，只有一只知更鸟端坐在那儿，我停下脚步，它立即飞到离小路不远的田地里一株稍低矮的树上。于是我只能继续向前走，心想，这名歌手一定是在躲避我。我偶然回头，看到知更鸟又飞回刚才的树顶，不一会儿，棕鸫的歌声再次响起。于是，我好奇地返回，发现知更鸟正在完美复制着棕鸫的歌声。我从未见过如此大胆的抄袭，它不仅学会了正确的音调，而且还以同样发自内心的方式展现出来，他的表演俨然就是一只棕鸫。这只知更鸟为何会唱出这首曲子呢？我找不到别的解释，它一定是从棕鸫那儿学来的。也许，棕鸫曾在知更鸟鸟巢附近哼唱，年幼的知更鸟偶然听到的不是自己同类的歌声。若是如此，如果所有年幼的雄性知更鸟都学会了这首曲子，那一定十分有趣！

细致的观察是学习自然这本书的不二法门，其他书籍也是如此。大多数人只看到书籍中的图片，但真正的学习者研究书本的文字，才能知道图片的真正含义。我们周围的大自然中穿插了大量的次要情节，个体特征的差别和变异，只有睁大眼睛，竖起耳朵，才不会错过其中的精彩。

这不同于剧场里的戏剧，一切都被放大凸显，目的在于吸引眼球，故事清晰完整地展现出来。在自然的舞台上，许多戏剧都是同时上演，没有观众的参与，也许是刻意在躲避人们的关注。演员们冲上舞台，或是神气活现地走过舞台，幕布升起又落下，就已经发生了重要的事情，但我们并没有留意到，因为我们的大脑太迟钝，或是被其他的事情占据，并没有仔细关注。自然不会主动走向你，你必须慢慢靠近她，也就是说，你必须与她交流和沟通，你必须与她保持联系，你必须训练眼睛，敏捷地抓住重要事件。快速打开的感官和孩子般的好奇心是必要的。年轻时的敏感和警惕，以及成年后的关注和耐心，造就了成功的观察者。

一天上午，我儿子和我出去寻找那匹从牧场离开，消失不见的马。它是沿着小路往上走还是往下走了呢？我们不知道，但从它的脚印可以判断，它是顺着路向下去了，于是我们开始沿着那个方向搜寻。不久，小路前方出现一片树林。突然，儿子拦住我：

"爸爸，看，路上的蜘蛛网完好无损，我们的马没走这条路。"

我的脸几乎触碰到这个横跨小路的蜘蛛网了，若是我们的马或其他生物早晨从这里经过，一定会将它一扫而空。孩子的眼睛比我的还要雪亮，他对周围的现象和事物投入更为严谨细致的关注，我们马上返回，很快在相反的方向找到了丢失的马匹。

还有一次，我的儿子通过细心观察，发现了一种无刺的黄蜂。他看到一只符合特征的黄蜂，就大着胆子用双手抓住它。黄蜂做出刺人的样子，不停地扭动灵活的身体，几乎每一次靠近的手都被迫缩回来。孩子认得的标志性特征是黄蜂白色的面部。大多数乡下男孩都知道白面黄蜂无刺，但是据我所知，没有一个男孩子会大胆地验证这一理论的真伪。这只白面的是雄蜂，回应着蜂窝内的嗡嗡声，但是巢内的蜂没有一只是白脸的。

我们不可能在大自然里找到同样的事物，因为每个人眼中的自然都是不同的。她是从天而降的甘露，"她降下甘露，滋养一切生物，每一名以色列人的味蕾都获得满足。若是他想从中获得脂肪，他得到了。年轻人从中尝到面包的芳香，年老人从中品到蜂蜜的甜美，孩子们品尝出油的味道。"人们从中获得了物质和能量，自然界中的万物亦是如此。她囊括"一切口味"，科学、艺术、诗歌、实用以及一切美好的方面。植物学家从自然中获得乐趣，鸟类学家、探险家、漫步者和猎人也各得其所。而从她那可爱又聪慧的丰富多样中，所有人都能得到振奋和愉悦。

Part 14

老苹果树上的鸟类生活

啄木鸟苹果树

在我书房附近，曾经有几棵老苹果树，树上硕果累累，但养育的鸟儿更多。每年，老苹果树上的鸟儿们之间发生的故事，都为我们的生活平添了不少乐趣。小苹果树朝气蓬勃，结出很多苹果，老苹果树却"结出"了很多鸟。若是它们已衰老枯萎，中空的树干，即便在冬天也能为鸟儿们提供一个好去处。绒啄木鸟想在苹果树树干上最好的位置凿出一个小家，安安稳稳地过个冬。我的老苹果树们都倒下了，只剩下一棵，已年近八旬，恐怕撑不过明年冬天。他身体仅有一层外壳，不足 1 英寸厚，内部的心脏和主要结构在很早以前就长出了黑霉。老树与老人不同，只要它还活着，每过一年就会长出一圈年轻的纹路，或叫树轮，好像系着一根象征青春永驻的腰带。

我总能从老树那儿收获不少紫罗兰花。它的枝干上至少栖息了12 窝大凤头鹟、知更鸟和蓝知更鸟。有人先我之前将老树腐朽的主干顶端锯掉，现在一只绒啄木鸟住在那里，它在 1 月 12 日筑了个鸟巢。几年前，一只绒啄木鸟在树干上凿出一个洞，但在下一次被蓝知更鸟看中，自此以后，几乎每个季节蓝知更鸟都会占据这个地方。春天，蓝知更鸟初次检查树洞时，我想它们并不知道这是啄木鸟的家，因为啄木鸟总是很早便起床出门。

有一天我碰巧路过老树附近。这一次，蓝知更鸟查看的时候在洞里发现了绒啄木鸟。雄鸟火冒三丈，俨然把无辜的绒啄木鸟当成了入侵者。它上前一把抓住绒啄木鸟，两只鸟一起摔落到地面，带斑点的啄木鸟一下子就被蓝外套对手牢牢压在身下。它大声尖叫，竭力反抗，最后终于成功逃脱，但还是被蓝知更鸟揪掉了几根羽毛。人们认为，一只能用嘴在树上钻洞的家伙无论如何都能保护自己，免受软嘴的蓝知更鸟的攻击。但是显然，绒啄木鸟并不是好斗的鸟。

接下来的两季，英国麻雀赶走了蓝知更鸟，占据树洞。但是被我驱逐了，用作装饰的鸡毛和干草被拽出来，迎接蓝知更鸟的回归。晚些时候，蓝知更鸟真的回来了。

啄木鸟新凿开的树洞在旧树洞上方，靠近锯断处。啄木鸟的树洞一般有 6~8 英尺深，就目前状况来看，为了不破坏旧树洞，新树洞的深度不能超过 4 英尺。啄木鸟似乎考虑到这一点，它谨慎地工作着。它在新家里度过了一晚，我想工程大概要结束了，下方一定还留有 1 英尺的余地。一天中的大部分时间，它都在积极努力地工作，黄色木屑如雪花般洒落。我曾多次停下脚步，观察它的施工进程。当木屑累积到一定数量，它停下钻凿，用坚硬的喙衔住木屑，快速晃了晃脑袋，把它们扔出洞外。它用喙搬运木屑时，身体不会完全消失，只是脑袋缩了回去，似乎木屑就堆在它的脚边。如果它有同伴，我猜想定是它的同伴在树洞底部将碎屑递给它，又或者是，这些碎屑已经堆到树洞口。

无论是羽翼丰满的成年啄木鸟还是遍身绒毛的幼年啄木鸟，通常会在秋季挖掘过冬的寓所，在夜晚或是暴风雨来临时躲在里面。据观察，它们一般不会把树洞当作下一个季节的巢穴。昨天傍晚接近黄昏的时候，我轻轻敲了敲老苹果树的树干，绒啄木鸟探出头来，一副惊讶疑惑的表情，等到我走过之后，它又把头缩回树洞。

前文提过大凤头鹃在老苹果树上抚育雏鸟。这不是一种普通的鸟，它粗鲁不堪，十分笨拙，五音不全，但是因为它可以消灭很多害虫，所以我对它的态度还算友好。确实，与花园和果园里其他鸟类相比，大凤头鹃就像是个未曾开化的野人，它鸣声粗哑，像极了青蛙的喊叫，形态笨拙，身穿棕色套装。它寻觅蜕掉的蛇皮建巢，如果没有找到，会以洋葱皮、油纸和鱼鳞作为替代。它在树木的树洞里筑巢，只哺育一只雏鸟，并在初夏时节就飞离。8月1日后，我就再也没见过它的踪影，也没听过它的鸣叫了。

有一对夫妇在我的老苹果树宽大中空的树干里筑巢达数年之久了。这么多年来，是否是同一对鸟儿，就不得而知了，也许是，也许是它们的后代。有一天，我朝树洞里望去，鸟妈妈正站在鸟巢上，还没产下鸟蛋。突然，黑暗的树枝深处传来声音，像是被惊吓的猫发出的。我猛地缩回脑袋，这时，鸟儿也从树洞飞出，匆忙离开。几天之后，我再也没见那对鸟儿，我担心他们是否放弃鸟巢离去，但是没有，它们只是比平常更为警觉。很快我在鸟巢里发现了一枚鸟蛋，接着又一枚，再一枚。

有一天，我站在附近观望，一只雄性蓝知更鸟和伴侣相携而来，勘察地点，打算筑造第二个巢。他栖息在树洞洞口，往里窥探，突然，一只大凤头鹃从上方向它扑来，蓝色被胡桃棕色笼罩。两只鸟儿降落到地面，蓝知更鸟迅速逃离，不一会儿，又返回，朝树洞里看，似乎在说，"不管冒多大的危险，我也要打探清楚。"野蛮的大凤头鹃再次发动攻击，但它已有防备，迅速避开。

没过多久，蓝知更鸟决定占据绒啄木鸟的那个旧树洞，就是之前我把英国麻雀驱逐的那个洞。雄性蓝知更鸟和大凤头鹃拉开了一场领地争夺战，一直持续了好几周。蓝知更鸟大胆勇猛，而且嫉妒心很强，他甚至都无法忍受巢穴附近的一只鹪鹩，他把每一只在树洞里筑巢的鸟都当作敌人和对手。只要蓝知更鸟老实地待在窝里，大凤头鹟便不会主动挑衅争吵，但是蓝知更鸟却无法忍受他们同住在一棵树上。看到这只穿着蓝色外衣的小鸟，穿过树枝，和大凤头鹟吵架是非常有意思的景致。后者的喙像扣动的扳机一样，它沙哑粗野的声音满是怒火，但蓝知更鸟也不退缩，随时准备战斗。

英国麻雀有时会先于蓝知更鸟占领箱子或树洞。麻雀一旦进入洞穴内部，就能守住阵地，很快，蓝知更鸟就不得不放弃攻击。但在一个相对公平的地域，以及没有外援的情况下，本地鸟总是能快速地击溃外来者。

说起鸟儿在树洞中筑巢，我忆起附近的扑动䴕有一个古怪的特点，是我在别处从未听闻或见识过的。它在建筑物、尖塔和电线杆上钻孔，某些情况下，也能造成不小的危害。一年夏天，它严重损坏了附近一栋空置的避暑别墅的仿希腊风格大圆柱。它钻入一根圆柱，发现里面的洞——直径有 1 英尺多，似乎并不是它想要的；于是它便换了一根圆柱，结果里面还有个这样的洞，就这样，所有的圆柱都被它钻了个遍。最后他在冰库内外防护层之间的木屑里找到了满意的位置。它是一个偏执狂，仿佛被邪灵操纵，上上下下左左右右凿洞。若是扑动䴕和啄木鸟变得癫狂，确实极有可能做这样的事，钻入老旧木材里，不停地打洞开孔，直到精疲力尽为止。前面提到的那只扑动䴕能在短时间内钻穿一块干燥的铁杉木板，笃笃的敲击声如同木匠的锤子不断敲击，木屑漫天飞舞。也许是因为他没有伴侣，因此，他钻探类似巢穴的地方，发泄内心的愤怒和不快吧。

Part 15

猎人的招数

小鹿

我常看到，鸟类的眼眸中透露出比四足动物更加智慧的光芒。若是移动，动物们会注意到你，但若是站着一动不动，即便是警惕狡猾的狐狸，也会从几步之外经过，无视你的存在，只是把你当作一个普通的树桩，除非微风将你的气息带到他的鼻端。但你自以为藏得隐蔽时，却无法瞒过乌鸦或鹰，他们的视觉如同狐狸的嗅觉一般敏锐，似乎能穿透一切伪装和屏障。大多数水鸟眼神犀利。动物们主要依赖敏锐的嗅觉确保安全、寻觅食物，而空中的飞禽主要依赖眼睛。

一天，一位来自密苏里的猎人讲述，森林里的鹿离他有多近。他站在一棵枯树木顶上，离地面大约 4 英尺，这时，一只鹿调皮地蹦入森林，就在几百码开外，它开始吃草，缓缓向猎人移动。它很警惕但并没有看到猎人，也没有嗅到敌人的气息。它先是把鼻子凑近青草闻一闻，随后立即抬头环顾四周，确定没有危险后才安心地吃起来。

大约过了 10 分钟，小鹿离猎人不到 50 码远。猎人的猎杀本能被激发出来，猎枪装备精良，但他不敢轻举妄动，以防小鹿识破他的伪装。他的口袋里装有一发 4 号子弹。哦，要是能把子弹装进枪里就好了！

小鹿丝毫未察觉，继续靠近，很快走到一棵大树背后，头被大树挡住。猎人迅速动手，取出猎枪里的 8 号子弹，又将手伸进口袋，摸到 4 号子弹。这时，小鹿闪亮的眼睛再次出现。猎人保持这种姿势站立了 5 分钟，我们多希望他就这样被迫站立 500 分钟啊！

另一棵树挡住了小鹿的视线。猎人快速地将 4 号子弹上膛，但没有时间将它扛到肩上，这只鹿就在 30 码开外。它的皮毛光滑亮泽，姿态优雅，动作美丽，清澈的眼神直直地看向猎人，似乎有那么一两次，狐疑的表情划过脸庞。

猎人开始意识到，一动不动地在树木顶端站立 15 分钟，是件多么痛苦的事！每一块肌肉都酸痛难忍，似乎快要不受意志控制。如果这头鹿直走过来，将来到猎枪一侧不到 15 英尺的地方，拿枪的猎人只觉得心脏都要跳出来了。

还有一棵树可以掩护猎人，让他端起猎枪。小鹿靠近这棵树，鼻子凑近树干摩擦了一下，一半的身体藏在树后。当它的头在另一侧出现时，猎枪会瞄准它的眼睛——装上的 4 号子弹，只会让它身受重伤，而不会终结它的生命。

鹿停下了脚步，像猎人期盼的那样，并没有暴露出前腿后面的身体。猎人心生愧疚，决心放过这只美好的动物。此时鹿似乎闻到了猎人的气息，它抬起头，鼻孔扩张，脸上现出惊恐的表情。这让猎人改变了注意！砰！子弹从猎枪里飞出，鹿一个起跳，跃到空中，大脑飞速运转，很快回过神，一瞬间逃之夭夭。猎人说，鹿的表情好像是被 100 发 4 号子弹打中了一样。他还说："我很后悔，朝它开了枪！"

我也认为他会后悔。人类持枪走在森林里，他就不再是人类，而是一只残暴的禽兽。因为，隐藏在枪支里的恶魔将我们变成禽兽。

打猎时会出现这样的情形，据说，野生火鸡或松鸡，敏锐的眼睛能迅速识别出掩藏在树上的猎人。这位西部猎人的经历让我想起了一个布鲁克林人。去年冬天，他在缅因州猎杀了一只大驼鹿，整个过程显示了人类征服自然的运动精神，但我却对大驼鹿心生恻隐之心。这次英雄事迹曾在在纽约报纸上报道过。当时他带领一拨人马，全副武装，拿着温彻斯特步枪，进入到一片旷野，在山顶附近发现一处驼鹿的活动地点。他们锁定一头驼鹿，悄悄尾随。驼鹿一发现有人跟踪，就快速奔跑，企图甩掉敌人。但他们穿了雪鞋，它却没有，他们有食物，它也没有。日复一日，他们和驼鹿一起穿过冰雪荒原，因为驼鹿有意为难，引领他们走了一条最艰难的路线。

夜晚，猎人们安营扎寨，燃起火堆，享用食物和烟草，将自己卷进厚厚的毛毯，暖和地睡一觉。第二天一早，他们快速赶上可怜的驼鹿——它在冰天雪地里饥寒交迫地露宿一晚，庞大的身躯在雪地里留下印迹。

第五天，驼鹿开始显露疲态，它频繁地停下休息，也试图在追随的猎人附近绕圈或是故意落后，好与他们错开，然而，他的智慧并不能解决这个问题——它原以为如果它走另一面，就能避开敌人的追踪。

第六天早晨，它决定不再奔逃，而是面对敌人，与他们来一场殊死搏斗。驼鹿听到他们的脚步声渐渐靠近，迅猛地从休息的雪地上爬起，鬃毛直立，表情凶狠决绝。可怜的家伙，并不知道这场对抗是多么不公平。此时，我多么希望，它也能有一把温彻斯特步枪，也知道如何使用，这才是公平的较量啊！它只能凭借上帝赐予它的武器与敌人正面交战，若是猎人们同样也只有上帝赐予的武器，那它也许会安全度过劫难，但是猎人的武器来自魔鬼，很快，致命的子弹便将它击倒。也许，现在凶手正用它高贵的鹿角装饰大厅。

Part 16

对话年轻观察者

伯劳

I

　　教年轻人或老年人如何观察自然就好像试着教他们如何享用晚餐一样。享用晚餐时，首先必然要胃口好，有这个前提，余下的才能顺利进行。观察自然，除非你有胃口，热爱自然，有发自内心的渴求，否则，会得到极少的满足感。用心灵感悟比用头脑分析能看到更多。热爱自然是观察自然的第一步。如果一名男孩把学习钓鱼当作一项任务，学习进程会非常缓慢，但若是真心热爱这项活动，会进步神速。

　　眼睛能迅速轻松看到感兴趣的事物。一个对马匹兴趣浓厚的人经过乡村时能发现每一匹好马；挤奶工关注牛群；蜜蜂养殖者计算蜜蜂的跳跃；牧羊人关注羊群。女士们要大费周章才能注意到大街上出现的新款帽子和斗篷吗？我们轻易就能看到那些与我们的工作、任务和欲望息息相关的事物。

　　如果一个人是鸟类爱好者，他会看到鸟儿数量繁多无处不在。我在散步途中从未错过视觉和听觉范围之内的任何一只鸟，即使我并非刻意去留心。就在今天，我沿着小路漫步，感受着寒冷强劲的暴风雪，但经过一棵枫树时，还是看到了栖息在树顶的一些大鸟。我不知道我是如何看到它们的，因为我没有一点儿观察鸟的心思，但我确实是看到了。有 3 只大鸟正在枫树上吞食嫩叶，它们与知更鸟大小接近，暗灰色，丰满圆润，尾巴呈叉状。这是什么鸟呢？我的邻居也不知道，之前从未见过这种鸟类。我几乎立刻明白，它们是从遥远的北方迁徙来的松雀，已经有十多年没有见过这种鸟了。大约几天前，我听到空中传来他发出的呼唤声，认出了这种音调，因此知道鸟儿就在附近。它们迁徙的周期没有规律可循，在美国许多地区都能看到这种鸟儿成群结队飞过，无论是温和的冬天还是寒冷的冬天。晚些时候，有鸟儿光临我的书房。我倚着窗户看书，突然，一只鸟从地面飞到几英尺外的苹果树枝上，飞翔的身影从我的眼镜镜片上掠过。我提及此事，是为了说明观察者要极其迅速才能捕捉到蛛丝马迹。当时我正专注于阅读，但是我眼角的余光捕捉到窗玻璃上一闪而过的阴影，似乎有一个声音在说"是一只鸟"。我靠近窗户，看到好几只鸟儿在不到 5 英尺的地方坐着。我得以近距离地仔细观察他们。他们呈蓝灰色，头部和尾部是淡淡的青铜色，因为羽翼丰满的雄鸟是暗红色，因此我推测，这些鸟中的大部分是年轻的雄鸟或雌鸟，还有一两只年长的雄鸟，似乎少数年长智慧的雄鸟会陪伴年轻的鸟儿们迁往温暖的南部。

不久，鸟儿们飞离那几乎伸到我窗口的苹果树枝，连同十几只刚才没看到的同伴，一起落在几码外的挪威云杉树上，啄食树上的嫩芽。它们在飘飞的雪花中竟是异常美丽。看到这些遥远的北方来客在这里找到乐趣和消遣，我的心里说不出的愉悦。它们看起来多么丰满圆润、充实满足而又随意自在啊！但是它们对云杉树芽进行了大扫荡，我开始担心，这场浩劫之后，整株树会变得一片凄惨，也许要到明年才能重新枝繁叶茂。因此，我得去阻止它们，要求它们离开。我缓缓靠近，走到距离它们不到几英尺的树旁，也没被发现。一只鸟儿仍旧站在那个位置，不停地啄食嫩芽，我抬起双手，准备在它飞走之前将它一把抓住。我猜想，一定是我白色赤裸的手惊扰了它。确实，

　　"它们与人类如此陌生，

　　它们的温顺令人震惊。"

　　雪地上覆满了黄色嫩芽，如粗糠一般大小，是鸟儿们啄食时掉在地上的。我不得不发出嘘的一声，将它们赶走，它们随即转移到另一棵离屋子更近的树上，树下的雪地里留下更多黄色的嫩芽。

　　观察者的心思就像微力扳机一样灵敏———触即发，而大多数人的心思需要强大的外力的推动。若是你有任何机会与自然亲密相处，一定要迅速采取行动，更重要的是，不妄下结论，一遍又一遍查看，验证观察结果。在痛下杀手前，要确定乌鸦是在啄食玉米，而不是探测害虫的幼虫。在为敌人定罪前，要确定偷盗葡萄的是黄莺，而不是麻雀。有一天，我发现蜂鸟似乎是在刺探新鲜的成熟桃子的黄色果肉，但直到我亲眼看到一只鸟在某只桃子上空徘徊，我架好梯子凑近检查，桃子上满是针孔，这才确定无疑。黄莺毁坏了许多早熟梨，必须采取非常措施防范。我曾经看到一只菲比鸟俯冲进覆盆子灌木丛，衔着一枚浆果飞到附近的篱笆围栏，但我并没有下结论说菲比鸟吞食浆果。其实，它想要的是浆果里的蠕虫，我是怎么知道的呢？因为我看到它从浆果里取出什么，然后飞走了。

　　据说，一位法国传教士曾是一位优秀的自然学家，1634 年，他在美国对蜂鸟做出了如下奇特描述："有人说，这种鸟会死亡，或者更准确地说，它会在 10 月沉沉睡去，用脚将身体牢牢固定在树枝

上，在第二年，百花竞相绽放时或是稍晚一些，它又苏醒过来，因此，这用墨西哥话，就叫作'复活'。"这位优秀的传教士是如何得出这一结论的呢？真正发现鸟儿用那样的方式过冬需要科学的证据证明，必须证据确凿。

内陆的一名男孩写信给我说，有一天，他在野外寻找印第安慈姑时，看到一只棕灰色小鸟，眼睛里有个黑色标记。它不像一般鸟那样跳来跳去，而是小心行走，声音像尖锐的哨声，飞起来像一只草地鹨。这个男孩是天生的观察者，他注意到这种鸟儿在行走，而多数鸟类则是两只脚并拢跳行。后来，日暮时分男孩又一次听到了鸟儿的鸣叫，"就循着声音追去，却始终没看到它的身影。"他没有注意到鸟儿头部的波状和胸部的黑斑点，无疑这是只角百灵——一种北方鸟类，在晚秋或初冬时期，会成群结队迁往南部地区，近几年来，已经成为纽约州部分地区的常住居民。我曾听过从特拉华县的山上传来的它完整的演唱，有模仿英国云雀的痕迹，但是与云雀相比，歌声粗糙，虚弱，不够连贯。这些鸟儿在封闭的空间也能茁壮成长。我在华盛顿的时候，用笼子饲养了一只，大概7个月。一位猎人用猎枪射伤它的翅膀，便将它带给我。它的伤口很快痊愈，也能顺利进食，很快变得温顺，成为我们娱乐和消遣的对象。我匆忙把它安置在一个笼子里，这个笼子之前用来放鸟类标本，它的面前是一块玻璃。晚上放在走廊上过夜，一只陌生的猫透过玻璃发现了这只鸟，猛扑过去，戳碎玻璃逮住了鸟。早上，玻璃上破了个大洞，美丽的云雀消失不见。我总是心存一丝希望，期望猫跳起扑向玻璃时，弄疼了眼睛和耳朵，不得不匆忙撤退，而那只鸟儿从破开的裂口处逃走了。

II

今年 5 月，两名城里男孩给我写信，恳求我解释蛋壳的意义，大部分蛋壳是地上随处可见的知更鸟蛋壳。我猜想，男孩子们都知道蛋壳是从哪里来的。幼鸟一破壳而出，鸟妈妈就将蛋壳碎片从鸟巢里移出。她衔着碎蛋壳飞翔一段距离，丢得到处都是。据我所知，所有鸣禽都有这样的习惯。

有时，冠蓝鸦也会在吃掉鸟蛋后把蛋壳乱丢。他把喙刺进知更鸟的蛋，然后匆匆离开，以免被知更鸟当场逮住；抵达安全区域时，就悠闲从容地吃掉蛋，丢掉蛋壳。

然而，知更鸟曾不止一次当场逮住冠蓝鸦——它是鸟类中臭名昭著的盗贼。在筑巢的季节，常常能看到很多知更鸟暴揍一只冠蓝鸦的场景。冠蓝鸦狡猾地在树林里来回穿梭，寻觅最可口的食物，警惕的知更鸟一发现它，就立即用最大的音调，叫喊着冲过去："小偷！小偷！"周围所有的知更鸟一听到呼声，立即聚集到现场，一齐追捕冠蓝鸦，齐声尖叫责骂。

松鸦被赶出树丛，一溜烟地跑了，后面还跟着一大群知更鸟。它平时很安静，就像其他盗贼一样，但有时鸟儿的讨伐太过激烈，他也禁不住愤怒地尖叫。

一些体形较小的鸟类，比如绿鹃和柳莺，它们的幼鸟常常是冠蓝鸦的食物。有一天，我儿子看到一只冠蓝鸦坐在树上的一个鸟巢旁，那是红眼绿鹃的鸟巢，镇定自若地吞噬刚孵化的雏鸟，而亲鸟却无力阻止。它们飞向它用喙啄它的脸，但它一点也不在意。而知更鸟一次俯冲过去，便会将其直接撞倒。

有人会对地上刺破的鸟蛋心生疑惑。有一天，我看到通往山泉的小路边上躺着一个鸟蛋，便慢慢走近查看——一枚新鲜的鸟蛋被小心地放在碎石路上，蛋上有一个小洞。我猜这是燕八哥的杰作。几天后，我有明确的证据证明这确实是燕八哥的所作所为。当时我正在小亭子里看书，一只鸟儿从枫树树枝上俯冲下来，从我头顶上方掠过，飞向葡萄园，嘴里似乎衔着什么东西。我又仔细地观察了一番，一只雌性燕八哥飞落地面，小心存放下一些物件，然后飞又了几英寸，便一动不动。我的眼睛一直注视着那里，我径直走过去。鸟儿飞走了，我发现她放下的东西，是一枚小小的，带斑点的鸟蛋，摸上去还是热乎的，那是红眼绿鹃的鸟蛋。尽管燕八哥十分小心，但她抓住的地方还是留下两个小孔。好多天以来，我一直认为枫树上有一对红眼绿鹃筑了巢，但几番审查，都没有发现。

在燕八哥出现之前的几分钟，这对快乐的夫妇才刚一起离开大树，飞向低矮山坡上的一片小树林。显然，雌鸟刚刚安置好鸟蛋，也许燕八哥当时就在一旁观察，趁着这个机会迅速将蛋拿走，她的计划是把自己的一枚鸟蛋放入鸟巢中。

我进行了一次更为全面彻底的搜索，很快就发现了鸟巢，但它坐落在外部的枝桠上，我无法触及，而且我不知道，燕八哥是否真的偷走了一枚鸟蛋，并用自己的鸟蛋填补了空缺。但我确信，绿鹃很快就会弃巢离去，虽然遭遇蒙骗时弃巢而去，不是他们一贯的作风。

我曾经在火车上遇到一位绅士，他告诉我，他曾观察一窝鹌鹑孵化。他确信，母鹌鹑会帮助幼鸟啄开蛋壳。他拿出一片蛋壳给我看，从外部看，它确实是被打破了，至少，第一眼看上去，确实如此。鸟蛋较大一头的周围有破损的痕迹，只有一小块地方完好，好像鸟喙刺破或是敲破，因此尾部的开口就像装上铰链的盒子盖，释放了被囚禁的鸟儿。他之所以确信，是因为破口的边缘是向内凹进去的。

如果我们希望正确地阐释自然，获得她行为处事的确切真相，就必须培养严格挑剔的思维习惯，也就是说，我们思考时不能仅仅停留在表面。我们必须筛选证据，必须反复诘问事实。这位绅士是一位律师，但他的聪明才智在解决这些蛋壳问题时并没有派上用场。

蛋壳边缘的凹陷或弯曲是蛋壳内部单薄如纸的皮层干燥收缩造成的，因此会将蛋壳向内拉伸。断面是雏鸟的喙啄出来的，也许是因为它的头在里面左右晃动，有一个地方够不到，这就形成了我刚才所说的那个装了铰链的盒盖。如果是这个母鸟弄出来的，那就没有必要留一个盒盖，而且在每个蛋壳上都有，因为盒盖并没有用，把整个蛋壳掀掉不是更省事吗？

亲鸟会在雏鸟能够飞行的时候将它们推出巢穴的说法并不真实，除非是鸽子才会这样做，我们的小鸟自然不会这样做。一旦翅膀具有足够的支撑力，雏鸟就会依靠自己的力量飞出鸟巢，甚至在翅膀还不够强健的时候，雏鸟也会迫不及待地尝试。一窝雏鸟中总有一只要比同伴稍稍大一些，而这只雏鸟就是第一只勇敢出发的幼鸟。蓝知更鸟、山雀、扑动鴷、五子雀和其他鸟类的雏鸟，破壳一两天就要离开鸟巢。

春天，我对屋子附近山雀雏鸟的第一次飞行很有兴趣。他们的头每隔2~3天，就会从住所的门口——梨树枝的树洞里露出来。显然，他们喜欢外面的世界。一天晚上，临近日落时分，一只雏鸟飞出巢穴，这是他的第一次飞行。他飞向几码外的一只蝗虫，栖息在一根树枝上，叽叽喳喳呼唤着，为美丽的夜色抖动着羽毛，自编自唱。我一直观察他的举动，直到天完全黑下来，他独自站在树上，一点儿也不害怕，只是把头放在翅膀下，安静地度过整个夜晚，仿佛之前一直是这样做的。几个小时后，下了一场大雨，但第二天早晨，他仍然精神抖擞地出现在那里。

早晨，我正好路过，看到另一只雏鸟飞出鸟巢。他跳到一根树枝上，抖了抖身体，声情并茂地鸣叫和呼唤。不一会儿，似乎一个念头在脑中闪过，他换了个姿势，站直身体，兴奋地似乎被闪电击中了一般，我知道那意味着什么，似乎有个声音在他耳边轻声说："飞吧！"他向上一跃，伴随着尖叫声，冲到空中，以优美的身姿飞向附近的一棵铁杉。接下来的几天，余下的其他雏鸟也用类似的方式逐一飞出鸟巢。

有些鸟儿一飞出鸟巢就散落到各处，而其他鸟类在大半个春天，都保持家庭的整体性，比如山雀、蓝知更鸟、冠蓝鸦、五子雀、极乐鸟、菲比鸟和鹟科鸟类都是如此。

人们常见菲比鸟雏鸟在树枝上坐成一排，亲鸟们按一定顺序喂养他们。我曾两次看到浓密的铁杉树林里，羽翼丰满的鸣角鸮雏鸟紧紧依偎，端坐在低矮树枝上尖叫。他们像一排木乃伊立在枝头，黄色眼帘眯成一道细缝，直到发觉被人盯上，顿时惊慌失措，仿佛一股电流通过他们栖息的树枝，他们站立不稳，左右歪斜，像一群被吓坏的小猫直直看着我。这时鸟妈妈飞起来，他们也跟着一起飞走了。

上文中提到的山雀家族在我家附近的大树上待了两三个星期。他们在同一块区域内猎食，似乎总能找到充足的食物。亲鸟们搜索食物，雏鸟们嗷嗷待哺。白天的任何时候，你都能看到这一大家人在领地内巡逻。

季末，一只亲鸟似乎得了重病。如果鸟类也有麻风病，那它得的一定是麻风病。这可怜的小东西从屋子旁的枫树上掉落，连几英尺的高度都无力招架。它的羽毛油腻肮脏，几乎已经使不上力气。我把它放在云杉树枝上，之后，再也没有见过它。

III

一天早晨，一名男孩给我带来一只死去的鸟儿，那是他父亲在铁路边捡到的。它也许是受到电报线电击而死。这是一种他从未见过的鸟，因此，他想知道它的名字。这只鸟体形小巧，灰棕色的羽毛，就像我们熟知的地面鸟类一样，如麻雀、草地鹨、鹌鹑：这样的颜色能躲过空中天敌的眼睛。与普通麻雀不同，它小小的圆形翅膀边缘是黄色的，肩上也是一道黄色，因此被叫作黄翅雀，它的眼睛上方也有一道黄线。这绝不是普通的鸟，尽管中西部地区大部分的农场里都能发现它的身影。这是需要留心观察才能发现的鸟，普通的观察者不会看到或听到它。

这种鸟又小巧又害羞，各个方面都很不起眼。比起其他鸟类，它的歌声更像昆虫的叫声。若是在五六月的田野里，听到一声类似蚱蜢一样刺耳的叫声，也许就是黄翅雀发出的。循声寻去，将会看到一只小巧的棕色鸟儿从你面前轻快地掠过。之后的几个清晨，我听到它的鸣叫，看到它栖息在田野里一块干燥的碎石岗上，都是在我每次经过的小路附近，除非你的耳朵很灵敏，不然你肯定听不到它的叫声。在 5 月其他鸟类的歌声中，它的歌声就像高大繁茂的树木中一株卑微的不起眼的低矮植物。但它是乡下男孩，或是来乡下培养观察能力的城里男孩搜寻的重点目标。如果他们能够发现这种鸟，继而就能发现许多其他有趣的事情。他们可能也会发现草原麻雀，它与黄翅雀十分相似，但体形稍大，翅膀更加弯曲，在海岸较为常见，黄色的斑纹与黄翅雀几乎一模一样。黄翅雀还有个远亲叫亨斯洛黄翅雀，二者十分相似，只有专业的鸟类学家才能区分出来。我承认，我从来都分不出这两种鸟。

我一看到黄翅雀就会想到草地鹨。它小小的尾巴，圆圆的翅膀，修长强健的腿脚，短短的鸟喙，斑驳的外衣上一抹黄色，仿佛不小心蹭到了一朵新开的蒲公英，但是黄色出现在翅膀上，而不是胸脯。它的音质，体型和生活习性，就像是草原上大型鸟类步行者的微缩版。

这种小麻雀的歌声好似"喊，喊，啾啾"，穿插着特别的嗡嗡声。它的鸟巢筑在一片开阔的田地里，里面有四五枚斑斑点点的鸟蛋，这些蛋更圆，基色也比其他麻雀的蛋更白皙。

我不知道这种鸟是行走还是蹦跳的。对于年轻的观察者来说，这是一个有趣的切入点。我所知道的其他所有麻雀都是跳着前行，但是就其异常修长强健的双腿，短小的尾巴和直立的行为方式来看，我怀疑它是一种行走的鸟。如果是这样，它就又多了一项特征。

让年轻的观察者去探究、确认，他会惊讶地发现自己对鸟类的热爱和热情空前高涨，往往不会止步于一种鸟。卡莱尔在给他弟弟的一封信中写道："试图为你知道的事情做出解释，你会从中收获更多。"将你现有的观察能力融入生动活泼的自然，这种能力就会得到不断地提升，往往只需一个季度的时间，就会翻倍甚至提升的更多。

　　我开始研究鸟类学时，确认的第一只不寻常的鸟类是红眼绿鹃。这种灰色小鸟眼睛上方有一道线，随着持续不断的欢快叫声，在树林里上下移动，不论雨天还是晴天。我热情被点燃了，在季末之前已经将十几种新品种鸟类列入清单。过了一段时间，我的眼睛和耳朵都变得更加灵敏，轻易就能看到鸟儿的身影，听到他们的叫声，就像彻夜不眠的哨兵向你汇报有什么东西闯入了领地。一天，我轻快地在小路上驾车行驶，突然看到一只菲比鸟在悬崖峭壁上筑巢。我透过树林的空隙，看了一眼，也许是两眼，但也足够探视整个情况：灰色石壁上，鸟儿飞来飞去，住在尚未完工的鸟巢里。昨天，也就是 5 月 7 日，我外出一个小时寻觅鸟巢，在果园、牧场和草甸游走一番，什么也没发现，便返回家去，却在屋子附近发现一只冠蓝鸦的巢。我是怎么发现它的呢？首先，把注意力集中在寻找鸟巢这件事上——做好准备；其次，我早就怀疑一对冠蓝鸦夫妇想要在我屋子周围的常绿树木上筑巢，因为几周以来，他们都在附近徘徊。我看到雄鸟给雌鸟喂食，这也是个确定的信号，鸟儿已经交配过而来，正在筑巢或准备筑巢。许多鸟儿都有类似举动。4 月时，我曾见过乌鸦给伴侣喂食。就在写这篇文章时，一对山雀吸引了我的注意，它们就在我窗户前的云杉树上，雄鸟正殷勤地给雌鸟喂食，雌鸟跳起，模仿着年轻鸟儿的叫声和行为，她颤动翅膀，哀伤地喊叫，而雄鸟则忙于收集各种美味的食物，比如树枝上刚冒出的嫩芽。每过半分钟，他就靠近她，将食物塞进她的嘴里。从这些事实中，我明白，这附近有一个鸟巢。事实上，书房另一侧的一颗梨树枝干上的小洞就是他们的家。雌鸟每天产下一枚鸟蛋，而雄鸟尽力让她生活轻松，比如，常为她采集美味的食物。

　　我停下车，仔细观察一只降落在枫树上的冠蓝鸦。他用树枝清了清嗓，换了几次位置，然后发出低沉圆润的音调。这声音听起来像一只松鸦幼鸟，温柔婉转，从附近的一株挪威云杉上隐隐传来，缠绵不绝。这时，我看到鸟儿飞到顶端的树枝，叫声变得更为急促更为忧伤。我向前走了几步，看到一只雌鸟站在鸟巢里，雄鸟小心地喂食。枫树顶端盘旋的树枝形成一个小摇篮，鸟巢就安睡在摇篮里，树干被包裹起来，已经看不到了。

　　鸟巢里有 4 枚脏兮兮的棕绿色鸟蛋。我挣扎着爬上树去，一只斑鸠从树上飞出来，飘落到地上，似乎受了重伤。我儿子正抬头仔细观察，看到斑鸠无助绝望的样子，便跑过去查看"他到底有什么病痛"。斑鸠突然扇动翅膀，飞出几码远，然后它的伴侣出现，两只鸟儿一齐飞走了。我儿子惊讶不已。我们很快发现了斑鸠巢，树枝编成的架子搭在大树中央，鸟巢里有两只即将羽翼丰满的幼鸟，气喘吁吁地蜷伏在那里，羽毛杂乱不堪，盯着我们看。斑鸠们筑巢多么狡猾啊，这一点我深信不疑。附近的一棵树上潜藏着一个知更鸟鸟巢，附近可能还有一个紫朱雀鸟巢。有人会错误地远离家门去寻觅鸟巢，其实，搜索屋子附近的树木往往有意想不到的收获。

　　冠蓝鸦总会粗鲁地抢占别人的巢，但有一对冠蓝鸦夫妇却与斑鸠在同一株树上筑巢，也许它们已经与知更鸟言归于好了，因为我再没见到知更鸟追赶它们。也许，冠蓝鸦想与邻居们和睦相处，因此，只在远离家园的地方实施暴行。

IV

如果一种新鸟类出现在我家附近，我的眼睛和耳朵立即就能发现。有一年4月，一些稀有的画眉鸟——比克内尔画眉或斯莱德画眉，在醋栗树树枝上停歇了两天。我怎么知道的呢？因为当我走近时，听到了它们的歌声。这是一种不同于其他画眉的歌声，曲调变化莫测，精妙绝伦。找到它的确切位置很难，因为听起来似乎比实际所在地点要遥远很多。它的声音舒缓安静，非常独特，音质温和柔软，清澈甜美，但音调轻缓。这是一种来自遥远北方山顶的鸟类，而它的歌声似乎与当地低矮浓密的植物很是相配。

在过去的那个夏天，独居的卡罗莱纳鹪鹩在葡萄园角落的附近灌木丛里占据了一个住所。它在夏末时期到来，那时已接近8月底，这是唯一一次我在哥伦比亚北部地区听到这种鸟的叫声。多年前住在华盛顿的那段日子里，这种鸟儿是我所观察到的最杰出的歌唱家。它的歌声洪亮，婉转又柔和；它那欢乐的呼唤和问候，让我与波拖马可的自然是多么亲近。因此，一天早晨我在哈得逊听到同样愉快响亮的歌声时，很快就辨认出来，它唤醒了我的过去，重新开启我关闭已久的生命乐章。它从其他鸟类的歌声中脱颖而出，特别的嗓音连最为愚钝的耳朵也能深深吸引。弗吉尼亚南部地区的天空中竟然传来它美妙的歌声，与河畔动人的演唱如出一辙！

我放下葡萄园的工作，去观察鸟儿。它在一片杂草和灌木丛中，好奇又疑惑地偷窥我，随后探出整个身体，光明正大地观察我，最后跳到葡萄藤顶端，垂下翅膀和尾巴，抬起脑袋，唱着最优美的旋律。如果它明确知道我此行的目的，然后故意讨好我，它表现得就太出色了。

卡罗来纳鹪鹩和蓝嘲鸫一样，也是一位演员，有时也被称作嘲鹪鹩。它的歌唱和表演同样优秀，似乎热衷于吸引别人的注意力。一位南部诗人曾经用言语恰当地翻译了它的某些音符，"甜心，甜心，你多么甜美啊！"

日复一日，周复一周，10月底霜冻已经来临，鸟儿并没有离去，只是将活动的范围限制在很小的区域，依然在不断地呼唤、鸣叫。我总能在小亭子里听到小山丘上传来它的歌声，那声音荡漾在满山遍野，似乎要填满所有空间。是什么将这只孤独的鸟儿带到这里，与同类的活动地点相距甚远，我一直都不明白。也许他是在侦查这片土地，以便在下个季节携配偶返回。蓝嘲鸫的活动范围北至康涅狄格州，一位收藏家发现它们在那里繁殖后代，夺走了它们的鸟蛋。嘲鹪鹩在北方河岸和草木茂盛的溪边很是常见，是体形最大的鹪鹩，歌声的音量和变化，曲调的长度也都超越其他鸟类。

大自然的爱好者在漫步时总会发现新鲜有趣的事物。冬季，森林和田野里，一切生命的活动痕迹都会印在雪地上，这是多么有趣的一件事。最近我遇到一位商人，他每年冬天定期去缅因州的树林里露营，在那里他欣喜地观察到各种野生动物在雪地上留下的痕迹。他说，他的晨报就是散步时经过的雪地。如果用心观察，就会发现每一件事件都被记载，每一个新来的家伙都在此登记注册。

12月，我儿子和我外出滑冰，在离家1英里的一个树林里，一个野生多石的溪流里的小池塘里，滑了1小时。冰上有一层薄薄的雪，但是不会对我们的运动产生影响，却留下了前一天晚上野生动物们的足迹。这儿，是一只狐狸从河面穿过，那儿，是一只兔子或是松鼠，也可能是一只麝鼠。

很快，我们就看到一处陌生的痕迹，很不寻常。我们脚下这个结冰的池塘细长狭窄，距离边缘大约一码处的地面上有一个洞，那只动物从里面钻出来，沿着河流上游行走，雪地上留下的脚印有普通犬类那么大，但又与犬类脚印完全不同。

我们偶然撞上一只水獭的脚印，这在哈得逊河流域是一种非常罕见的动物。事实上，在整个州的其他地区也十分罕见。我们怀着极大的兴趣追踪，这脚印从我们熟悉的流域上方越过，或是穿过阿迪朗达克或缅因州树林深处。每隔几码远，水獭就腹部着地，用前爪伏行几英尺，仿佛一段木材或一包食物在地上一路拖拽的痕迹，大约每3杖远，就有一段这样的痕迹。

池塘的源头是一条开阔的溪流，水流撞击着岩石和石块喧嚣地奔腾而下，脚印在冰面边缘消失了——水獭钻进了水里。有人会说，12月中旬在此沐浴太寒冷，但是对它来说，这并不比空气冷多少，因为它的皮毛完全防水。

在另一个更远的池面上，水獭的痕迹又出现了，但被雪地上同样沉重的拖拽擦得七七八八，就像一根链子每隔一段固定的距离就有一根长长的实心棒。在某个地点，水獭上岸，在地面上抓了抓。从一个池塘游到另一个池塘，它总是现身于最湍急的水流。

水獭是一种大型貂类或鼬类动物，有3英尺多长，性格野蛮。它以鱼类为食，似乎捕捉鱼类是易如反掌的事．据说，它在水里追捕鱼类就像陆地上猎犬追踪狐狸一样，吸一口气，能在冰下潜行很长一段距离。它不时地呼气，在冰层下形成一个大气泡，一会儿便被净化，再次吸入水獭的肺里。偶尔发生气泡破裂的情况，水獭在能够重新吸入空气之前就会溺水身亡。一个住在溪边的人说，这里的水獭数量说明了鱼类的稀缺程度。

V

前几天，一位农民邻居问我，是否看到附近一种新鸟。这位邻居是一位老猎人，对各种猎物都眼神敏锐犀利，但他从没见过那种鸟，有知更鸟那么大，灰蓝色镶嵌着白色。

站在附近的另一位邻居说，这种鸟前一天出现在他的屋子里。他把一只装有两只金丝雀的笼子挂在窗户附近，这时，一只大鸟突然俯冲下来，似乎要撞上去，但却在窗玻璃前就停下来了，他盘旋了一会儿，目光落在两只金丝雀身上，接着，飞到附近树上。

可怜的金丝雀惊恐至极，从栖息的枝干上跌落，伏在笼子的地板上气喘吁吁。

之前从来没有人见过这种鸟，它是什么鸟呢？那是伯劳鸟，它看到金丝雀时，就确信自己会有一顿丰盛的晚餐。

如果你在深秋或冬季，看到一只苗条的青灰色鸟儿，体形比知更鸟稍小，有白色斑纹，冒冒失失地从这儿飞到那儿，总是停栖在大树的最高枝上，那很可能是伯劳鸟。

它的大小和色彩与蓝嘲鸫接近，但飞行和举止完全不同。他的灵魂深处潜藏音乐细胞，尽管用它那富有杀伤力的嘴唱出来，歌声显得有点糟。

一个冬日的早晨，太阳刚刚升起，我沿着城市的街道漫步，伯劳鸟粗哑的吟唱声声入耳。我环顾四周，很快就看到近处的一棵树上，一只伯劳鸟栖息在最高的枝桠上，在歌唱赞美日出呢。知更鸟也可能这样做，但这段音乐与知更鸟哼唱的旋律却没有半点雷同。

有人将伯劳鸟的歌声比作生锈的门铰链发出的嘎吱声，可它并不是如此糟糕，但毫无疑问，这是种原始的声音。毕竟，没有哪一种食肉鸟类拥有天籁般的嗓音。

也许，伯劳鸟去了镇上碰碰运气，看是否能寻觅到英国麻雀。我不知道它是否捉到了麻雀，但是在临近的城里，我听说有一只伯劳鸟对麻雀发动了大进攻。

VI

当大自然造就了鼯鼠，似乎也赋予了红松鼠同样的天赋。至少后者明显拥有同样的能力。遇到紧急情况，红松鼠确信自己有和鼯鼠一样在空中飞行的能力，但是必须要承认的是，其中只有少部分能够成功。它把自己变成一个降落伞，极大地减缓下降时的力道。有一天，我的狗在房屋一侧追赶一只红松鼠，穿过爬山虎，跳到屋顶。我抓起一把碎石朝红松鼠丢去，让它知道它并不受欢迎。它勇敢地跳入空中，落到 30 英尺下的碎石小路上，难以置信地轻巧落地，而且没有受到丝毫惊吓和伤害，随即便逃出狗的追捕范围。还有一次我看到一只红松鼠从一株山核桃树上跳下，从 40 多英尺的高空落下，毫发无伤地落地。它们在这样的情况下降落时，四肢伸展，身体平铺，尾巴僵直稍稍卷曲，全身都在奇怪地颤抖着。它的意图很

明显，就是在空中尽可能地将身体铺平至最大面积。我想，一只红
松鼠也许无论从多高的地方跳下都安然无恙。而鼯鼠却不是一名合
适的飞行员，在地面上，它甚至比花栗鼠更加无助，因为不够敏捷。
它只能从一棵树的树顶滑翔到另一棵树的树脚下。鼯鼠只在晚间特
别活跃。它的眼睛很大很温和，皮毛柔软，又很胆小害羞，它是最
温柔无害的鼠类。一对鼯鼠夫妇连续两三年在我家附近的一座空置
大农舍楼上窗户的窗帘后，建筑巢穴，紧贴着窗户。你可以站在屋内，
观察这幸福的一家。窗户上还有一大堆闪闪发光的栗子，显然是为
了防备食物短缺，因为我观察到这堆栗子一直没减少。巢穴是由棉花、
羊毛做成，是鼯鼠从一间房间的床上窃取来的，而它们是如何潜进
房间获取棉花，羊毛，始终无法猜透，似乎除了烟囱再没有其他通道。

　　自然或自然生命都有一个渐变过程，不会呈现出突兀的特征。
若是你在一个新物种上发现任何明显的特点，你会从其中得到某种
暗示，因为这为其他相关物种的研究提供了前提和依据。我想说的
不是将所有物种联系在一起的进化论，而是大自然中的一种现象，
的确有些物种相对周围的其他物种，会拥有特别的天赋和能力。或
者从另一个角度来看，一个先进的物种特征会在每个相继的类型中
表现得越来越明显———种横向进化和二次进化。我们的歌鸟就是
个很好的例证。棕鸫是猫鹊的进化品种，蓝嘲鸫是棕鸫在横向的进
化品种。每一种都有特殊的歌唱天赋，或是模仿技能。同样的例子
还有云雀，从草地鹨和角百灵开始，一直到带着胜利之冠的云雀。
夜莺也是篱莺，包括红胸知更鸟等一系列物种进化的顶端。地雀的
歌声也许是狐色带鹀歌声中最为完美的。雀类中歌声最为完美的是
紫朱雀。

其他领域中也会观察到同样的事。比如飞鱼，停留在水里，也能在空中飞翔片刻；后来我们看到热带美洲的会走的鱼，还有印度会爬树的鱼。某些昆虫、动物、鸟类具有保护色，与某些特定形式和颜色的拟态伪装相差不大。自然学家发现，在爪哇岛，一只蜘蛛伏在一片叶子上，其颜色和形态像极了鸟类的排泄物。大自然对蜜蜂做过多少研究，才最终完成我们蜂巢中的蜜蜂这样的杰作？水貂和黄鼠狼让人想起臭鼬特别的自卫武器。河狸是臼齿动物的最高形式，正如潜水动物中的潜鸟，以及飞行动物中的秃鹰。